本书为
广西壮族自治区一流学科建设支持计划、
广西民族大学外国语言文学一级学科博士点
支持计划成果

汉学家 白亚仁

中国当代文学英译研究

刘芙蓉 著

A Study on Sinologist Allan H. Barr's
English Translations of Contemporary Chinese Literature

WUHAN UNIVERSITY PRESS
武汉大学出版社

图书在版编目(CIP)数据

汉学家白亚仁中国当代文学英译研究 / 刘芙蓉著 . -- 武汉 ：武汉
大学出版社 , 2025.8. -- ISBN 978-7-307-25114-4

Ⅰ . I206.7；H059

中国国家版本馆 CIP 数据核字第 2025979VC5 号

责任编辑:吴月婵　　　　责任校对:汪欣怡　　　　版式设计:马　佳

出版发行：**武汉大学出版社**　　（430072　武昌　珞珈山）

（电子邮箱：cbs22@ whu.edu.cn　网址：www.wdp. com.cn）

印刷:湖北云景数字印刷有限公司

开本:720×1000　1/16　印张:15.25　字数:243 千字　插页:2

版次:2025 年 8 月第 1 版　　2025 年 8 月第 1 次印刷

ISBN 978-7-307-25114-4　　定价:79. 00 元

前　言

在全球化背景下，各国文化交流频繁，中国文化"走出去"战略意义重大。2002 年《国家"十一五"时期文化发展规划纲要》系统阐述了该战略，中国文学作为中国文化的重要组成部分，其海外推介地位关键。莫言获得诺贝尔文学奖后，外国读者对中国文学的兴趣和需求大增，为其海外传播拓展了空间。随着中国文学"走出去"进程加快，中国图书海外影响力提升，2016 年中国图书海外馆藏影响力报告显示，自 2012 年起中国图书海外馆藏影响力连续 5 年增长，这充分表明中国文化在国际上的受关注度不断提高。在这一过程中，翻译活动起到了关键的桥梁作用，而译者作为翻译活动的核心参与者，其重要性不言而喻。

汉学家译者群体在中国文学外译中具有举足轻重的地位，他们有扎实的汉学功底、双语能力，广阔的跨文化视野和对西方读者的充分了解，且多在西方高校或研究院任职，有丰富的写作和出版经验，熟悉海外编辑和出版社的社交网络，能够承担起中国文学作品推介的营销中介人角色，为中国文学的海外传播奠定了坚实的基础。

目前国内关于汉学家译者群体的研究存在一定的局限性，研究目标集中于个别译者(如葛浩文)，而对其他同样具有研究价值的汉学家译者却关注不足。白亚仁(Allan H. Barr)就是一位在汉学家图谱系中译笔卓越的译者，却长期未得到应有的重视。他于 1954 年出生，是一位著名的汉学家与翻译家，牛津大学明清文学博士，美国加州波莫纳学院荣休教授，专注于对蒲松龄和《聊斋志异》的研究，精通古代和现代汉语及中国古代和现当代文学。他英译了多部余华作品，与余华有着长期且紧密的合作，译著广受好评，推动了余华作品的国际传播。

尽管白亚仁在翻译界享有较高的声誉，但翻译界对他的研究却相对匮乏。目前的研究主要围绕他的单部译作展开，涉及译介效果、翻译策略或者译者惯习等方面，且大多以期刊论文和硕士论文的形式呈现，尚未有专著或博士论文对其进行全面系统的研究。在研究方法上，现有研究主要局限于对零星译例的个案研究，缺乏对语料库研究方法的运用，导致研究结果的可信度不高。

鉴于此，本研究旨在对白亚仁的中国当代文学英译进行全面系统的研究。通过收集和整理相关文献，本研究依托多种副文本材料和翻译文本，深入探析白亚仁的双重文化身份的建构过程及其文化身份特征，以及其双重文化身份与翻译目的和翻译选材的关系。本研究自建了白亚仁英译余华作品的汉英平行语料库，并借助语料库工具，深入分析其译者风格的典型语言特征。同时，以白亚仁的四部虚构作品及一部非虚构作品作为语料，本书重点探讨其重塑原作文学性的策略与方法，全面考察其译者风格的非语言特征。此外，本研究还考察了白亚仁译作的传播效果及译作传播过程的影响因素，以期为新时代背景下中国文学如何"走出去"提供有益的借鉴和思路。

本书由八个章节构成。第一章是绪论，主要概述了研究背景与缘起、研究问题与方法、研究意义与创新等内容。第二章是文献综述，梳理了白亚仁的生平简介及翻译经历，评述了国内外白亚仁的中国当代文学英译研究现状，指出当前研究在研究内容、译本研究及研究方法等方面的不足，并以此为基础提出了本研究的整体思路。第三章是白亚仁双重文化身份与中国文学英译之关系概述。本章通过对副文本材料及翻译文本的考察，阐述了白亚仁双重文化身份的建构过程及其文化身份特征，以及其双重文化身份与翻译目的和翻译选材之间的关系。第四章是基于语料库的白亚仁译者风格的典型语言特征分析。本章在回顾学界对译者风格的定义、厘清译者风格与译作风格差异的基础上，界定了本研究对译者风格的定义与研究范畴，继而根据自建的白亚仁英译余华作品的汉英平行语料库，采用语料库工具，分别从词汇、句子、语篇三个层面对相关的语言参数进行数据统计和量化分析，由此归纳其译者风格的典型语言特征。第五章是白亚仁译者风格的非语言特征分析(一)：主题与叙事语调英译。本章从主题呈现和叙事语调再现两个层面考察白亚仁译者风格的非语言特征。就虚构文学主题的呈现而言，本章以白亚仁英译的四部虚构作品为考察语料，探析白亚仁如何重塑虚构作品中的苦难主题、善恶主题、死亡主题和友情主题，对其采用的翻译策略与方法进行分析和归纳。就非虚构文学主题的呈现而言，本章以白亚仁英译的一部非虚构作品为考察语料,依托莫娜·贝克(Mona Baker)的叙事建构理论,考察白亚仁如何在翻译过程中重塑非虚构作品中的民生主题,对其翻译策略进行分析与总结,并分析和归纳其叙事语调再现的翻译策略与方法。第六章是白亚仁译者风格的非语言特征分析(二):习语与修辞格英译。本章以自建的白亚仁英译余华作品的汉英平行语料库为基础,从习语和修辞格的英译方法两个层面考察其译者风格的非语言特征,通过对比分析原作与翻译文本,进而归纳白亚仁习语和修辞格的英译方法。第七章是白亚仁译作传播效果研究。本章从国外期刊和报纸发表的书评、海外读者在网上发表的评论、馆藏情况等方面总结白亚仁译作的传播与接受的概况,并进行白亚仁译作传播效果归因分析。第八章为结论,本章对白亚仁中国当代文学英译研究进行归纳与总结,梳理本研究的局限,揭示未来研究的方向,最后为中国文学"走出去"提出建议。

　　本书在白亚仁中国当代文学英译研究方面具有显著创新。在内容上,本书首次对白亚仁的中国当代文学英译作了较为系统与全面的研究,不仅阐述其双重文化身份建构、特征及其与翻译目的、选材的关系,以自建的白亚仁英译余华作品的汉英平行语料库为基础,探析其译者风格典型语言特征与非语言特征,重点探析其重塑原作文学性的策略与方法,考察了译作的传播效果及译作传播过程的影响因素。这些研究议题扩展了白亚仁的中国当代文学英译的内涵与形式。在视角上,本书注重从多个维度来探讨白亚仁中国当代文学英译活动,既包括翻译的内部研究,又包括翻译的外部研究。内部研究主要借助语料库工具,探析了其译者风格的典型语言特征,同时依托翻译中的叙事建构、语言学、文体学、文学理论等交叉学科的理论视角,通过对比原作及翻译文本,探析其译者风格在重塑原作文学性的翻译策略与方法方面的非语言特征。在方法上,本书突破仅靠定性分析零星译例的局限,采用定量与定性结合的方式。就定量研究方法而言,本研究自建了白亚仁英译余华作品的汉英平行语料库,采用语料库工具,从词汇、句子、语篇层面统计分析语言参数;就定性研究方法而言,本研究综合运用比较分析法和文本细读法,对其译者风格在重塑原作文学性的策略与方法方面的非语言特征进行内省式、例证式分析。定性与定量研究方法的结合使用,使译者风格的研究结论更客观、更具有说服力。

　　在本研究的开展过程中,我得到了众多师长和朋友的支持与帮助,在此向他

3

们表示衷心的感谢。首先，衷心感谢我的恩师黄勤教授，从研究选题到最终完成，她都给予了精心指导，其严谨的治学态度和敬业精神令我深受鼓舞。感谢许明武、谭渊等教授提出的宝贵意见，让我明确了研究方向，完善了研究内容。同时，感激韦薇教授多年来对我的悉心栽培，在我迷茫时给予鼓励和支持。也感谢谭彬彬教授、朱浩然副研究员在学术上对我的帮助，以及同门师兄师姐、同学们在学习和生活中给予我的关心与陪伴。最后，特别感谢我的家人，父母的默默付出和女儿的理解支持，是我前行的动力源泉，没有他们的支持，我难以顺利完成这项研究。

刘芙蓉

2025 年 5 月

目　　录

表 目 录

第一章 绪 论

第一节 研究背景与缘起

2002 年颁布的《国家"十一五"时期文化发展规划纲要》系统阐述了中国文化"走出去"战略(郝雨,2017)。在实施这一战略的过程中,中国文学的海外推介始终处于重要的地位。自莫言获得诺贝尔文学奖以来,外国读者对中国文学作品的需求与日俱增,中国海外文学的推介也相应地加快了脚步。2016 年中国图书海外馆藏影响力报告显示,"自 2012 年中国图书海外馆藏影响力已连续 5 年增长"(郝雨,2017:2)。中国文学的对外输出或"出口"活动自然离不开翻译活动。作为翻译活动的主要参与者,译者的重要性不言而喻。近年来,有关译者的研究课题获得教育部人文社科基金项目和国家社科基金项目立项数不断增加。此外,在各类学术期刊上,学者们发表了诸多与译者相关的论文,就研究的主题来看,不少研究者探究了中国文学翻译的译者模式,如:汉学家翻译模式(胡安江,2010),中外译者合译模式(黄友义,2010),中国本土译者模式(潘文国,2004)。汉学家译者普遍具有扎实的汉学研究功底、娴熟的双语转换能力和广阔的跨文化的视野,加之在西方环境的长期生活经历赋予了他们深刻的西方读者审美认知,这些都是本土译者难以企及的优越资质。此外,这些汉学家译者普遍在西方高等院校或研究院担任教职或研究员工作,具有丰富的双语写作经验和出版经历,这使得他们熟络海外编辑、出版社的社交网络,有利于他们更好地承担中国文学作品推介的营销中介人角色。他们卓越的学术背景、丰富的翻译经历已在海外传媒及出版网络的场域中奠定了译者和"文学推手"的声誉,这些优越的资质为中国文学海外之旅奠定了基础,正如汉学家葛瑞汉(A. C. Graham)所说,"汉籍英译只能交给英语母语译者外译"（2008：37）。虽然这一观点可能过于偏激，但就当下的译界现状来看，不可否认的事实是，汉学家译者群体在中国文学外译过程中确实扮演了举足轻重的角色。

因此，对于在中国文学"走出去"的过程中发挥着重要作用的汉学家译者，如何开展有效且系统的研究具有重要的意义。在这样的背景之下，国内关于汉学家译者群体的研究逐渐成为一门显学。但现有研究过于热衷于研究某几个汉学家译者，而对其他同样也具研究价值的汉学家译者未予以重视。根据本研究所掌握的数据，国内学者热衷于对汉学家葛浩文的英译研究，且出现了过热现象，这些研究或阐释葛浩文译者文化身份的丰富内涵（董晶晶，2008），或描述其翻译思想（朱怡华，2012），或探析其翻译行为及翻译过程（李超飞，2012），也有探讨场域和葛浩文译者惯习的历时性互动（鄢佳，2013）。但中国文学翻译的浩瀚工程不可能也绝对不仅仅是依靠葛浩文一个人就可以完成的，其他汉学家译者同样也以其出色的翻译能力参与了中国文学的传播。因此"每位汉学家都是鲜活的个案研究"（刘金龙，2018：94），我们不应忽视或者遮蔽其他汉学家译者的光芒，而理应真实呈现他们为中国文学外译所付出的艰辛以及所取得的成就。白亚仁就是汉学家图谱系中一位译笔卓越的译者，也应进入我们的研究视野。

白亚仁生于1954年，是一位著名的汉学家与翻译家，于1983年获得牛津大学明清文学博士学位，专门研究蒲松龄及《聊斋志异》。他是美国加州波莫纳学院亚洲语言文学系中文系荣休教授，讲授古代汉语、现代汉语、中国古代文学及现当代文学，是一名同时精通古代汉语、现代汉语及中国古代文学和现当代文学的学者。

白亚仁以英译中国当代著名作家余华的作品为主，英译了余华的2部长篇小说、2部短篇小说集和1部随笔集，是与余华长期合作的译者。白亚仁的译著广受好评，其中 *Boy in the Twilight*：*Stories of the Hidden China*（《黄昏里的男孩》）在2014年影响力最大的中国当代文学译作排名中名列第二，*China in Ten Words*（《十个词汇里的中国》）被"全球1152所图书馆收藏，倍受美国媒体的关注"（朱振武等，2017：77）。媒体和大众对余华作品的关注，除了原作自身的文学特性和独特的叙事方式外，当然也离不开白亚仁在翻译中对原著精准的把握和在译文中出神入化的传达。

在译坛辛勤耕耘十余年，白亚仁把中国文学作品推向英语世界，且他的译作广受好评(朱振武等，2017：76-77)。对于这样一位享誉国际声誉的汉学家和翻译家，翻译研究者却未对其进行系统而全面的研究。朱振武等学者(2017：78)曾呼吁："对白亚仁这样长期致力于中国文学外译的汉学家译者，学界应当给予更多的关注。"

通过对相关文献的收集与整理，我们发现此前的研究主要围绕白亚仁的单部译作来进行译介效果、翻译策略或者译者惯习的研究，且大多为期刊论文和硕士论文，尚未有专著或博士论文对白亚仁的双重文化身份建构过程及其文化身份特征、其双重文化身份与翻译目的和翻译选材的关系、译者风格的典型语言特征与非语言特征、译作传播效果及译作传播过程的影响因素等重要课题进行研究。在研究方法上，多数研究主要局限于对零星译例进行个案研究，未采用语料库的研究方法，在研究结果上缺乏可信度。

鉴于此，本研究拟对白亚仁的中国当代文学英译进行全面系统的研究，依托多种副文本材料和翻译文本，探析白亚仁的双重文化身份的建构过程及其文化身份特征，以及其双重文化身份与翻译目的和翻译选材的关系。本研究以自建的白亚仁英译余华作品的汉英平行语料库为基础，借助语料库工具探析其译者风格的典型语言特征；为全面考察白亚仁译者风格的非语言特征，以白亚仁的中国当代文学英译本作为语料(四部虚构作品和一部非虚构作品)，重点探析其重塑原作文学性的策略与方法并考察译作传播效果及译作传播过程的影响因素。本研究旨在以白亚仁的中国当代文学英译研究为个案，为在新时代背景下中国文学如何"走出去"提供可以借鉴的思路和建议。

第二节 研究问题与方法

本研究拟深入探讨以下几个问题：

1. 白亚仁具有怎样的双重文化身份？这种双重身份如何影响其翻译目的和翻译选材？

2. 白亚仁译者风格呈现出哪些典型语言特征？

3. 白亚仁译者风格呈现出哪些非语言特征？

4. 白亚仁的英译作品在国外的传播效果如何？具体受哪些因素的影响？

为了探讨上述几个问题，本研究主要采用如下研究方法：

1. 文本细读法

本研究通过文本细读法对与白亚仁有关的各种副文本进行仔细阅读，解析白亚仁的民族性和他者性双重文化身份的建构过程以及对其翻译目的与翻译选材的影响。

2. 定量研究与定性研究相结合的方法

本研究采用定量研究与定性研究相结合的方法对白亚仁译者风格的典型语言特征和非语言特征进行考察。就定量研究方法而言，本研究自建了白亚仁英译余华作品的汉英平行语料库，采用语料库工具，分别从词汇、句子、语篇三个层面对相关的语言参数进行数据统计和量化分析，由此归纳其译者风格的典型语言特征。就定性研究方法而言，本研究综合运用比较分析法和文本细读法，对白亚仁译者风格在重塑原作文学性的策略与方法方面的非语言特征进行内省式、例证式分析。这些定性与定量研究方法的使用，使研究结论更客观、更具有说服力。

3. 微观、中观与宏观研究相结合的方法

本研究运用语料库工具从词汇、句法和语篇三个层面对白亚仁译本中的十二个语言参数进行了微观的统计及对比分析，并对其重塑原作文学性的翻译策略与方法进行了微观的定性研究。中观层面的研究主要体现在分析白亚仁的双重文化身份对其翻译目的、翻译选材的影响。宏观层面的研究主要表现在探讨作者、编辑、译者、出版社等社会因素及诗学因素对译作传播过程的影响。

4. 描写与解释相结合的方法

本研究从词汇、句子和语篇三个层面对白亚仁译者风格的典型语言特征进行了描写；此外，从国外期刊和报纸发表的书评、海外读者在网络上发表的评论、馆藏情况这三个方面总结了译作的传播效果，还从诗学因素及社会因素等方面对译作传播过程的影响进行了阐释。

第三节　研究意义与创新

本研究从文本内外因素对白亚仁中国当代文学英译活动进行了多视角的分析

与阐释，具有以下理论和现实意义：

一是，能促进学界对白亚仁中国当代文学英译活动进行更加系统而全面的研究。本研究搜集并查证了白亚仁的英译本及对应的原作底本，从白亚仁双重文化身份的建构过程及其文化身份特征，以及其双重文化身份与翻译目的和翻译选材的关系、译者风格的典型语言特征及非语言特征、译作传播效果及译作传播过程的影响因素等方面进行了全面而系统的阐释，能为当下及未来的白亚仁中国当代文学英译研究在研究方法与文献资料上提供可资借鉴的启示。

二是，丰富了译者风格研究的维度。此前的译者风格研究主要关注某一译者不同于其他译者的独特性特征，而对译者的恒定性和规律性的特征探究不足。此外，此前对于译者风格的研究过于关注语言特征的量化数据，而鲜少深入文本内部探究译者风格在重塑原作文学性的策略与方法方面的非语言特征。而本研究对白亚仁译者风格的语言特征及非语言特征作了一个完整性的考察，主要从两个方面进行：一方面借助语料库工具考察了白亚仁译者风格的典型语言特征；另一方面从其重塑原作文学性的策略与方法层面考察了其译者风格的非语言特征，能为此类的译者风格研究提供可资借鉴的案例。

三是，能为中国文学走出去提供一定启示。白亚仁所译介的作品皆为中国当代文学作品，他在翻译文本过程中通过一系列翻译策略与方法重塑了原作的文学性，并且在译作的副文本中撰写了有关原作的积极性评论，这种"文本内外"相结合的译介策略提升了原作的诗学魅力，推进了中国当代文学作品在西方文学世界的经典化进程。对白亚仁译作传播过程的影响因素的分析，有助于了解中国文学"走出去"所涉及的原作的诗学因素及社会因素。这些研究对新时代背景下的中国当代文学外译实践与传播研究均具有一定的启示。

本研究的创新点主要体现在以下几点：

一是在内容上，本研究首次对白亚仁的中国当代文学英译作了较为系统与全面的研究，具体阐述了白亚仁双重文化身份的建构过程及其文化身份特征，以及其双重文化身份与翻译目的和翻译选材的关系。本研究以自建的白亚仁英译余华作品的汉英平行语料库为基础，探析了其译者风格的典型语言特征；为全面考察白亚仁译者风格的非语言特征，以其所有中国当代文学英译本作为语料，重点探析其重塑原作文学性的策略与方法，考察了译作的传播效果及译作传播过程的影响因素。这些研究议题扩展了白亚仁的中国当代文学英译的内涵与形式。

二是在视角上，本研究注重从多个维度来探讨白亚仁中国当代文学英译活动，既包括翻译的内部研究，又包括翻译的外部研究。内部研究主要借助语料库工具，探析了白亚仁译者风格的典型语言特征，同时依托翻译中的叙事建构、语言学、文体学、文学理论等交叉学科的理论视角，通过对比原作及翻译文本，探析其译者风格在重塑原作文学性的策略与方法方面的非语言特征。外部研究主要通过副文本材料，考察了白亚仁双重文化身份的建构过程及其文化身份特征、翻译目的、翻译选材等论题，阐述了原作作者余华的象征资本的影响、原作的诗学魅力、译者在译作副文本中对原作的积极性评价、出版社与编辑的助力及原作作者余华亲自参与的海外推介等外部因素对白亚仁译作传播过程的影响。

三是在方法上，本研究突破了以往白亚仁中国当代文学英译研究仅依靠定性方法对零星译例进行分析的局限，采用定量研究与定性研究相结合的方法，对白亚仁译者风格的典型语言特征和非语言特征进行考察。就定量研究方法而言，本研究自建白亚仁英译余华作品的汉英平行语料库，采用语料库工具，分别从词汇、句子、语篇三个层面对相关的语言参数进行数据统计和量化分析，归纳其译者风格的典型语言特征。就定性研究方法而言，本研究综合运用比较分析法和文本细读法，对白亚仁译者风格在重塑原作文学性的策略与方法方面的非语言特征进行内省式、例证式分析。定性与定量研究方法的结合使用，使译者风格的研究结论更客观、更具有说服力。

第二章 文献综述

本章首先概述白亚仁的生平简介及翻译经历，然后对国内外有关白亚仁的中国当代文学的英译研究进行文献综述及简评，并以此为基础提出本研究的整体思路。

第一节 白亚仁生平简介及翻译经历

白亚仁生于 1954 年，是一位著名的汉学家与翻译家，出生在加拿大，生长在英国。1977 年，他毕业于剑桥大学中文系，以交流生身份来到复旦大学进修中国古典文学，期满后在英国剑桥大学攻读研究生学位；随后进入牛津大学攻读博士学位，专攻蒲松龄和《聊斋志异》的研究，于 1983 年获牛津大学明清文学博士学位。他是美国加州波莫纳学院亚洲语言文学系中文系荣休教授，讲授古代汉语、现代汉语、中国古代文学及现当代文学，是一名同时精通古代汉语、现代汉语及中国古代文学和现当代文学的学者。

白亚仁的汉学研究对象主要是：蒲松龄及其相关著作，特别是《聊斋志异》；中国明末清初文学，主要是作家王志祯的诗歌理论；中国当代文学，主要是余华的作品。他潜心研究汉学三十余载，成果丰硕，前后发表二十多篇与《聊斋志异》相关的中英文学术论文。

白亚仁从 2000 年起开启了翻译中国当代文学之旅，以英译中国当代著名作家余华的作品为主。他因偶然读到余华短篇小说《黄昏里的男孩》，萌生了将其译成英文之意。他也是因为翻译《黄昏里的男孩》而结识了作家余华，成为余华作品英译的长期合作译者。他还翻译了余华的长篇小说《在细雨中呼喊》（*Cries in the*

Drizzle)、长篇小说《第七天》(*The Seventh Day*)、随笔集《十个词汇里的中国》(*China in Ten Words*)、中短篇小说集《余华作品集》(*The April 3rd Incident*: *Stories*)。此外他还编译了韩寒的散文集《青春》(*This Generation*: *Dispatches from China's Most Popular Literary Star*),翻译了杭州青年作家孔亚雷的小说《UFL》和《如果我在即将坠机的班机上睡着了》(这两部译作目前没有问世)①。

白亚仁的译著广受好评,其中 *Boy in the Twilight*: *Stories of the Hidden China* (《黄昏里的男孩》)在 2014 年影响力最大的中国当代文学译作排名中名列第二,并被《书目》(*Booklist*)杂志极力推荐。该杂志被《纽约时报》称为"全球公共和学校图书馆的收藏圣经"(朱振武等,2017:76-77)。白亚仁备受瞩目的译作还有 *China in Ten Words*(《十个词汇里的中国》),它被"全球 1152 所图书馆收藏,并广受美国媒体的关注,相关书评见诸《华盛顿邮报》(*Washington Post*)、《纽约时报》(*New York Times*)等报刊"(同上:77)。其他译作,如 *The Seventh Day*(《第七天》)、*Cries in the Drizzle*(《在细雨中呼喊》)及 *The April 3rd Incident*: *Stories*(《余华作品集》),《出版者周刊》(*Publishers' Weekly*)、《纽约书刊》(*New York Journal of Books*)等各大主流刊物都刊载有与之相关的书评。

第二节　白亚仁中国当代文学英译研究综述

本研究在中国知网数据库中以"白亚仁"为关键词同时检索(检索时间是 2023 年 2 月 8 日)期刊、报纸、国内会议论文、国际会议论文、硕博论文等文献类型,文献发表时间截至 2022 年,共检索到 25 篇文献,剔除 4 篇无关文献,共获得 21 篇有关文献(含期刊论文及硕博论文)。其中 15 篇文献与白亚仁的英译研究直接相关,另外 6 篇文献主要聚焦余华作品的海外译介,文中有少量篇幅涉及白亚仁译作的译介概况,如表 2-1 所示:

---

① 白亚仁教授在邮件中告知这两部译作尚未问世。

表 2-1　　　　白亚仁翻译研究论文列表（含期刊论文及硕博论文）

序号	论 文 名 称	论文类型	作者	发表刊物	发表时间
1	布迪厄社会学视角下白亚仁《第七天》英译本研究	硕士论文	吴洲	华中师范大学	2022
2	余华作品在英语世界的研究	博士论文	杨荷泉	山东大学	2021
3	余华作品在美国的译介与传播——白亚仁教授访谈录	期刊论文	汪宝荣、白亚仁	东方翻译	2021
4	从切斯特曼的翻译伦理视角看译者主体性的发挥——以《第七天》英译本为例	硕士论文	张欧荻	西安外国语大学	2020
5	从叙事文体学视角看小说《在细雨中呼喊》的英译本	期刊论文	宋悦、孙会军	外语研究	2020
6	小说·历史·文学翻译——白亚仁教授访谈录	期刊论文	赵红娟	文艺研究	2020
7	美国汉学家白亚仁谈中国小说在英美的翻译与传播	期刊论文	白亚仁、杨平	国际汉学	2019
8	余华作品在欧美的传播及汉学家白亚仁的翻译目标	期刊论文	杨平	翻译研究与教学	2019
9	英籍汉学家白亚仁的译者惯习探析——以余华小说《第七天》英译为中心	期刊论文	汪宝荣、崔洁	外国语文研究	2019
10	白亚仁英译余华小说《第七天》成语、俗语社会学分析	硕士论文	崔洁	浙江财经大学	2019
11	从流行语的翻译与传播看当代文学中国话语的建构——以余华《十个词汇里的中国》英译本为例	期刊论文	周晔	西安外国语大学学报	2015
12	文化自觉与源语旨归的恰当平衡——以白亚仁的译介策略为例	期刊论文	朱振武、罗丹	山东外语教学	2015
13	在细雨中呼喊：世界文学语境下的文学变异与异域接受	期刊论文	谢辉	海外英语	2015

续表

序号	论 文 名 称	论文类型	作者	发表刊物	发表时间
14	文化差异及翻译策略	报纸	白亚仁	文艺报	2014
15	从《十个词汇里的中国》的英译看图里规范理论的解释力	硕士论文	李文宁	四川外国语大学	2014
16	《在细雨中呼喊》英译本的互文性分析	硕士论文	刘璐	北京林业大学	2015
17	余华作品英语译介传播研究	期刊论文	曾玲玲	浙江外国语学院学报	2015
18	"不能总是在当代世界文学舞台上跑龙套"——余华谈中国文学的译介与传播	报纸	高方	中华读书报	2014
19	当代文学诡异"风景"的美学统一：余华的海外接受	期刊论文	刘江凯	当代作家评论	2014
20	西方人视野中的余华	期刊论文	姜智芹	山东师范大学学报	2010
21	一位美国学者的心愿——记白亚仁教授	期刊论文	张莉莉	走向世界	1995

除了硕士论文和期刊论文，白亚仁也撰写了两篇涉及中国文学英译的论文，分别收录在于 2011 年出版的《翻译家的对话》和于 2012 年出版的《翻译家的对话Ⅱ》中，其中一篇题为《一位业余翻译家的自白书》(白亚仁，2011)的论文，概述了白亚仁中国当代文学翻译的目的和起源，并结合译例论述了译者在翻译过程中如何在忠实性和创造性之间进行抉择；另一篇题为《漫谈非虚构作品的翻译和出版》的论文，首先论及白亚仁选择非虚构作品英译的动因，最后重点聚焦《十个词汇里的中国》(白亚仁，2012)的翻译过程，如翻译注释的选择、英译本的修改过程及编辑为译本的生成及市场营销过程中所做的努力。

一、国内研究综述

国内关于白亚仁的英译研究，就形式而言，主要散见于硕士论文和期刊论文。研究内容主要涉及四个方面：

其一是白亚仁的翻译思想研究。白亚仁（2014：1-2）在论述文化差异与翻译策略时，提出"译者在翻译过程中应兼顾小说语言和文化差异、译文读者的期待和编辑意见"的观点。另有4篇文献是对白亚仁的访谈，涉及他对蒲学研究、余华作品的翻译及中国文学的译介状况等内容的思考。（张莉莉，1995：22；白亚仁、杨平，2019：18-24；赵红娟，2020：102-120；汪宝荣、白亚仁，2021：59-63；77）

其二是白亚仁的译者本体研究。汪宝荣、崔洁（2019）引入场域理论和译者惯习概念，基于白亚仁的《第七天》英译本，从源文本的选择、翻译策略、翻译观三方面考察其译者惯习。张欧荻（2020）从切斯特曼的翻译伦理视角，基于白亚仁的《第七天》英译本，论述译者主体性的发挥。

其三是白亚仁的翻译策略研究。周晔（2015）以白亚仁《十个词汇里的中国》的英译本为基础，考察其对于原文中的流行语所采取的翻译策略，指出存在文学性不足和术语不一致等问题；刘璐（2015）以互文性理论为依归，结合白亚仁《在细雨中呼喊》英译本中的实例，论述其翻译策略及互文性翻译原则。朱振武、罗丹（2015）以白亚仁的《在细雨中呼喊》和《黄昏里的男孩》英译本为语料，总结其采用了以归化为主的翻译策略，并兼用省译、增译及意译的翻译方法。崔洁（2019）运用场域理论和译者惯习概念，以白亚仁的《第七天》英译本为基础，分析、归纳白亚仁惯用的成语、俗语翻译策略。宋悦、孙会军（2021）基于白亚仁《在细雨中呼喊》的英译本，依托叙事文体学视角对比分析原文与其译本，发现"译本在叙事距离、叙事视角和叙事时间上与原作有所偏差，进而影响了译本的叙事效果和译本的接受"。

其四是白译本的传播效果研究。李文宁（2014）在图里规范理论的框架下分析并归纳《十个词汇里的中国》的白亚仁英译本在美国译介成功的原因，如译者翻译策略、出版社、媒体、读者态度及余华影响力等因素。谢辉（2015）分析了《在细雨中呼喊》这一作品在西方世界遇冷的原因，指出白译本中陌生化效果的消失、译文读者对小说的叙事模式和"文革"叙事主题的倦怠都是译介效果不佳的动因。吴洲（2022）从布迪厄社会学视角阐释了《第七天》的白亚仁英译本在美国译介成功的因素。还有一些研究主要聚焦余华作品的海外传播，其中有少量篇幅涉及白亚仁译作的传播效果。(姜智芹,2010;高方,2014;刘江凯,2014;曾玲玲,2015;杨平,2019;杨荷泉,2021)

二、国外研究综述

国外关于白亚仁的英译研究,就形式而言,主要散见于期刊论文和期刊书评。目前,尚未有专著、会议论文及论文集涉及白亚仁的英译研究。

其一是对白亚仁的访谈。目前共有两篇访谈,其中一篇主要聚焦白亚仁英译余华作品的缘起、译作出版经历、翻译过程中涉及的问题及其对其他译者翻译余华作品的评价;(Sun & Barr,2019:1-7)另外一篇运用"译者惯习"概念探究白亚仁在翻译过程中的选择偏好,借助拉图尔的行动者网络理论探析推介余华作品至美国的参与者,如美国出版社、文学代理人、编辑及译者等,进而获知其职业惯习及余华作品在美国的传播和接受情况。(Wang & Barr,2021:84-97)

其二是对白亚仁中国当代文学英译本的研究。关于白亚仁英译的《在细雨中呼喊》,有两篇书评对其作过评述。李华(Hua Li)高度评价了白亚仁的英译本,认为"优美的翻译不仅使英文读起来流畅,而且忠于原作的精神、风格及情感的传达。英译本很好地保留了原文的幽默感和隐含在原文之中的话语内涵"(2008:627)。另外一篇是发表在《出版者周刊》的书评①,主要概述了小说的故事情节,并简略评价了白亚仁的翻译,认为"尽管小说的结构有脱节,但白亚仁的翻译完美地捕捉到了一个处于变化边缘的社会的潮起潮落"。

对于白亚仁英译的《十个词汇里的中国》,主要有三篇书评对其作过评述,如美国《柯克斯书评》(Kirkus Reviews)②点评了其译本的优点,认为"译文保留了余华简洁、直率的风格和微妙的幽默感"。其他两篇书评主要展示了作品的叙事内容并高度评价了余华的写作风格,均未涉及白亚仁的翻译评价。(Haggas,2011:18-19;Cho,2011:98)

关于白亚仁英译的《黄昏里的男孩》,主要有两篇书评对其进行评述。其一是

---

① Review:*Cries in the Drizzle* [EB/OL]. *Publishers Weekly*. (2007-10-01) [2021-02-15]. https://www.publishersweekly.com/9780307279996.

② Reviews:*China in Ten Words* [EB/OL]. *Kirkus Reviews*. (2011-10-01) [2021-03-07]. https://www.kirkusreviews.com/book-reviews/yu-hua-2/china-ten-words/.

发表在《出版者周刊》的书评①，展示了该译作的大致内容，认为这是一部描写中国的普通老百姓，而不是新富豪、腐败官员和他们被宠坏的孩子的故事，但未涉及对白亚仁的翻译评价。其二是发表在《纽约图书杂志》(*New York Journal of Books*)的书评②，简略地提及这部译作是由加州波莫纳学院中文系荣休教授白亚仁巧妙地从中文翻译而来的，他是研究明清中国小说和当代中国小说的学者，并肯定了其译作优雅不俗的品质。(Venkat，2014)

对于白亚仁英译的《第七天》，主要有三篇书评对其进行评述：第一篇书评主要是对作品的文学性与余华的写作特色进行评价(Dahiya，2015)③，第二篇展示了作品的叙事内容并肯定了余华的写作才华④，这两篇均未涉及对白亚仁的翻译评价。最后一篇书评指出白亚仁的翻译太过冗长，未传达出最好的潜在笑点(Kalfus，2015)⑤。

关于白亚仁英译的《余华作品集》，主要有两篇书评对其进行了评述。其中一篇书评⑥高度赞扬了白亚仁的翻译，认为"白亚仁把握叙事的节奏和措辞非常的出色"(Goodman，2021)，另外一篇书评⑦主要介绍了作品中有代表性的故事，并转述了白亚仁在该译作副文本中对余华的评价，但未对白亚仁的翻译进行

---

① Reviews：*Boy in the Twilight*：*Stories of the Hidden China*［EB/OL］. *Publishers Weekly*. (2014-01-21)［2021-02-21］. https：//www. publishersswee-kly. com/9780307379368.

② Venkat M. Review：*Boy in the Twilight*：*Stories of the Hidden China*［EB/OL］. *New York Journal of Books*. (2014-03-21)［2021-03-01］. https：//www. nyjournalofbooks. com/book-review/boy-twilight-stories-hidden-china.

③ Dahiya N. Dark，Disturbing and Playful，'Seventh Day' Takes on Modern China［EB/OL］. *NPR*. (2015-01-19)［2021-01-23］. https：//www. npr. org/2015/01/19/376093937/dark-disturbing-and-playful-seventh-day-takes-on-modern-china? t = 1612282373748.

④ Reviews：*The Seventh Day*［EB/OL］. *Publishers Weekly*. (2015-01-13)［2021-06-15］. https：//www. publishersweekly. com/9780804197861.

⑤ Kalfus K. '*The Seventh Day*' by Yu Hua［N/OL］. *The New York Times*. (2015-03-20)［2021-03-10］. https：//www. nytimes. com/2015/03/22/books/review/the-seventh-day-by-yu-hua. html.

⑥ Goodman E. Review：*The April 3rd Incident*［EB/OL］. *MCLC Resource Center Publication*. (2021-02-02)［2021-02-13］. https：//u. osu. edu/mclc/2021/02/02/the-april-3rd-incident-review-2/#more-36689.

⑦ Reviews：*The April 3rd Incident*［EB/OL］. *Kirkus Reviews*. (2018-11-13)［2021-06-20］. https：//www. kirkusreviews. com/book-reviews/yu-hua-2/the-april-3rd-incident/.

评述。

对于白亚仁英译的《青春》，主要有两篇书评对其进行了评述。其一发表在《柯克斯书评》上，该书评指出"那些调侃而又有趣的内容涉及不平等、不公正、审查制度等，这是任何人必读之书，特别是二三十岁的人，渴望了解今天的中国"①。其二是发表在《新闻周刊》(Newsweek)上的书评，该书评认为这部佳作"充满了讽刺的语调"②。这两篇书评未对白亚仁的翻译进行评述。

三、国内外研究简评

通过梳理国内外白亚仁的翻译研究现状，当前译界对其翻译策略、译者惯习、译作传播效果的研究取得了一些可喜的成果，为本研究提供了有价值的文献史料和具有创见性的研究思路。但这些研究大多围绕白亚仁的单部译作展开，聚焦于翻译策略、译者惯习或传播效果，具有很大的局限性。本研究对这些研究的不足之处进行分析和总结，有以下几点：

1. 研究主体

从国外文献及表 2-1 来看，国内外关注白亚仁的英译研究者数量不多，且这些研究者都没有持续关注白亚仁的英译研究。缺乏研究者的长期关注导致白亚仁的英译研究缺乏系统性。

2. 研究客体

第一，论文的数量和质量有待提升。目前，白亚仁的英译研究文献数量较少，没有呈现逐年递增的趋势，且缺乏高水平的研究论文，目前仅有 2 篇论文发表在南大核心期刊上，另有 3 篇发表在北大核心期刊上。

第二，研究内容比较单一，有待深入。现有的研究主要聚焦三个方面，分别是白亚仁的翻译策略、译者惯习和译作传播效果。其中，翻译策略和译作传播效果的研究明显多于译者惯习研究。这些翻译策略的研究，大体从文化负载词（朱

---

① Review：*This Generation：Dispatches from China's Most Popular Literary Star*［EB/OL］. *Kirkus Reviews*.（2012-10-09）［2021-07-02］. https：//www. kirkusreviews. com/book-reviews/han-han/generation-china-literary-star/.

② Duncan H. Han Han：World's Most Popular Blogger［EB/OL］. *Newsweek*.（2012-10-15）［2021-01-18］. https：//www. newsweek. com/han-han-worlds-most-popular-blogger-65453.

振武、罗丹，2015)、流行语(周晔，2015)及习语(汪宝荣、崔洁，2019；朱振武、罗丹，2015)三个方面进行考察，而对其重塑原作文学性的翻译策略与翻译方法缺乏关注。此外，现有的研究鲜少涉及译者主体，仅有一篇文献关注译者白亚仁，且局限于研究译者惯习。(汪宝荣、崔洁，2019)该文献以白亚仁英译的《第七天》为中心，从翻译选材、翻译观、翻译策略三个层面研究其译者惯习。另外，现有研究尚未对白亚仁的双重文化身份的缘起和内涵进行解读，对其双重文化身份与其翻译目的、翻译选材的关系研究更未曾涉及。再有，基于语料库的白亚仁译者风格的典型语言特征的考察尚未开展，即对译者的语言偏好和语言使用的规律性探究不足；对白亚仁译者风格在重塑原作文学性的策略与方法的非语言特征的研究也缺乏关注。也尚未有研究基于白亚仁英译的虚构及非虚构作品，考察其译作的传播效果及传播过程的影响因素。

第三，所选译本不够全面，未能全面考察白亚仁的中国文学英译的译者风格与翻译行为。当前的译本研究主要关注其对虚构文学作品的译作，如《在细雨中呼喊》《黄昏里的男孩》和《第七天》的译本，而对非虚构文学作品《十个词汇里的中国》的译本研究仅有两篇，白亚仁英译的短篇小说集《余华作品集》未得到研究者的关注。目前，对白亚仁非虚构文学的译本和《余华作品集》英译本的研究不足，主要体现在以下几点：当前对白亚仁英译策略的研究大多以其虚构作品的英译本作为考察语料，进而分析、推导白亚仁倾向使用的英译策略，而忽略了其非虚构作品的英译策略。此外，现有研究主要是以其特定译作为语料进而考察其译作的传播效果，而忽略了其他译作的传播效果。要解决这些问题，研究者需要对白亚仁的虚构及非虚构译作进行研究，只有在保证语料完整的条件下，所得出的结论才更客观全面、更具说服力。

第四，研究方法有待扩展。此前的研究大多采用文本分析法，即以原文和译文为参照语料，在文献细读的基础上，解读白亚仁的英译策略、译者惯习。另有研究采用调研法获取书评和译文读者的评论来考察白亚仁部分译作的传播效果。再有，以访谈法考察白亚仁的翻译活动。根据我们目前掌握的文献来看，基于语料库的白亚仁译者风格的典型语言特征的考察尚未开展，缺乏对相关语言参数的数据统计和量化分析。此前的研究大多以白亚仁的某部译作作为研究语料，以定性方法考察其翻译策略。显然，这些研究受限于语料的缺乏及研究方法的单一，对于深度解读译者的语言表达规律远远不够，且其结论不足以令人信服。

鉴于以上研究现状，本研究拟拓宽研究内容及研究方法，结合文本内外因素，探析汉学家白亚仁中国当代文学英译研究。文本外的研究主要基于副文本材料及翻译文本，揭示白亚仁双重文化身份的建构过程及其特征，探讨其双重文化身份与翻译目的和翻译选材之间的关系。文本外的研究包括采用调研法和文本细读法，从期刊、报纸的书评，海外读者在网络上发表的评论，馆藏情况考察其译作的传播与接受的概况，并探究译作传播过程的影响因素。文本内的研究主要通过创建白亚仁英译余华作品的汉英平行语料库，借助语料库工具，从词汇、句子、语篇三个层面考察白亚仁译者风格的典型语言特征；接着以其中国当代文学英译本（包括四部虚构作品和一部非虚构作品）为考察语料，依托翻译中的叙事建构、语言学、文体学、文学理论等交叉学科的理论视角，从主题呈现、叙事语调再现、修辞格的转换和习语的形象处理四个维度探析其译者风格的非语言特征。综上所述，本研究以文本内和文本外相结合以及交叉学科的动态视角开展汉学家白亚仁中国当代文学英译研究。

第三章　白亚仁双重文化身份与中国文学英译之关系概述

本章通过对副文本材料及翻译文本的考察，揭示白亚仁双重文化身份的建构过程及其特征，探讨白亚仁的双重文化身份与其翻译目的和翻译选材之间的关系。

第一节　白亚仁双重文化身份建构

随着翻译研究的"文化转向"，译者个人的"文化身份"备受学界的关注。（付文慧，2011：16）查尔斯·泰勒（Charles Taylor）认为个人的身份问题与价值密切相关，个人身份认同决定了其价值判断，进而影响其行为导向。（1989：28）而个人的文化身份属于个人身份的一部分，那么个人的文化身份也决定着价值取向的定位。就译者文化身份而言，其文化身份必然会影响其价值取向，并对其翻译行为具有导向作用。因而深入挖掘译者的文化身份对于译者的整体研究具有重要意义。

白亚仁出生于典型的西方知识分子家庭，成长于西式教育之下。1983年获得牛津大学明清文学博士学位后，他继续潜心研学汉学三十余载，成为了西方世界聊斋学研究的领军人物（李艾岭，2013：85）。据此可见，白亚仁接受的西式教育及长期生活在欧洲文化环境之中，加之三十余年的汉学研学经历，成功建构了其双重文化身份。

因此，本章拟从白亚仁的生长环境、教育背景、汉语习得、汉学养成及对中国文学、文化的挚爱等方面，解析其双重身份的塑成过程及表征。首先，我们先梳理学界对于文化身份（Cultural Identity）含义的界定。

一、文化身份的定义

英国文化研究理论家斯图亚特·霍尔(Stuart Hall)把"文化身份"界定为"一种共有的文化",反映了共有的文化符码和共同的历史经验。(2000:209)王宁(1999:49;2002:4)认为"文化身份"等同于"文化认同",指的是"文化研究中的民族本质特征和带有民族印记的文化本质特征"。张裕禾、钱林森(2002:72-73)认为"文化身份是一个民族、集体、个人在与他民族、他群体、他人比较之下所认识到的自我形象"。可见,文化身份,反映了某一个人、集体、民族共有的文化特色,是区别于他者的特殊属性。就白亚仁的文化身份而言,他在中西两种文化体系中建构了两种各具特色的文化身份,形成了他独特的双重文化身份。

张裕禾、钱林森(2002:72-73)认为"文化身份并不是一个静态体,而是随着时间、空间的转移产生变化的动态体"。哈马斯(Josiane Hamers)和布兰克(Michael Blanc)也指出个体文化身份会随着经济、政治、文化历史环境的变迁而不断演化,受到自身所属及所接触的文化群体的价值观的影响,具有发展性和建构性的特点。(Hamers & Blanc,2000:207-209)据此可见,个体的文化身份并不是静止不变的,与个人所处的历史文化环境及所接受的教育、个人经历密切相关。就白亚仁的文化身份建构而言,他的生长环境、教育背景、汉语习得、汉学养成等各方面建构了他的双重文化身份,而且这是一个动态发展的过程,具有流动性和稳定性的特征。

"文化身份的核心部分是价值体系或价值观念,不了解一个人、一个群体或一个民族内化了的价值观念就不能深刻理解与之相关的任何社会行为。"(张裕禾、钱林森,2002:72)基于此,对白亚仁的双重文化身份展开解读具有重要意义。本章将从白亚仁的双重文化身份建构的不同时期,解析其民族性和他者性双重文化身份的塑造过程。

二、民族性和他者性双重文化身份的形成

就白亚仁的双重文化身份而言,一方面,长期生活在西方文化环境及接受传统的西方学术训练等因素塑造了他的第一重文化身份。这种身份明显具有地域特征,我们把它界定为熟谙西方文化的民族性文化身份。另一方面,作为一名汉学

家，他潜心研究中国古典文学并译介中国文学，由此建构了他的第二重文化身份，我们把它界定为热爱中国文化的他者性文化身份。

(一) 民族性与他者性双重文化身份的孕育期

"白亚仁出生在一个苏格兰知识分子家庭，其父亲和祖父都是研究《圣经》的专家，其母则是教授希腊文、拉丁文的中学教师。"(赵红娟，2020：102) 因其父母热爱阅读，白亚仁从小就受到西方经典著作的熏陶。"白亚仁在中学时代又选修法文、希腊文、拉丁文等语言课程。"(朱振武等，2017：66) 可见，他自幼生活在欧洲文化环境和典型的西方知识分子家庭之中，加之在中学时期接受了西式教育，自然形成了一种对西方文化深深的认同感。这种认同感，不断日积月累，潜移默化，奠定了白亚仁熟谙西方文化的民族性文化身份。

白亚仁十四岁时与家人前往香港，第一次接触了汉字。街头的中文广告招牌引发了白亚仁对汉语的兴趣，于是他回国后购买一本介绍中国语言的书，初步学习了简单的汉语词汇。中学时代的他又读了韩素音的自传三部曲。这些作品所塑造的中国革命的正面形象，与西方主流媒体对中国革命的负面叙事形成鲜明对比，激发了白亚仁对中国现代史的兴趣。同时，他还读了亚瑟·威利(Arthur Waley)英译的《西游记》及古典诗歌等作品，又滋生了对中国古典文学的兴趣。(赵红娟，2020：103) 通过接触汉语，白亚仁对中国文化产生了浓厚的兴趣，进而潜心阅读中国现代文学和古典文学作品。久而久之，白亚仁身上打下了热爱中国文化的他者性文化身份的烙印。

(二) 民族性与他者性双重文化身份的浸染期

白亚仁民族性与他者性的双重身份与他所接受的西方汉学训练密不可分。因其在中学时期就对中国历史、文化产生了浓厚的兴趣，他申请大学专业时毫不犹豫地选择了中文系，之后被剑桥大学中文系录取，从此开启了他的西方汉学训练之旅。1977 年，他毕业于剑桥大学中文系，以交流生身份来到复旦大学进修中国古典文学，期满后在英国剑桥大学攻读研究生学位，于 1980 年获中国文学硕士学位，随后进入牛津大学攻读博士学位。在读博期间，他无意中读到《聊斋志异》，"被巧妙的情节设计和生动的叙事风格吸引"(李春玲，2017：17)，而当时

《聊斋志异》的研究在西方学界十分鲜见，于是他以此作为博士论文的主题。"1979 年在复旦大学访学期间，他不辞辛苦地先后五次到蒲松龄老家山东淄博获取关于《聊斋》的第一手文献资料，并以此为基础撰写博士论文。"（李春玲，2017：17）经过不懈努力，白亚仁在 1983 年顺利完成了博士论文写作，并获得中国文学博士学位。可见，在剑桥大学及牛津大学所接受的西方汉学训练建构了白亚仁民族性和他者性的双重文化身份。

白亚仁他者性的文化身份的建构与他汉语的习得过程密切相关，他曾在访谈中提及"在本科时汉语口语表达能力一般，但欧洲重视古典文学研究的传统，所以阅读古文还是相当有水平的"（白亚仁、杨平，2019：19），他阅读过古典小说"三言"、《红楼梦》及《儒林外史》。（赵红娟，2020：104）尽管他的古文阅读水平很高，但他表示在本科时他的现代汉语水平相对有限，当时中国处于"文化大革命"时期，由于汉语教材稀缺，与中国人交流机会较少，且剑桥开课时间短，所以他在 1977 年来中国时，他的汉语实际应用能力非常有限。这一情况在 1981 年他以博士生身份来中国学习期间得到了改善，这得益于中国的改革开放和广泛的对外学术交流，他也因此结识了许多中国的学者和作家群体，如古典文学研究家、小说家吴组缃，文学家、历史学家的王利器，蒲学研究专家袁世硕、马瑞芳，杂文家何满子等学者。在此时期白亚仁通过自身努力的学习和广泛的学术交流，其中文水平得到了显著提高。（赵红娟，2020：103）"主体的地位和身份是由语言建构的"（Green & LeBihan，1996：169），与此相对照，在白亚仁习得汉语的过程中，其他者性的文化身份也得到了进一步的巩固。

此外，与国外汉学家群体广泛的学术交流进一步建构了白亚仁他者性的文化身份。白亚仁在访谈中提到："从本科阶段起，受教于一些学术水平颇高的汉学家或学者，如研究中国古典小说的华裔汉学家张心沧（H. C. Chang）、专攻汉史研究的学者鲁惟一（Michael Loewe）、专攻唐史研究的学者麦大维（David McMullen），以及研究道教的学者巴瑞特（Timothy Barrett）等。"（赵红娟，2020：103）白亚仁认为对其影响最大的当属其牛津大学的博士生导师、汉学家杜德桥（Glen Dudbridge），导师学识渊博，治学严谨，成为了他一生的模范。（赵红娟，2020：103）由此可见，白亚仁在与国外汉学家群体广泛的学术交流之中，自然受到中国文学、文化的熏陶并在潜移默化中，发展和建构了自身的他者性的文化身份。

（三）民族性与他者性双重文化身份的形塑期

白亚仁获得牛津大学明清文学博士学位后，前往美国加州波莫纳学院教授明清文学，开启了他三十余载的汉学研究。这一时期其双重文化身份不断发展、深化，逐步形塑完成。

他始终保持着对《聊斋志异》的研究热情，先后发表了"相关论文近 20 篇，其中英文论文 5 篇，中文论文 15 篇"（李春玲，2017：17）。白亚仁对于《聊斋志异》的研究可以分两个阶段：第一阶段是 20 世纪 80 年代，他考证了《聊斋志异》各抄本的差异、各册分卷及成书顺序、故事的创作时间，并累积考证了《聊斋志异》里的 45 个故事的创作时间或时期。（Barr，1984）这一期间，他有两篇重量级成果发表在《哈佛亚洲研究杂志》上，一是《〈聊斋志异〉的文本传播》，二是《〈聊斋志异〉的早期与晚期故事比较研究》。第二阶段是 20 世纪 90 年代至今，他考证了其他文学作品与《聊斋志异》的关系及故事源流，相关研究分别发表在《文史哲》等国内核心期刊。

白亚仁在《聊斋志异》研究领域深耕三十多年，取得了一系列重要成果，"在美国汉学家甚至整个西方汉学家都独领风骚"（李春玲，2017：20）。他之所以能取得汉学研究的成果与诸多因素相关。首先是剑桥大学、牛津大学十分重视中国古典文学及文献考据的学术传统(李春玲，2017：19)，这使得在那里研学的白亚仁具备深厚的古文考证能力；其次他精通古代汉语和现代汉语，长期用中文撰写论文，研读了诸多中国现当代文学及古典文学作品，为深入研究汉学奠定了坚实的语言基础，并积累了深厚的文学修养；此外他长期与中国学界保持密切的交流互动，多次来华参加有关蒲松龄及《聊斋志异》的学术会议，这些活动使他清晰地了解中国学界关于这一课题的研究前沿，并在此基础上推陈出新，做出有影响力的研究；当然他的汉学成就还与美国浓厚的汉学研究氛围密不可分。

将这些汉学的研究回归至对白亚仁双重文化身份的考量时，我们不难发现：白亚仁 30 多年来的汉学研究无不得益于中西方文学、文化研究视野的融汇。从地域维度来讲，白亚仁虽身在美国，但自 1977 年起从未间断前往中国交流学习，使得其深受两种不同政治、经济、历史及文化的影响；从研究方法和视角而言，白亚仁兼具中西两种文化的学术传统，一方面传统的西方汉学训练使白亚仁具有欧洲重文献考据的学术思维；另一方面长期与中国古典文学研究者的学术交流，使他渐渐习得中国古典文学的研究方法；从研究的语言和内容而言，白亚仁精通古现代汉语，能够深谙《聊斋志异》及蒲学的丰富内涵，这些都增加了其自身的中国文化元素。与此同时，白亚仁的双重文化身份也逐步形塑完成。

(四)民族性与他者性双重文化身份的形成期

三十多年来，白亚仁精研汉语、中国古典文学及现当代文学，用汉语授课，讲授古代汉语、现代汉语、中国古代文学及现当代文学(朱振武等，2017)，其精湛的汉语水平和厚实的汉学基础为之后翻译中国文学奠定了深厚的基础。与此同时，白亚仁的双重文化身份也日渐形成。

白亚仁不仅对《聊斋志异》感兴趣，还对与之同期的明清文学作品产生了浓厚的研究热情。他在教书余暇还研究了明末清初作家王士禛的诗歌理论。(朱振武等，2017：66)除了对中国古典文学的关注，白亚仁也十分喜爱中国当代小说，尤其余华的作品。他最先接触余华的作品是《许三观卖血记》，很是震撼，产生了强烈兴趣，萌发了翻译此书的念头。不过当得知已经有人正在翻译这部作品时，他遂放弃了这一想法。(白亚仁、杨平，2019：19)后来他发现余华的《黄昏里的男孩》也毫不逊色于《许三观卖血记》，该作品"故事幽默生动，语言简洁"(朱振武等，2017：70)。于是他利用学术假期，前往北京主动约见余华，得到余华的翻译许可，然后他又联系出版社、编辑，积极向他们推荐余华的作品，从此开启了翻译余华作品之旅。除了《黄昏里的男孩》，他随后翻译的"余华作品都是经过余华和他两人的商议后，向出版社提供翻译出版计划，出版社签约后由他着手翻译"(汪宝荣、崔洁，2019：50)，甚至余华发表在《洛杉矶时报》《纽约时报》及《国际先驱论坛报》上的若干文章，其译文都出自白亚仁之手(周晔，2015：112)。可以说，白亚仁是余华的"御用翻译"。

除了关注余华的作品，白亚仁对其他中国当代作家的文学作品也保持较高的兴趣。在北京大学周先慎教授的推荐下，他阅读了汪曾祺的《受戒》《故里三陈》等作品，并对汪的作品极为推崇，还曾在自己的课堂上向学生进行推介。他还向学生介绍了其他中国文学作品，如曹雪芹的《红楼梦》、白先勇的《台北人》及莫言的《红高粱》。

可见，白亚仁对中国文学、文化的热爱已跨越古今，几十年如一日地钻研中国古典文学、中国当代文学，身体力行地译介中国优秀的文学作品到西方世界。他甚至把这份对中国文学、文化的热爱延伸至生活中的每一处，他的妻子也是一位颇有文化修养的中国人，中西合璧式的婚姻给他热爱中国文化的他者性文化身份抹上了浓重的一笔。赵红娟教授曾经拜访过他在加州克莱蒙特的家，中式的书柜、圈椅、瓷器等一应俱全，体现了浓浓的中国情结（赵红娟，2020：103），更是展现了白亚仁融到骨子里那份对中国文化的热爱。

综上而言，从白亚仁自幼浸淫于西学，童年时对中国文化的懵懂兴趣，到青少年时期的汉学启蒙，发展至青年时期在西方学术训练下醉心于研究中国古典文学，最后积极地译介中国文学的过程，最终形成了白亚仁的双重文化身份。在这个过程中，他的文化身份无不受到中西文化的碰撞和融汇的影响，即来自西方文化的民族性和中国文化的他者性的相互渗透、相互依存，最后融入血液里成为不可分割的部分，建构了白亚仁独特的中西双重文化身份。

查尔斯·泰勒（Taylor，1989：28）指出，个人身份认同决定了其价值判断，进而影响其行为导向。而个人的文化身份属于个人身份的一部分，那么个人的文化身份也决定着价值取向的定位。毋庸置疑，白亚仁的双重文化身份必定会影响其价值观的取向。因而，在翻译的场域中，白亚仁的文化身份决定了他对翻译的价值判断，进而影响其翻译目的及翻译选材。因此，下文将结合副文本材料及翻译文本，探讨白亚仁的双重文化身份对其翻译目的及翻译选材的影响。

第二节　白亚仁的翻译目的

目的是"意志行动所要达到的结果"（时蓉华，1988：114）。"人总会预设自己有意识的行动所能达到的目标或结果。目的是有意识的行动，并指引着人们的行动方向"（同上）。费米尔（Hans J. Vermeer）认为翻译是"一种人类行为，一种在特定情况下发生的有意图的、有目的的行为"（转引自 Nord，2001：11）。因此，译者作为翻译活动的主体之一，必定会预设其翻译行为所要达到的目标或结果。

古往今来，不同的译者群体或个体有着各自鲜明的翻译目的，如20世纪初本土女性译者群体希望通过翻译以实现"强国强种的目标"（罗列，2011：49）。以严复、梁启超等为代表的男性译者群体从事翻译的目的是"启蒙知识分子，实现救亡图存"（罗列，2011：49）及建构中国的现代性（罗选民，2017）。以林语堂、熊式一为代表的华人离散译者从事翻译更多出于文化自觉意识，向西方读者"译介中国古典文学的书籍"（卞建华，2005：48），以弘扬中华优秀传统文化。在经济全球一体化进程中，中西文化交流与日俱增，翻译的目的也变得多样化。那么，作为汉学家白亚仁的翻译行为有何目的？为何有这样的翻译目的？下文将结合副文本材料进行分析。

一、丰盈自身的精神世界

白亚仁是一位具有深厚中国文学功底的汉学家。他潜心研究蒲学及明清文学三十余年，对他来说，翻译只是他的兴趣爱好。"他积极翻译中国当代文学的主要原因是喜欢翻译，它给予一种不同于学术研究的满足感。"（Wang & Barr，2021：86）他曾提到相较于翻译，"研究蒲学及明清文学相当辛苦，效率低下，一是古文断句是难点，查了字典也未必能解决问题。二是文献庞杂又分散，需要奔走各地（甚至几个国家）才能收集材料；到了图书馆的善本阅览室办理完手续后，也要等待半个多小时才能提书；倘若室外的湿度超过标准，则一整天都无法见到书；即使见到了善本，但又不能拍照，只能手抄；凡此种种，效率难免低下。而翻译中国当代文学作品则相对简单许多：只要有电脑、词典就具备基本条件，倘若遇上无法定夺的词句，可以直接与作者联系。这一切都可以暂时脱离严谨的学术研究，获得片刻的轻松"（白亚仁，2011：31-32；朱振武等，2017：70；赵红娟，2020：108）。翻译之所以让他感受到"片刻的轻松"，一方面在于其深厚的中英文功底以及其双重文化身份使他在翻译中游刃有余；另一方面在于翻译是他的兴趣所在，能让他获得精神的愉悦，否则他不可能投身于中国文学翻译，而且一干就是二十几年。在接受杨平的访谈中谈及翻译的初衷时，他对翻译事业的热爱得到了证实，"晋升教授以后，才开始从事翻译，翻译带给我快乐、丰富自身的学术生活和精神世界；在翻译中国当代文学作品时，犹如穿梭在当下的中国街道欣赏风景、品味人物，而这些是钻研明清文学研究无法给予的"（白亚仁、杨平，2019：19）。他在自我陈述里，毫无掩饰地表达了对翻译的喜爱，而且这种喜爱不会因为不利的外在因素如译本出版的延迟、低廉的翻译报酬而终止，正如余华所说"白亚仁一心一意翻译我的作品，却不关心什么时候出版"（Wang & Barr，2021：91）。例如，他于 2001 就译好了余华的短篇小说集《黄昏里的男孩》，但由于在美国短篇小说的市场远没有长篇小说好，而且编辑想等到余华在美国获得更多的知名度以后再出版，因而这部译作直至 2014 年才得以出版（Wang & Barr，2021：90）。还有，白亚仁曾表示他们平时翻译作品的报酬很低，而且出版社往往因为怕赔钱就拖着不出版已经翻译好的书稿①。但他没有因为这些不利的因素而中断翻译，在 2001 年至 2014 年他先后英译了余华的《在细雨中呼喊》《十个词汇里的中国》《第七天》及韩寒的《青春》。试想倘若没有对文学翻译的热爱是不可能做到十几年如一日的坚持，正如他在回复汪宝荣教授的邮件中提道："喜欢做翻译，那是一种与学术研究截然不同的满足感。"（汪宝荣、崔洁，2019：50）

二、传播中国文学作品

出生于西方知识分子家庭的白亚仁，因受到家庭氛围的熏陶，一直热爱文学，除了和自己汉学研究密切相关的明清文学，他对中国当代文学作品也爱不释手。接触中国当代文学的初始阶段，他对汪曾祺的《受戒》《故里三陈》赞不绝口，随后向学生极力推荐。此外，他还推介过莫言的《红高粱》、白先勇的《台北人》等作品。当时他发现当代中国文学作品翻译的情况不是很理想，觉得自己可以做得更好（汪宝荣、崔洁，2019：50；赵红娟，2020：108），且"20 世纪 90 年代，人们对当代中国越来越感兴趣，但当代中国小说的翻译却很少"（Wang & Barr，2021：85），"也正是这一时期一些比较出色的文学作品涌入中国文坛，但因为缺少译本而无法与海外读者见面，这是他翻译中国文学的动因"（白亚仁、杨平，2019：19），之后接触到余华的作品，这种想法愈加强烈。

如果说他翻译《黄昏里的男孩》是机遇使然，那么之后英译的《在细雨中呼

---

① 白亚仁. 外国翻译家擅自修改中国作家的作品，我并不赞成［EB/OL］. 中国作家网.（2010-08-12）［2020-11-18］. http：//www. chinawriter. com. cn/2010/2010-08-12/88718. html.

喊》《第七天》《十个词汇里的中国》《余华作品集》和《青春》在英语世界的陆续问世，足以证明他投身中国当代文学翻译绝不是一时兴起，而是将其当作一份崇高的事业认真对待。在不同的场合谈及中国当代文学的翻译及海外接受问题时，他指出当前存在的困难依然很大，除了翻译质量有待提高外，还涉及中国文学在国际上的影响力和地位、作家的创作倾向、版权代理、国外出版社的选题偏好、编辑的推广力度乃至整个团队的营销策略等（白亚仁，2011：36；白亚仁、杨平，2019：24）。为了将中国文学推介至西方乃至全世界，白亚仁已然超越了译者身份，从决策者的角度为中国文学"突出重围"而凝思苦想，不遗余力地为中国文学的海外传播献计献策。这也反映出他对翻译事业的热爱及传播中国文学作品的目的。

白亚仁从事中国文学翻译实践二十余载，"从一个小试牛刀的译者成长为沟通中西方文化的桥梁"（朱振武等，2017：71），他的愿望就是为"中国文学与世界交流作出自己的贡献"（同上：79）。他也一直用自己的翻译行动来实现自身的愿望。

通过解读白亚仁的翻译目的，我们不难发现其热爱中国文化的他者性文化身份对其翻译目的的影响。"文化身份的核心部分是价值体系或价值观念，不了解一个人、一个群体或一个民族内化了的价值观念就不能深刻理解与之相关的任何社会行为。"（张裕禾、钱林森，2002：72）兼具双重文化身份的白亚仁，无时无刻不受到中西双重文化身份的影响。而其双重文化身份的核心部分之一就是对中华民族文化价值的认同感，这种认同感自然而然地激发了他传播中国文学的翻译目的，特别是当他发现当代中国文学作品翻译的情况不是很理想（汪宝荣、崔洁，2019：50；赵红娟，2020：108），而且一些出色的当代文学作品因为缺少译本而无法与读者见面时，其翻译中国文学作品的想法更加强烈（白亚仁、杨平，2019）。众所周知，一部文学作品如果没有译本，它就不能算世界文学，顶多只能算是一国文学作品。而要将中国文学真正推向世界就必须有好的翻译，而他觉得自己可以胜任此工作。热爱中国文化的他者性文化身份赋予了他传播中国文学、文化的使命感和责任感，使他孜孜不倦地译介中国当代文学，让中国文学走向世界，最终实现了"用自己的力量搭建起了中西文化交流的桥梁"（朱振武等，2017：79）。此外，他也希望通过这样的译介活动来丰盈自身的精神世界，那是因为翻译带给他一种与学术研究截然不同的愉悦感，而这种愉悦感更多地源自他对中国文学、中国文化的热爱，否则不可能不计较报酬和出版延迟等不利因素而乐此不疲地翻译，并陆续有译作问世。

　　白亚仁的双重文化身份不仅影响了其翻译目的，还影响其翻译选材。下文我们将具体探讨这一问题。

第三节　白亚仁的翻译选材

　　白亚仁从事中国文学翻译实践二十余载，他挑选源文本基本上是个人自发行为，不受国外出版机构、赞助人等方面的影响，最能反映其本真的翻译选材偏好。

一、文学体裁的选择

　　不同的译者对源文本的选择具有明显的个人喜好倾向，白亚仁也不例外，其源文本的选择具有个人鲜明的特色，具体表现如下：

　　首先，白亚仁偏向于选择反映中国现实的随笔和杂文等非虚构作品，如余华的随笔集《十个词汇里的中国》，因为"非虚构的作品具有不可比拟的价值和力量"（白亚仁，2012：45）。白亚仁在访谈中提道："中国经济发展很快，所以西方读者很想多了解中国，他们阅读中国文学作品的重要动机就是如此，与其让他们阅读作家虚构的中国故事，不如呈现给他们一个非虚构的现实中国。"《华盛顿邮报》也有过这样的评论："既然有令人眼花缭乱的中国现实，何不干脆直接写非虚构的作品？"（白亚仁、杨平，2019：24）而余华的《十个词汇里的中国》正是符合西方读者想要了解中国现实的一部随笔集。在这部作品中，余华精心挑选了十个特殊的词汇，如人民、差距、草根、忽悠等，描绘了他所亲历的中国的过去和现在，勾勒了普通民众的日常琐事，反映民众个体、社会群体乃至国家的精神图谱（洪治纲，2011：34-35；Polumbaum，2012：502）。这些内容都映射了中国当前社会发展的棱角，十分契合美国普通读者想要了解中国当代的真实故事的动机。这种截然不同的"声音"的非虚构叙事极大地吸引了美国读者的兴趣。此外，在英译反映中国现实的非虚构作品时，白亚仁会根据译文读者感兴趣的作品类型、内容进行选择性的翻译。

其次，他偏好选择反映当代中国社会现状的虚构作品，且能直击人们心灵深处的小说，如《第七天》叙述了主人公杨飞死后变成亡魂，以其亡灵的视角叙述生前与死后的经历，夹杂着养父与养子、乳母与养子的亲情叙事以及主人公杨飞与前妻李青、伍超与刘梅的爱情叙事。这些叙事映射了中国当代社会存在的社会问题。这种反映中国现状，且夹杂着温情与苦难的叙事很容易引起译文读者的共鸣，正如美国汉学家罗鹏所说"普通的美国读者喜欢反映中国的社会现状的小说"（张倩，2019：107）。在谈到为什么选择译介《黄昏里的男孩》时，白亚仁表示这部短篇小说集是荒诞的喜剧与悲剧交织在一起"（Yu，2014：VII），且题材是他喜欢的（于丽丽、白亚仁，2012）。更为重要的原因是"与'文化大革命'和毛泽东时代相关的文学题材在西方已十分普遍，而 1978 年以后的中国文学作品鲜少出现，而《黄昏里的男孩》的叙事内容大多发生在中国改革开放初期，反映的是普通民众的万象生活，如婚姻危机、朋友信任危机、父母与子女的代沟，这些叙事都比较容易得到西方人的认可和理解，具有翻译的价值"（白亚仁、杨平，2019：20；白亚仁，2011：32）。白亚仁这种文本选择的倾向性还可以从美国读者对《黄昏里的男孩》的反馈中窥见一二。读者认为"书中所叙述的普通民众的'困惑、欲望及挫折'会让你产生强烈的共情感"（朱振武等，2017：76-77）。简而言之，白亚仁的翻译选材体现了自身的喜好，一定程度上也反映了美国读者的阅读喜好。这些虚构作品的叙事背景都与当代中国有关，叙事内容涉及中国普通民众的生活，具有苦难与温情的双重叙事基调，因而容易打动美国读者的内心。

白亚仁还十分偏爱语言简洁、朴素，又不乏幽默风趣，可读性很强的作品（白亚仁，2011：32）。"余华不会在写作中刻意展现他的才华，语言非常简洁、朴实，因而我十分喜爱他的写作风格"（Sun & Barr，2019：3；白亚仁、杨平，2019：20）。除了自身对余华简洁文风的喜爱，白亚仁认为更为重要的原因是简洁的文风更符合美国读者的阅读习惯。他指出余华的语言表达方式与美国小说家莱昂纳德（Elmore Leonard）的十大写作信条有共通之处，比如在"尽可能省略读者倾向略过的内容"和"放弃地方和场景的详细描写"等方面（杨丹旎，2019）。综上所述，白亚仁在挑选要译介的作品时，也会将作者的语言风格纳入考量的因素。熟谙西方文化的民族性身份使他深知简洁的文风更符合西方读者的阅读品位，因此他偏爱并优先选择语言简洁的中国文学作品来进行译介。

整体而言，在文学体裁的选择方面，白亚仁注重挑选反映中国现实的非虚构作品和反映当代中国社会现状的虚构作品，且语言简洁又不失幽默风趣。

二、文学主题的选择

上文论述了白亚仁在翻译选材时对文学体裁的选择偏好，下文主要揭示其在翻译选材时对文学主题的选择偏好。

就虚构作品而言，白亚仁注重挑选反映人生苦难、人性善恶及死亡主题的题材，而这些主题也正是余华小说的母命题（张瑛，1999；孙亚梅，2012；谢淑雯，2017）。例如，《在细雨中呼喊》讲述了主人公孙光林由于家庭贫穷被亲生父母送给别人收养，随后他与养父母在另外一个小镇生活了6年，并建立了浓厚的感情。因养父自杀等家庭变故，12岁的他独自一人回到亲生父母身边，生父的暴戾无常和哥哥的冷漠使他难以融入原生家庭，俨然成了孤独的局外人。回顾主人公孙光林"从童年至成年的经历，都充满了苦难，而且这种苦难是多方面的。被抛弃的孤独与无助，被虐待后的惧怕与脆弱都构成了他苦难的因素"（吕丽，2013：138）。此外，养父母的善良、慈爱与生父的自私、残暴形成了鲜明的对比，凸显了人性的善恶主题。概言之，这是一部集人生苦难与人性善恶双重主题的虚构作品。

《黄昏里的男孩》是余华的一部短篇小说集，有着"最令人亲切"又"令人不安"的叙述（余华，1999a：2）。其中一篇短篇小说以水果摊卖主孙福的视角展开叙事，流浪男孩因饥饿偷食了孙福的苹果而遭受孙福殴打、掐脖子、当众折断手指，然后将其捆绑，并逼迫男孩不停地叫喊"我是小偷"。整个施暴过程中，男孩还受到围观群众的诋毁和辱骂。小说的叙事视角从孙福、男孩及围观者之间不停地转换，全方位和多角度地透视了男孩所遭遇的肉体和精神的双重苦难。另一篇《蹦蹦跳跳的游戏》以主人公小卖店主林德顺的视角展开叙事，林德顺目睹了一对父母带生病的孩子来医院看病治疗，孩子因病离世后夫妇二人悲痛地离开医院。在这一过程中，无论是孩子的受病致死还是丧失幼子的伤痛，使得整个故事充满了苦难的叙事。

"除了用冷峻的笔调揭露人性的丑恶，死亡也是余华着力描写的对象。"（李科平，2012：166）例如，余华的长篇小说《第七天》叙述了主人公杨飞死后变成亡魂，以其亡灵的视角叙述生前的过往和死后七天的经历。小说的叙事共有两条主线，其一是以叙述"底层民众的苦难百态"贯穿始终（刘亚平，2016：95）：有因暴力执法引起的死亡，又有因暴力强拆引发民众死亡的惨痛，还有为女友买墓地而卖肾致死的悲凉，这些与死亡相关的叙事映射了现实世界的残酷与社会的不公。另一主线是主人公杨飞与养父杨金彪、养母李月珍之间的亲情叙事。这部虚实相生的虚构作品呈现了死亡、苦难、亲情等多重主题。

相较虚构文学作品，非虚构文学作品更受美国普通读者的青睐。在西方读者需求及图书资本市场因素的影响下，白亚仁的翻译兴趣开始转向非虚构文学作品，而这些非虚构文学作品的主题基本都围绕政治和民生话题。例如，《十个词汇里的中国》是余华于2011年问世的随笔集，叙述了余华自身经历过和正在经历的半个世纪以来中国的社会生活万象，以一个知识分子的身份反思中国的"政治、历史、经济、社会、文化等现实世界"（洪治纲，2011：34；Polumbaum，2012：502）。

白亚仁选择英译的虚构作品及非虚构作品的主题大致可以归纳为人性善恶、人生苦难、死亡、政治、民生主题等几个类别。这些主题阐释了作家对伦理哲学的思考，即对人性丑恶与善良的价值判断；还有对存在哲学的反思，即对人生苦难的叙述和对悲惨命运抗争的书写；或有对生命哲学的解读，即对生存与死亡关系的思考；也有对社会不公平现状的批评与讽刺。显而易见，白亚仁在翻译选材时之所以偏好选择此类主题，是因为它们具有普世的人文关怀与情感认同的感召力，且与西方的某些价值伦理有着共通性。这种主题的共感力容易消弭不同文化间的差异，引发译文读者对伦理哲学、存在哲学、生命哲学和社会现实的深切思考，从而促进中国文学作品在西方世界的推介与传播。

白亚仁的翻译选材呈现出以上特点，与其双重文化身份有着紧密关系。不难发现，白亚仁的翻译选材首先彰显了其热爱中国文化的他者性文化身份。他之所以选择反映中国现实的非虚构作品，或者是反映当代中国社会现状的虚构作品，是因为热爱中国文化的他对中国文学始终保持着较高的阅读兴趣，尤其是中国当代的文学作品，正如他所说，"翻译中国当代文学作品时，犹如穿梭在当下的中国街道欣赏风景、品味人物，而这些是钻研明清文学研究无法给予的"（白亚仁、杨平，2019：19）。正是这种对中国文化的热爱，对中国当代文学作品的偏爱让他选择了译介此类作品。其次，白亚仁的翻译选材也体现了其熟谙西方文化的民族性文化身份。他之所以选择这些翻译题材是因为其熟谙西方文化，深知什么样的主题及体裁的中国文学作品能引起西方读者的阅读兴趣，从而可能走进西方读者的心里。自幼所接受的"西式教育"使他能够从西方读者的角度挑选契合西方文化市场的作品，从而更深入、更广泛地传播中国文学与文化。

第四节　本　章　小　结

本章通过对副文本材料与翻译文本的考察，揭示了白亚仁双重文化身份的建构过程及其特征，探讨了这种双重文化身份对其翻译目的和翻译选材的影响。

研究发现，就白亚仁的双重文化身份而言，一方面，长期生活在西方文化环境及接受传统的西方学术训练等因素塑造了他熟谙西方文化的民族性文化身份。另一方面，长期研究中国古典文学并译介中国文学建构了他热爱中国文化的他者性文化身份。

译者的文化身份影响了译者的翻译目的和翻译选材，而反观其翻译目的和翻译选材，其文化身份也得以彰显。这一点我们可以从文化自觉方面进行阐释，兼具中西双重文化身份的白亚仁对两种文化都有着深刻的文化自觉意识，一方面对于自身民族文化的熟知，另一方面对所译他国文化的热爱，促使他在翻译活动中有着明确的翻译目的和具体的选材倾向。就翻译目的而言，他之所以投身于中国文学英译，一方面是为了丰盈自身的精神世界，另一方面是为了传播中国文学作品。具体而言，热爱中国文化的他者性文化身份使他发自内心地认同和热爱中国文学与文化，并赋予了他使命感和责任感，孜孜不倦地译介中国当代文学，他也希望通过这样的译介活动来丰盈自身的精神世界。

白亚仁的翻译选材与其双重文化身份有着紧密的关系。不难发现，白亚仁在翻译选材时对文学体裁的选择偏好彰显了其热爱中国文化的他者性文化身份。他之所以选择反映中国现实的非虚构作品，或者是反映当代中国社会现状的虚构作品，是因为热爱中国文化的他对中国文学始终保持着较高的阅读兴趣，尤其是对中国当代文学作品。正是这种对中国文化的热爱，对中国当代文学作品的偏爱让他选择了译介此类作品。其次，白亚仁在翻译选材时对文学主题的选择偏好体现了其熟谙西方文化的民族性文化身份。就虚构作品而言，白亚仁注重挑选反映人生苦难、人性善恶及死亡主题的题材；就非虚构作品而言，他偏好选择政治和民生主题的题材。白亚仁之所以选择这些翻译题材，与其熟谙西方文化的民族性文化身份有着很大关系，因为他深知什么样的主题以及体裁的中国文学作品能引起西方读者的阅读兴趣，从而可能走进西方读者的心里；自幼所接受的"西式教育"使他能够从西方读者的角度挑选契合西方文化市场的作品，从而有助于中国文学与文化的对外传播。

通过探析白亚仁的双重文化身份与翻译目的和翻译选材的关系，我们对影响其翻译活动的文本外的因素有了深层次的认识，而这些因素又与译者风格有着千丝万缕的联系，因为译者的"个人经历、文化身份、价值取向等因素都会影响译者风格"（葛厚伟，2019：141）。在其独特的双重文化身份、翻译目的及翻译选材的影响下，他的译者风格具有怎样的特征？具体表现在哪些方面？为深入探析这些问题，以下章节将对白亚仁的译者风格进行系统性的研究。

第四章　基于语料库的白亚仁译者
风格的典型语言特征分析

本章在回顾学界对译者风格的定义、厘清译者风格与译作风格差异的基础上，界定本研究对译者风格的定义与研究范畴，并以此为基础对白亚仁的译者风格展开研究。根据自建的白亚仁英译余华作品的汉英平行语料库，借助语料库检索工具分别从词汇、句法、语篇三个层面，对相关的语言参数进行数据统计和量化分析，从而归纳出代表白亚仁译者风格的典型语言特征。

第一节　译者风格的定义

为了更好地理解译者风格，我们有必要先了解"风格"的含义。"无论是西方风格学还是我们国家的传统文学理论，在实际使用风格术语时，都存在着相当混乱的现象。在英文、法文、德文和俄文中，风格都含有修辞、文风、文体、笔调等多种相近似的涵义"（王之望，1986：16-17）。例如，英国学者凯蒂·威尔士（Katie Wales）编著的《文体学词典》中就有对风格的解释，"从词源上讲，style（stylus）是一种书写工具，通过转喻来表示'写作方式'。简单地讲，风格是指人们在写作或说话时感知到的一种独特的表达方式。风格是独特的，具有特色的语言特征"（Wales，2011：397-398）。《现代汉语词典》（第七版）中对"风格"的定义是：一个时代、一个民族、一个流派或一个人的文艺作品所表现出来的主要的思想特征和艺术特色。可见，学者们对于风格的界定有着不同的侧重点，威尔士的定义更强调语言特征；而《现代汉语词典》的定义更关注文艺作品中的思想和艺术特色。鉴于风格定义的模糊性，要对译者风格有清晰的认识和理解，我们有必要回顾国内外学者对于译者风格的界定。

赫曼斯(Theo Hermans)是最早关注译者风格属性的学者，他率先提出"译者声音"的概念。"他认为译者时常会跳出语篇层面，以自己的名字为自己言说，比如在译文的副文本中使用第一人称阐释正文的内容。"(Hermans，1996：27)莫娜·贝克把"译者风格理解为一种'指纹'，通过一系列的语言特征和非语言特征来展现。因此，它涵盖了赫尔曼斯所定义的'声音'的概念，但也包括更多内容。就翻译，而非原创写作而言，风格的概念可能包括(文学)译者选择翻译材料的类型，以及惯用的特定策略，包括使用前言或后记、脚注、文本正文中的注释等。更重要的是，对译者风格的研究必须关注译者典型的表达方式，而不是偶发行为。与其他译者相比，必须关注译者的语言使用特征，他或她的个人语言习惯。这意味着风格是一个模式的问题：它涉及描述偏好的或重复的语言行为模式，而不是一次性或偶发行为。"(Baker，2000：245)萨尔丹哈(Gabriela Saldanha)认为译者风格是一种翻译方式，体现在同一译者在不同的译作中所表现的翻译方式，可以区别于其他译者的连贯选择。(Saldanha，2011)

国内学者也对译者风格的内涵及定义进行了探索。例如，方梦之(2004：82)认为："译者风格是译者所采用的翻译标准、翻译方法和技巧以及译者的人格倾向、选材偏好、文笔色彩等特点的综合。"胡开宝(2011)沿用贝克对译者风格进行语言特征和非语言特征的划分，他认为"译者风格有广义和狭义之分。狭义上的译者风格是指译者语言表达或语言应用的偏好，或在译本中反复出现的语言表达方式。广义上的译者风格是指译者的翻译文本选择、翻译策略应用、序跋和译注等在内的非语言特征以及译者在语言应用方面所表现出来的个性化特征"(同上：109)。可见，狭义上的译者风格仅关注的是译者在翻译文本中所呈现的语言表达形式，而广义上的译者风格不仅关注翻译文本的语言特征，还关注译者在翻译选材、翻译策略与方法的应用等方面所表现出来的非语言特征。对于译者风格的语言特征和非语言特征之划分，国内许多学者基本持认同态度。例如，卢静(2013：38)主张"译者风格研究既要关注语言层面的分析，又要注重在译本选择和翻译策略等非语言层面的重要因素"，并基于此从语言性和非语言性层面对《聊斋志异》的译者风格进行了分析。葛厚伟(2019：10)依照广义上的译者风格定义，即译者在译本中所使用的语言表达方式及翻译策略与方法等方面的非语言特征，从语言性和非语言性层面对《尚书》的译者风格进行了研究。

以上国内外学者对于译者风格的定义可以凝练为以下几点：第一，译者风格是客观存在的，是译者在翻译中留下的痕迹。第二，译者风格体现在同一译者在不同的译作中反复出现的语言表达方式，是区别于其他译者的独特的翻译个性。第三，译者风格体现在语言特征和非语言特征两个方面，既包括翻译文本的语言特征，又涵盖了译者的翻译选材、惯用的翻译策略与方法等方面的非语言特征。

一、译者风格与译作风格的差异

译者风格与译作风格虽然联系紧密，但不可混为一谈。首先译作风格是"指具体某部译作中所展现的不同于其他译作的翻译个性"（胡开宝、朱一凡、李晓倩，2018：107），而译者风格是"指译者所有译作所呈现的不同于其他译者的翻译个性，既包含语言特征也包含非语言特征"（同上）。换句话说，译作风格是译者某部译作中的语言特征所体现的翻译个性，可见"一部译作的风格不足以代表译者风格，而译者风格则以同一译者的多部译作为载体"，体现了"译者在一定时期内翻译的不同作品所表现出的连贯一致的个性特征，具有系统性、稳定性、独特性和变动性等特征"（同上）。此外，译作风格的关注点是译作以及它所体现的语言特征，而译者风格的焦点有两个：第一个是译者翻译的多部译作在目的语语言结构应用方面所表现的个性特征；第二是这些译作在翻译策略与方法应用、翻译选材、译者序言和译注等方面所呈现的非语言特征。（同上）也就是说，译者风格不仅包括了翻译文本的语言特征，还包括译者在翻译策略与方法的选择、翻译选材以及序言和译注的应用等方面所呈现的非语言特征。

二、本研究译者风格的定义与研究范畴

基于国内外学者对于译者风格的定义与阐释，不难看出，译者风格是译者在翻译所有译作或多部译作中对语言表达、翻译策略与方法等方面选择的结果，因而本研究更认同胡开宝（2011：109）对广义上的译者风格的界定，即"指译者的翻译文本选择、翻译策略应用、序跋和译注等在内的非语言特征以及译者在语言应用方面所表现出来的个性化特征"。据此定义，可以这样理解：译者风格包含了"语言特征及非语言特征"（胡开宝、朱一凡、李晓倩，2018：107），语言特征

主要体现在译作正文中的词汇、句子、语篇等层面的语言表达方式。"非语言特征则表现在译者惯用的翻译策略与方法、翻译文本选择等方面。"(同上)由此可见,对译者风格的考察除了应关注译者所有译作或多部译作中的词汇、句型、语篇等语言特征,还不应忽略对非语言特征的考察,例如对于文学作品而言,应包括重塑原作文学性的翻译策略与方法。

根据上述定义,本研究从语言特征和非语言特征两个维度对白亚仁的译者风格进行考察,具体的考察内容如下:一方面是考察译者风格的典型语言特征,基于自建的白亚仁英译余华作品的汉英平行语料库,依托语料库检索软件及文本分析,探析体现白亚仁译者风格的典型语言特征。另一方面是考察译者风格的非语言特征,主要探讨白亚仁重塑原作文学性的策略与方法,通过对比原文及译文,总结、归纳其重塑原作文学性的翻译策略和方法。以下各章将按此顺序论述白亚仁译者风格的研究,因篇幅有限,本章主要从词汇、句子、语篇三个层面探析白亚仁译者风格的典型语言特征,具体而言,主要是对译本中的标准类符/形符比及归并词标准类符/形符比、平均词长及词长分布、词汇密度、高频词、主题词、平均句长、句子类型、语篇逻辑关系词、语篇可读性、双语平行语料库中的英汉词、字数对比等语言特征进行了量化统计与分析。

第二节　白亚仁英译余华作品的汉英平行语料库的创建

关于译者风格研究,传统的翻译研究主要借用文学文体学的路径考察译者个性化的语言在译文中的显现。而语料库文体学结合语言学研究方法及计算机统计技术,可以全方位、系统性地考察作者风格、作品风格、语言特征及身份认定等,以一种定量与定性相结合的方式进行文本的研究,是文体学研究的特有方法。(Semino & Short, 2004)诸多国内外学者基于语料库考察译者的语言特征、译者风格等问题,主要从语义韵(Louw, 1993)、报道动词、平均句长、类符/形符比(Baker, 1993)、词汇及句子的复杂性、语篇可读性(Hoover, 1999)、高频词及其语篇功能(Mahlberg, 2013)、词汇密度、词长分布和平均句长(刘泽权、刘超朋、朱虹, 2011)、人称代词和高频实义词(胡开宝、田绪军, 2018)等方面进行考察。由此可见,语料库文体学的方法可以为译者风格的研究提供量化数据和客观的检验标准。因此，采用语料库文体学的路径进行白亚仁译者风格的典型语言特征考察显得尤为重要。

一、语料选定

本研究选取余华作品的白亚仁译本以及相对应的原文作为双语平行语料库。通过译者序对原作版本的自述，加之与白亚仁多次邮件确认原作的版本问题，本研究确定了所有原著和译作的入库语料，剔除文中前言、作者序、译者序、作家及译者介绍等翻译副文本，本语料库共收录了白亚仁的 5 部译作(共 36.22 万词)及其相对应的原作(共 52.22 万字)，如表 4-1 所示：

表 4-1　　　　白亚仁英译余华作品的汉英平行语料库入库语料表

序号	原 作 名 称	出版社	出版时间	译 作 名 称	出版社	出版时间
1	《在细雨中呼喊》	上海文艺出版社	2004 年	*Cries in the Drizzle*	Anchor Books	2007 年
2	《第七天》	新星出版社	2013 年	*The Seventh Day*	Anchor Books	2015 年
3	《黄昏里的男孩》	新世界出版社	1999 年	*Boy in the Twilight: Stories of the Hidden China*	Anchor Books	2014 年
4	《十个词汇里的中国》	麦田出版社	2011 年	*China in Ten Words*	Pantheon Books	2012 年
5	《西北风呼啸的中午》(选自《余华作品集》)	中国社会科学出版社	1995 年	*The April 3rd Incident: Stories*	Pantheon Books	2018 年
6	《死亡叙述》(选自《余华作品集》)					
7	《爱情故事》(选自《余华作品集》)					

续表

序号	原 作 名 称	出版社	出版时间	译 作 名 称	出版社	出版时间
8	《两个人的历史》 （选自《余华作品集》）	中国社会科学出版社	1995 年	*The April 3rd Incident：Stories*	Pantheon Books	2018 年
9	《夏季台风》 （选自《余华作品集》）					
10	《此文献给少女杨柳》 （选自《余华作品集》）					
11	《四月三日事件》 （选自《余华作品集》）					
12	原作字数统计	52.22 万		译作词数统计	36.22 万	

注：其中译作 *The April 3rd Incident：Stories* 的原文选自《余华作品集》，我们把相对应的原文列入语料库。

二、建库步骤

(一) 汉英语料的采集与输入

在确认白亚仁翻译余华作品的译作及其对应的原作之后，本研究开始创建语料库。英文译作 *Cries in the Drizzle*、*The Seventh Day*、*Boy in the Twilight：Stories of the Hidden China*、*China in Ten Words*、*The April 3rd Incident：Stories* 都是从网络下载的 EPUB 格式的版本，然后通过在线文本转换网站（https：//www. online-convert. com/）转换成 PDF 格式后再转换成 TXT 文本格式，分别以五个文件名保存为文本格式文件。中文原文除了《余华作品集》是 TXT 格式的文本，《在细雨中呼喊》《第七天》《黄昏里的男孩》及《十个词汇里的中国》是直接从网络下载的 PDF 格式文本，然后采用以上方法将其转换为 TXT 文本格式，分别以五个文件名保存为文本格式文件。

(二) 去噪与对齐

采用 EditPlus 文本编辑软件，对所有文本进行降噪处理，包括：删去多余空格和无法识别的字符以及人工校对等。将降噪后的文件导入 ABBYY Aligner 2.0 软件，然后进行汉英文本的对齐操作，必须保证汉英的语料段落一致，以确保汉英语料实现句级层面的对齐。

(三) 导入 BFSU ParaConc 双语平行语料库检索工具

BFSU ParaConc 不需要对中文语料进行分词处理，可直接导入语料。图 4-1 是本研究在 BFSU ParaConc 中所建成的汉英平行语料库样例。

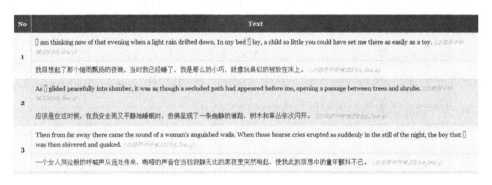

图 4-1　本研究所建成的汉英平行语料库样例

第三节　译者风格词汇特征分析与阐释

词汇特征的研究路径主要有："标准化类符/形符比、词汇密度与词长，关键词表，具体词类研究"(胡开宝、朱一凡、李晓倩，2018：17)。基于自建的白亚仁英译余华作品的汉英平行语料库，本研究综合运用北京外国语大学开发的可读性分析软件 BFSU_Readability_Analyzer_1.0 和语料库检索工具 WordSmith 6 对白亚仁的五个英译本中的词汇特征进行总体考察，其中标准化类符/形符比、平均词长及词长分布由 WordSmith 6 进行统计分析；"BFSU_Readability_Analyzer_1.0 与 WordSmith 6 统计的一个不同之处在于对归并词相关参数的统计，借此可以衡量一个文本的词汇丰富程度"（黄立波，2014：83-84），因而归并词标准类符/形符比由 BFSU_Readability_Analyzer_1.0 进行统计分析。之后，采用词性赋码软件 TreeTagger 3.0 标注五个英译本，借助 AntConc 3.4.4.0 语料库检索软件，统计译本中的实词数量，并计算译本的词汇密度。最后，考察 *The Seventh Day* 中的高频词与主题词。

一、标准类符/形符比及归并词标准类符/形符比

类符是指在语料库中不同的词，忽略大小写、屈折变化和排除重复的词。形符指语料库中词的总数。"类符/形符比（type-token ratio）指的是语料库中类符数与形符数的比值，它与译者所使用词汇的多样性成正比。"（Baker，2000：250）文本长度会影响类符/形符比值，而标准类符/形符比可以有效地避免因文本的长度而产生的对类符/形符比的影响。因此，标准类符/形符比（standardized type-token ratio）①可以较为客观地考察译者风格的词汇特征。

"归并词是指词性曲折变化归并后的类符数"（黄立波，2014：84）。这里有必要区分类符与归并词，"类符是指一个文本中所使用不同词语的数量，如一个动词 walk 使用 10 次，类符统计仅为 1 个。对于 walk、walks、walked、walking，归并词类符数的统计是 4 个。因此，归并词标准类符/形符比可以用来衡量一个文本的词汇量和词汇变化幅度"（同上：84-85）。"相同文类文本大小相同条件下，词汇量越小，其变化幅度就越大，这一点可以通过归并词标准化类符/形符比值进行判断，该比值越大则说明译者使用词汇量大，词形变化幅度相对较小，反之亦然。"（同上：85）具体统计如表 4-2 所示。

---

①　标准化类符/形符比值的计算方法是，首先计算每个文本每一千词的类符/形符比，然后取所有的平均值。参见黄立波、朱志瑜．译者风格的语料库考察——以葛浩文英译现当代中国小说为例[J]．外语研究，2012(5)：65.

表 4-2　白亚仁五个英译本的标准类符/形符比及归并词标准类符/形符比统计表

原 作 名 称	《在细雨中呼喊》	《第七天》	《黄昏里的男孩》	《十个词汇里的中国》	《余华作品集》
译 作 名 称	Cries in the Drizzle	The Seventh Day	Boy in the Twilight：Stories of the Hidden China	China in Ten Words	The April 3rd Incident：Stories
类符（word types）	8795	5980	5143	9390	5657
形符（tokens）	96314	65300	55942	73165	57901
类符/形符比（TTR）	9.13	9.16	9.22	12.88	9.79
标准类符/形符比（STTR）	44.34	41.09	37.66	47.19	40.99
归并词类符数（lemma type）	6465	4444	3938	7145	4275
归并词/类符比（lemma-word ratio）	0.7443	0.7404	0.7722	0.7551	0.7630
归并词类符/形符比（lemma TTR）	0.0666	0.0684	0.0707	0.0987	0.0742
归并词标准类符/形符比（lemma STTR）	0.0760	0.0779	0.0799	0.1078	0.0835

如上表所示，《十个词汇里的中国》译本的标准类符/形符比最高为 47.19，说明该译本所使用的词汇最为丰富、多样；而《黄昏里的男孩》译本的标准类符/形符比最低，为 37.66，说明该译本词汇的多样化程度最低。其余译作的标准类符/形符比较为接近，分别为 44.34、41.09 和 40.99。值得注意的是，除了《十个词汇里的中国》译本的标准类符/形符比高于"英语翻译语料库（TEC）中小说子库的标准类符/形符比（44.63）"（Olohan，2004：80），其余四个译本的标准类符/形符比值都低于 TEC 的标准类符/形符比值。这一结果说明：白亚仁在翻译过程中词汇选择的风格基本保持一致，为了译本通俗易懂，他有意降低了词汇的多样性。

此外，《十个词汇里的中国》译本的归并词标准类符/形符比最高(0.1078)，且与其他四个译本的归并词标准类符/形符比有显著差异。其他四个译本的归并词标准类符/形符比十分接近，分别为 0.0760、0.0779、0.0799 和 0.0835，差异并不明显。这些数据说明：在《十个词汇里的中国》译本中，白亚仁所使用的词汇量最大，因而词汇的变化幅度较小，难度较高。而其他四个译本所使用词汇量较少，词汇变化幅度较大，词汇难度较低。总体而言，从归并词标准类符/形符比值数据来看，白亚仁的译本使用词汇量较少，词汇变化幅度较大，词汇总体难度较低。

二、平均词长及词长分布

"平均词长是语料库中的字母总数与形符总数的比值"(陈爱兵，2012：104)，它是决定文本难度的重要因素之一。通常来说，词汇难度与词长成正比。我们统计了译本中的平均词长和词长分布，具体统计情况如表 4-3 所示：

表 4-3　　　　白亚仁五个英译本的平均词长及词长分布统计表

原作名称	《在细雨中呼喊》		《第七天》		《黄昏里的男孩》		《十个词汇里的中国》		《余华作品集》	
译作名称	*Cries in the Drizzle*		*The Seventh Day*		*Boy in the Twilight: Stories of the Hidden China*		*China in Ten Words*		*The April 3rd Incident: Stories*	
英文平均词长	4.3		4.12		3.90		4.53		4.15	
词长分布	数量	占比	数量	占比	数量	占比	数量	占比	数量	占比
1 字母	4258	4.421%	4370	6.692%	4416	7.894%	3909	5.343%	3133	5.411%
2 字母	17568	18.240%	10861	16.632%	9897	17.692%	12202	16.677%	9566	16.521%
3 字母	22082	22.927%	15142	23.188%	13519	24.166%	14572	19.917%	14587	25.193%
4 字母	17441	18.108%	12734	19.501%	11418	20.410%	12444	17.008%	10844	18.729%
5 字母	10129	10.517%	7305	11.187%	5815	10.395%	8718	11.916%	6294	10.870%

词长分布	数量	占比	数量	占比	数量	占比	数量	占比	数量	占比
6 字母	7910	8.213%	5254	8.046%	4160	7.436%	5996	8.195%	4798	8.287%
7 字母	6796	7.056%	4172	6.389%	3313	5.922%	5510	7.531%	3785	6.537%
8 字母	4011	4.165%	2493	3.818%	1711	3.059%	3708	5.068%	2283	3.943%
9 字母	2996	3.111%	1543	2.363%	882	1.577%	2657	3.632%	1300	2.245%
10 字母	1547	1.606%	824	1.262%	499	0.892%	1812	2.477%	772	1.333%
11 字母	959	0.996%	343	0.525%	190	0.340%	839	1.147%	331	0.572%
12 字母	363	0.377%	155	0.237%	79	0.141%	430	0.588%	132	0.228%
13 字母	178	0.185%	72	0.110%	26	0.046%	222	0.303%	54	0.093%
14 字母	50	0.052%	24	0.037%	11	0.020%	77	0.105%	17	0.029%
15 字母	13	0.013%	5	0.008%	2	0.004%	23	0.031%	3	0.005%
16 字母	8	0.008%	2	0.003%	3	0.005%	7	0.010%		0.000%
17 字母	2	0.002%	1	0.002%	1	0.002%	7	0.010%	1	0.002%
18 字母	1	0.001%					7	0.010%		0.000%
19 字母	1	0.001%								0.000%
20 字母	1	0.001%					17	0.023%	1	0.002%
21 字母								0.000%		
22 字母							8	0.011%		

据表 4-3 所示,《十个词汇里的中国》译本的平均词长最长,为 4.53;《黄昏里的男孩》译本的平均词长最短,为 3.90,两个译本的平均词长差值不到 1,无显著差异。值得一提的是,五个英译本的平均词长都低于"英语国家语料库(BNC)的平均词长(4.54)"(彭发胜、万颖婷,2014:84)。这些数据表明:白译本中的词汇复杂度低于英语原创作品。这一点,我们可以从词长分布数据得到进一步证实:三个字母的单词在五个译本中所占比例最大,都在 19.92%以上,其次是四个字母的单词占比在 17.01%以上。其他词长排序依次是两个字母的单词(16.52%以上)、五个字母的单词(10.40%以上)和六个字母的单词(7.44%以

上）。以上词长的单词，即两个字母的单词到六个字母的单词，占各译本总单词数量的 71.29% 以上。据此可见，五个译本的词长并不复杂，可能是因为白亚仁考虑到大众读者的阅读接受水平而选择难度较低的词汇来进行翻译。

三、词汇密度

词汇密度是指语料库中的实词与总形符数的比值，它反映了文本信息量的大小（Ure，1971：443-452；Baker，1995：223-243）。实词是指具有实际意义的词，可以充当句子中的成分，主要包括名词、形容词、实义动词和副词（Biber et al.，1999：62；刘泽权、刘超朋、朱虹，2011：61）。虚词是指没有实在意义但具有语法功能的词语，主要包括冠词、连词、介词和助动词。文本主要由实词和虚词构成，实词承载着文本传递的具体意义，实词的数量越多，词汇密度越大，信息量就越多，文本的难度也随之增加，反之亦然。根据词汇密度的计算公式：实词总数÷总形符数×100%（Ure，1971：443-452；Stubbs，1986：33），基于词性赋码软件 TreeTagger 3.0 标注过的所有语料，借助 AntConc 3.4.4.0 语料库检索软件，我们统计了译本中的实词数量和词汇密度，具体统计情况如表 4-4 所示：

表 4-4　　　　白亚仁五个英译本的实词数量和词汇密度统计表

原作名称	《在细雨中呼喊》	《第七天》	《黄昏里的男孩》	《十个词汇里的中国》	《余华作品集》
译作名称	*Cries in the Drizzle*	*The Seventh Day*	*Boy in the Twilight: Stories of the Hidden China*	*China in Ten Words*	*The April 3rd Incident: Stories*
名词	22456	15346	14455	18990	13108
动词	14165	10075	9071	9249	8960
形容词	5885	3884	2551	5661	3165
副词	6731	3977	3367	4236	4227
实词总数	49237	33282	29444	38136	29460
词汇密度(%)	50.69	51.22	52.89	52.68	51.10

据表4-4所示，白亚仁五个英译本的词汇密度分别为50.69、51.22、52.89、52.68和51.10，其中《黄昏里的男孩》译本的词汇密度最高，为52.89；《在细雨中呼喊》译本的词汇密度则最低，为50.69。拉维萨（Sara Laviosa）考察了英语译语语料库和英语源语语料库的词汇密度，结果表明：英语译语语料库的词汇密度为52.87，英语源语语料库的词汇密度为54.95（Laviosa，1998：561）。与之相对照，白亚仁五个英译本的词汇密度与英语译语语料库的词汇密度十分接近，体现了翻译文本的语言特征。值得注意的是，这五个英译本的词汇密度平均值为51.72，低于英语译语语料库的词汇密度。综合来看，五个英译本的文本难度低于其他的翻译文本，说明白亚仁在翻译过程中刻意减少实词，简化文本的内容，从而降低了文本的难度。

四、高频词与主题词

上文从标准类符/形符比、归并词标准类符/形符比、平均词长及词长分布、词汇密度五个维度，考察了白亚仁译者风格的词汇特征。下文我们将运用 AntConc 3.4.4.0 语料库检索软件，以美国当代英语语料库（Corpus of Contemporary American English，以下简称"COCA"）为参照进行对比，考察白亚仁译本中的高频词。本研究选取 The Seventh Day 作为考察语料，原因有二：其一是该译本本身的研究价值。国内读者对原作《第七天》的评价聚讼纷纭，但总体来说评价不是很高。然而该作品的英译本在英语国家备受关注，颇受读者好评。该译本的成功，除了原作本身的因素外，译者的因素也不可忽略。其二是较之其他作品，该作品所涵盖的主题、意象和矛盾更为突出，与之相应的英译本比起其他作品的英译本更具代表性，更能体现译者的翻译风格。

（一）译本中高频词的统计与分析

高频词就是在某一文本中以超常规频率反复出现的词。在进行文本分析之前，有必要根据停用词表对高频词进行筛选。停用词（stop words）出现频率高且信息含量低，对于文本挖掘几乎没有表征意义，应被视为噪声词（Van Rijsbergen，1975），所以应在文本预处理时筛除。根据 Brown Corpus 停用词表中列举的425个停用词（Fox，1992：106-111），对语料库检索软件提取的高频词进行人工判别筛选，本研究提取了译本中排在前二十位的高频词，如表 4-5 所示：

表 4-5　　　　　　　　　　*The Seventh Day* 的高频词表

单词	排序	频次	COCA 排序	COCA 频次
and	2	2033	3	24778098
I	3	1771	8	14217601
that	10	850	13	8319512
my	12	772	36	3106939
me	15	595	41	2638743
said	20	483	56	2051636
this	34	257	19	5541355
father	37	225	317	318173
girl	54	163	313	319120
time	58	152	54	2018725
asked	59	149	143	676596
left	67	121	848	114320
mouse	71	118	2801	28329
people	75	114	62	1800205
head	77	111	278	348664
looked	79	110	81	1338475
day	80	109	96	1068902
Yuezhen	91	93	0	0
hand	105	86	194	481332
eyes	111	82	283	347153

表 4-5 所列的单词是根据 Brown Corpus 停用词表从《第七天》译文语料库中提取的前二十位高频词，结合这些词在 COCA 中的排序和频次，进行对比分析，得出如下结论：

第一，"和"(and)是汉语句式的典型连接词(董琇，2011)，该词在表 4-5 中的高频出现体现了白亚仁努力保持原文汉语的句式特点，且该词在表中的排序接近在 COCA 中的排序，说明白亚仁的译文接近美国英语的表达习惯。

第二，"我"在原文中的出现频次是 3006 次，《第七天》以第一人称"我"为叙述视角，因而"我"的出现频率较多；在译文中"I"以 1771 的频次位居第二，且与我相关的词汇 my(772 次)和 me(595 次)都属于前 20 位高频词，这些数据表明：白亚仁尽可能保留原著中的第一人称叙事视角，体现译者对原文叙事人称和视角的密切关注。

第三，从频次和排序上比较 that 和 this 的使用，白亚仁更倾向于使用 that。一般认为，"that(那)具有远指作用，this(这)具有近指功能，如果强调所指事件为语篇中的当下话题，可用 this(这)；若想突出所指事件为语篇中的过去话题，可用 that(那)。"(熊学亮，2012：49)白亚仁在译文中优先使用 that，说明其更想突出所叙述事件为过去发生的事件或话题，这与原文中主人公在死后七天里大量叙述其过往经历相符，都是强调过去发生的事件，这是白亚仁忠于原文的一种表现；另外，白亚仁倾向于用 that 来英译原文中的"这""这个""这样"的表达，且译本中 that 的排序与该词在 COCA 的排序较近，说明白亚仁的译文十分接近美国英语的表达习惯。

第四，报道性动词 said 的出现频次为 483 次。通过 AntConc 3.4.4.0 语料库检索软件进行检索，发现其他报道性动词的频次如下：saying(57 次)、says(2 次)、speak(2 次)、spoke(9 次)、murmur(4 次)、murmured(4 次)、declared(2 次)、mentioned(6 次)和 announced(7 次)。从中可获知，白亚仁在英译"说""说道""提及""提到""声明"等报道性动词时，倾向于用"say"的变体形式，这体现译者追求译文通俗易懂的努力。其他行为动词也偏好使用简单、常用的表达，如：asked(149 次)、left(121 次)和 looked(110 次)，这三个词都位列前二十位高频词中。

第五，"《第七天》打破传统小说的单一叙述视角，采用'多声部'的叙述手法，构筑一种'众声喧哗'的叙述层次"(李灿，2019：57)，这种叙述层次可以在高频词中有所体现：主人公杨飞对养父(father，225 次)、养母(李月珍，yuezhen，93 次)的叙述，也有养父、养母的自我叙述，还有涉及鼠妹(mouse girl)及小女孩郑小敏(girl)的叙述,因此关键词 mouse 和 girl 分别出现 118 次和 163 次;另有对次要人物(people,114 次)的叙述。再有这些人物之间交流的叙述,因此 head、hand 和 eyes 都相继出现在高频词表之中。综合来看,这些高频词都与原文的多层次叙述相关,体现了译者忠实于原作"多声部"的叙述手法。

第六,《第七天》主人公杨飞死后的第一天至第七天穿越阴阳两界,回忆自身和叙述他人的生前悲惨往事的相关文字中不乏涉及时间(day,109 次;time,152 次)的描述,这些高频词的出现体现了译者在宏观叙述上忠实于原文。

第七,有些词虽然没有出现在高频词表中,但对文本分析具有重要意义,例如原文中涉及否定意义的词,如:"不"(851 次)、"没有"(462 次)、"无"(96 次)和"非"(5 次),这些词累计出现 1414 次。该译文中具有否定意义的词累计出现 579 次,如:no(185 次)、not(213 次)、without(22 次)、never(70 次)、none(9 次)、neither(15 次)、nor(11 次)、nothing(27 次)、nobody(20 次)、nowhere(2 次)、denied(4 次)、denial(1 次)。由此可见,该译文中具有否定意义的词的出现频次与原文相差较大,这说明白亚仁在翻译具有否定意义的词时,不拘泥于汉语的表达形式,力求符合英文的表达习惯,下面举例加以说明:

例1. 在持续的轰然声里似睡非睡。(余华,2013:3)

In this continual bedlam I drifted fitfully between sleep and wakefulness. (Yu Hua,2015:3)

在此例中,白亚仁并没有刻意使用含有否定意义的词"sleeplessness"来英译"非睡",而是用无否定后缀的词"wakefulness",既忠实表达出了原文之意义,又与"sleep"形成对比,属于叙事策略的对照反衬。

例2. 虽然只有两个房间,可是这是两个没有争吵声音的房间。(余华,2013:91)

There were only two rooms,but they were rooms free of argument.(Yu Hua,2015:87)

在此例中，对于原文的"没有"一词，白亚仁没有使用具有否定意义的词进行英译，而是选用"free of"（摒除），巧妙地英译了原文的否定之意，且符合英语的表达习惯。

例 3. 那里面仍然<u>没有</u>我父亲的名字。（余华，2013：99）

Again my father's name <u>was absent.</u>（Yu Hua，2015：95）

在此例中，白亚仁用"absent"（缺席、不在场）恰当地表达了原文"没有"的否定意义，译文显得简洁凝练。

（二）译本中主题词的统计与分析

主题词是指"与参照语料库相比，出现频率远超于参照语料库中对应词的词汇"（Scott & Tribble，2006：55）。主题词不一定是高频词，而是与参照语料库相比，出现频率相对偏高的词汇，偏高的程度就是主题性（Scott，2010：44）。主题词分析可以挖掘文本中的语言特征，进而揭示译者偏好的语言使用规律，同时还可以解读文本的主题焦点内容。

本研究以 *The Seventh Day* 为语料，选用布朗家族语料库新成员 Crown CLOB 通用语料库为参照语料库（1006749 个词），借助 AntConc 3.4.4.0 语料库检索软件，统计译文中的主题词，探究白亚仁偏好使用的词汇特征。为了更好地解读译本中的主题焦点内容和词汇特征，我们提取的主题词分为两大类：①人称代词和名词，因篇幅有限，仅提取前 20 个主题词（见表 4-6）；②实义动词，仅提取前 20 个主题词（见表 4-7）。

表 4-6　　*The Seventh Day* 主题词统计表（人称代词和名词）

序号	主题词	频次	主题性
1	I	1771	1522. 892
2	my	772	1079. 229
3	me	595	929. 914

续表

序号	主题词	频次	主题性
4	she	780	629.815
5	mouse	118	556.798
6	father	225	516.747
7	Yuezhen	93	504.202
8	girl	163	484.674
9	he	1082	430.475
10	chao	74	401.193
11	yang	75	396.104
12	her	617	372.274
13	wu	73	349.261
14	qing	60	307.896
15	fei	48	260.233
16	Yuan	43	223.718
17	Zhang	41	222.283
18	burial	44	173.712
19	railroad	31	168.067
20	parlor	28	151.803

从译本中出现的人称代词和名词中，我们可以考察译者对小说主题的复现程度。死亡、爱情、亲情是《第七天》的主题，而这些主题内容均在译本的主题词中有所体现。《第七天》描述了主人公杨飞死后的第一天至第七天穿越阴阳两界，回忆自身和叙述他人的生前往事。小说主人公"我"杨飞(fei，48 次)一出生便与铁路(railroad，31 次)结下了不解之缘——他的生母意外生产导致他滑落至铁轨之上，被铁路职工的养父收养，于是就有了"我"(I，1771 次)与养父(father，225次)、乳母李月珍(Yuezhen，93 次)在阴阳两界都无法阻断的亲情叙事；主人公"我"与前妻李青(qing，60 次)生前分离，死后重续前缘的爱情叙事；鼠妹刘梅(mouse，118 次)与男友伍超(wu，73 次；chao，74 次)令人痛彻心扉的爱情叙

事。此外，另外两个高频主题词，如：葬礼(burial，44 次)和殡仪馆(parlor，28次)都与死亡主题密切相关。整体来看，这些在译本中出现的主题词都凸显了原文的主题焦点内容，是译者忠实原文主题的有力例证，体现了译者在宏观上对重现小说主题的努力。

此外，本研究以 *The Seventh Day* 为语料，统计了主题词中的实义动词，因篇幅有限，仅提取前 20 个，如表4-7 所示。

表 4-7　　　　　*The Seventh Day* 主题词统计表(实义动词)

序号	主题词	频次	主题性
1	said	483	467.496
2	asked	149	259.912
3	walked	87	210.374
4	sat	73	146.967
5	looked	110	132.085
6	saw	93	131.457
7	heard	80	128.376
8	left	121	126.428
9	came	104	118.120
10	cremated	19	103.009
11	went	92	98.479
12	saying	57	87.556
13	got	106	81.108
14	realized	34	76.938
15	leaves	34	69.562
16	stood	50	68.111
17	walking	37	65.588
18	told	81	64.634
19	wept	15	62.317
20	crying	21	59.790

表4-7所列出的 said 已在高频词中出现过，上文也做过相关的分析，此处不再赘述。结合表4-7中的主题词统计数据，检索、统计与表中主题词密切相关的各类变体，我们提取了以下重要信息：

其一，主题词 asked 在文本中出现了 149 次，其变体 ask 和 asking 在文本中分别出现了 15 次和 9 次，而 inquire 的所有变体仅出现了 4 次。主题词 told 在文本中出现了 81 次，其变体 tell 和 telling 分别出现了 28 次和 6 次，而 inform 的所有变体仅出现 6 次，说明白亚仁偏好使用简单、通俗的词汇来英译"询问"和"告知"等行为动词。

其二，主题词 walked、came、went 和 walking 分别出现了 87 次、104 次、92次和 37 次，主题词 left 和 leaves 分别出现了 121 次和 34 次，而 wander 的变体仅出现了 2 次。值得一提的是，go 和 come 在译本中出现的频次分别是 98 次和 84次，证实了白亚仁偏好使用口语体英译汉语中的"走""来"和"离开"等趋向动词。

其三，主题词 looked 的出现频次是 110 次，与之相关的变体 look 和 looking 在译本中出现的频次分别是 75 次和 49 次。主题词 saw 的出现频次为 93 次，与之相关的变体 see、seeing、seen 在译本中的出现频次分别是 73 次、17 次和 33 次，这说明白亚仁在翻译汉语中的"看"或"看见"等感官动词时也偏向采用英语口语化的表达。

其四，主题词 realized 的出现频次是 34 次，与之相关的变体 realize 和 realizing 分别出现了 9 次和 4 次。而 aware 仅出现了 9 次，这说明对于汉语的感知动词，白亚仁也尽可能采用简单、通俗的英语词汇来英译。

其五，主题词 crying 在上表中共出现 21 次，与 cry 有关的变体累计出现了 62次，这说明白亚仁在英译表示情感动词时也倾向采用口语体。值得关注的是，除了采用 cry 有关的各种变体，他还使用 wept(15 次)及其变体(7 次)和 wail 的不同变体(9 次)来表达汉语的"哭"，表明译者善用丰富的英语情感词汇表达小说人物的内心情感，有效地渲染了小说事件的现场气氛，在一定程度上呼应了《第七天》的死亡主题和对社会现实不公的批评，试看两例：

例 4. 他的女友呜呜地哭上了，说以后再也不和他睡觉了，说和他睡觉比看恐怖电影还要恐怖。(余华，2013：17)

His girlfriend burst out <u>wailing</u> and vowed never to go to bed with him again—sleeping with him was scarier than watching a horror movie. (Yu Hua, 2015：18)

例 4 中的原文是一对情侣在自己的屋里亲热时，房屋遭到暴力强拆，并被人强行带走。所以"女友"的哭绝不是简单地哭泣(cried)，还包含了一种人格尊严遭受践踏后的委屈和无法反抗的愤怒，此时的"哭"更多的是一种敢怒不敢言的哀号，白亚仁用"wailing"(哀泣不止)更能体现人物内心的悲怆。

例 5. 他低下头，<u>无声哭泣着</u>向前走去。走了一会儿，他停止哭泣，忧伤地说："我要是早一天过来就好了，就能见到她了。"(余华，2013：218-219)

He lowered his head and walked on, <u>weeping silently</u>. After walking some distance, he stopped weeping. "If I'd just come a day earlier," he said sorrowfully, "that would have been perfect—I could have seen her then." (Yu Hua, 2015：206)

例 5 中的原文所描述的情节为：刘梅在得知男友伍超送她假 iPhone 后自杀，伍超因为她买墓地而去卖肾，最终因伤口感染而死亡。他死后期盼见到刘梅，而刘梅却已火化去了墓地。因而，原文中的"无声哭泣着"是一种生前不能相守，死后也无法重逢的悲痛，白亚仁用"weeping silently"(潜然落泪)恰切地再现他悲不能言的状态，应该会比有声的哭泣(crying)更能体现人物内心的无力与苍凉。

第四节　译者风格句法特征分析与阐释

句法特征也是译者风格的重要组成部分，句法特征的研究主要集中在"句长、平均句段长及结构容量，典型句式结构"(胡开宝、朱一凡、李晓倩，2018：24)。本研究主要从平均句长和句子类型两个层面考察译者风格的句法特征。基于自建的白亚仁英译余华作品的汉英平行语料库，本研究使用语料库检索工具 WordSmith 6，分别统计五个英译本的平均句长。

一、平均句长

平均句长的计算方法是用语料库中的形符总数除以句子的个数。一般情况下，句子长度反映了文本的句法结构的复杂度。平均句长越长，句法结构越复杂，反之亦然。我们统计了译本中的平均句长，具体统计情况如表4-8所示：

表4-8   白亚仁译作的平均句长统计表

原作名称	《在细雨中呼喊》	《第七天》	《黄昏里的男孩》	《十个词汇里的中国》	《余华作品集》
译作名称	*Cries in the Drizzle*	*The Seventh Day*	*Boy in the Twilight：Stories of the Hidden China*	*China in Ten Words*	*The April 3rd Incident：Stories*
英文句子数	4929	4046	4410	3213	4024
英文平均句长	19.54	16.13	12.65	22.68	14.36

如表4-8所示，《十个词汇里的中国》译本的平均句长最长，为22.68；《黄昏里的男孩》译本最短，为12.65，差值比为10.03，具有显著差异。英语源语语料库的平均句长为15.62，而英语译语语料库的平均句长为24.09（Laviosa，1998：561）。除了《十个词汇里的中国》译本的平均句长接近英语译语语料的平均句长，其他四个译本的平均句长与英语源语语料的平均句长相似。可见，白亚仁的译文具有英语原创作品的句法特点，语言凝练，简洁质朴。

《十个词汇里的中国》的译文在平均句长方面与其他四本译作有显著差异。研究发现，白亚仁在翻译中对于原文句法的以下几种不同处理方式是造成显著差异的潜在原因：（1）使用连接词、连接副词及疑问副词兼并小句；（2）使用破折号合并句子；（3）使用释义法诠释中国文化特色词、习语等表达。正是因为白亚仁使用了以上三种方法，《十个词汇里的中国》的译文平均句长显著高于其他译作。

1. 使用连接词、连接副词及疑问副词来兼并小句

例 **1.** 二〇一〇年七月初，南非世界杯结束之前我离开时，约翰内斯堡

国际机场的离境免税店里插满了呜呜祖拉(一种长约一米的号角)，每支售价一百元人民币左右。我回国后才知道这些中国制造的出口价只有二元六角人民币，这个可怜的价格里还包含了环境污染等等问题。(余华，2011：31)

When I left South Africa at the end of a visit during the 2010 World Cup, the duty-free shop at Johannesburg's airport was selling vuvuzelas—Chinese-made plastic horns—or the equivalent of 100 yuan each, <u>but</u> on my return home I learned that the export price was only 2.6 yuan apiece. (Yu Hua, 2012：24)

此例的原文由两个句子组成，二者属于顺接关系。而白亚仁使用转折连接词"but"将两个句子合并成一个句子，形成转折对比关系，使译文读者能够感受"呜呜祖拉"售价与成本的巨大差异，又为后文"呜呜祖拉"的生产过程中所造成环境污染的代价与所得收益之间的对比作铺垫。

在计算平均句长时，首先要识别句子切分标记，这些标记是句号、问号及感叹号。在此例中，白亚仁根据上下文语境采用了转折连接词来兼并句子，使得译文在语篇上更为连贯，但在客观上也使得译文句子变长了。

例 2. 这就是当时的阅读，我们在书籍的不断破损中阅读。每一本书在经过几个人或者几十个人的手以后，都有可能少了一二页。(余华，2011：48)

Such was our experience of reading: our books were constantly losing pages <u>as</u> they passed through the hands of several—or several dozen—readers. (Yu Hua, 2012：41)

此例原文中的两个句子属于顺接关系，而白亚仁通过上下文关系识别它们之间暗含的因果关系，于是选用具有轻微因果关系的连接词"as"合并原文中的句子，使得句子的逻辑关系更加清晰，也符合西方读者的推理演绎思维。此处的处理也同样使得译文句子变长。

例 3. 所以邻居的一位未婚女青年经常帮助他洗衣服，起初，她将他的

内裤取出来放在一旁，让他自己清洗。过了一些日子以后，她不再取出他的内裤，自己动手清洗起来。（余华，2011：56）

The first few times she put his underpants to one side for him to wash, <u>but</u> before long she took to washing them along with his other clothes. （Yu Hua, 2012：51）

此例原文中的两个句子也属于顺接关系，白亚仁用逆接连接词"but"合并原文的两个句子，一是在叙事效果上具有对照反衬效果，二是为故事内容的发展作了有利铺垫，为译文读者深入理解"未婚女青年与已婚男邻居发生苟合之事"进行心理预设。但此处的兼并无疑增加了句子长度。

例 4. 我只好起床，陪同他走到某个路灯下。他在夜深人静里情感波动地阅读，我呵欠连连靠在电线杆上，充当一位尽职的陪读，随时向他提供辨认潦草字体的应召服务。（余华，2011：52）

So I got out of bed and accompanied him to a spot beneath a streetlamp <u>where</u>, as the rest of the town slept, he read away, utterly absorbed, while I leaned against the pole, yawning incessantly but always on call, faithfully deciphering scrawl after scrawl of misshapen calligraphy. （Yu Hua, 2012：46）

在例 4 的译文之中，白亚仁除了使用连接词兼并原文句子外，还使用定语从句的连接副词"where"巧妙兼并句子，相较于原文，译文的句子结构更为紧凑，且符合英语句式的表达习惯，但对译文平均句长产生了影响。

例 5. 不过几个月以后，我把自己吓出了一身冷汗。我突然发现了一个巨大的破绽，鲁迅是一九三六年去世的，第一颗原子弹在日本广岛爆炸的时间却是一九四五年。（余华，2011：105）

A few months later, however, I had quite a scare <u>when</u> I realized what a glaring anachronism I had committed—Lu Xun having died almost ten years before the first atomic bomb was dropped. （Yu Hua, 2012：104）

例 5 的原文主要表达了三层意思：我受到惊吓，当我发现破绽以及破绽的缘由。不难看出，原文的句子逻辑层次不够明晰。白亚仁用疑问副词"when"引导时间状语从句，原文的句意就变成"当我发现破绽，我受到惊吓"。这样的时间顺序更容易让译文读者理解。接着他使用一个破折号引出破绽的缘由。这样处理不仅让句子逻辑清晰，而且句式更加紧密，同时也增加了译文句子的长度。

2. 使用破折号合并句子

例 6. 然后，崭新的词汇铺天盖地而来了。比如经常上网的网民、炒股的股民、购买基金的基民、追星的粉丝、下岗工人、农民工等等，正在支解瓜分"人民"这个业已褪色的词汇。（余华，2011：14）

After that, new vocabulary started sprouting up everywhere—netizens, stock traders, fund holders, celebrity fans, laid-off workers, migrant laborers, and so on—slicing into smaller pieces the already faded concept that was "the people". （Yu Hua, 2012：6）

例 6 的原文一共包含两个句子，二者是总分关系。白亚仁用破折号连接两个句子，对"new vocabulary"作进一步的阐释，并举例说明。这样处理使得句意更有条理性，句式结构更紧凑，同时也增加了句子长度。

3. 使用释义法诠释中国文化特色词、习语等表达

例 7. 人民群众的批判文章里要用鲁迅的话，地富反坏右交代自己罪行的材料里也要用鲁迅的话。（余华，2011：101）

The confessions of landlords, rich peasants, counterrevolutionaries, bad elements, and rightists would borrow lines from him, too. （Yu Hua, 2012：99）

此例的原文选自余华的散文集《十个词汇里的中国》，文集中含有大量富有中国文化特色的缩略词。原文中的"地富反坏右"是指"文革"期间的"黑五类子女"，分别指的是"地主、富农、反革命分子、坏分子、右派分子的子女"（夏晶，

2015：13）。白亚仁采用释义的方法逐一英译，译文中的单词数量也随之增加，因而译文句子长度也相应增加。

例8. 于是，草根自封的权力机构立刻遍布全国，其壮观的情景好比唐朝诗人岑参描述飞雪突然降临的诗句："忽如一夜春风来，千树万树梨花开。"（余华，2011：172）

Thus self-appointed grassroots power structures popped up everywhere in dazzling array, like the Tang poet's evocation of the scene after a snowstorm："Spring seems to stretch as far as the eye can see/Pear blossoms bloom white on tree after tree."（Yu Hua，2012：175）

例9原文中的"忽如一夜春风来，千树万树梨花开"原本描绘的是塞外风雪之中送客人的场景，而今多用于形容某种新生事物迅猛发展。白亚仁除了阐释诗的内涵之外，还力求保留这两句诗中最后一个字的押韵（"来"和"开"），用"see"和"tree"进行英译，一定程度上展现了原诗的音韵美，可谓神来之笔。经过阐释性翻译后，译文句子的长度也随之增加。

例9. 可是又不能白白浪费游泳池，他就在游泳池里养起了自己平日里食用的鱼。（余华，2011：193）

At the same time he wasn't happy seeing the pool going to waste，so he used it to raise fish，<u>which</u>—steamed, braised, or fried—could be served up on his dinner table each day.（Yu Hua，2012：197）

在此例中，白亚仁使用定语从句的连接副词"which"对原文中"食用的鱼"进行补充说明，"steamed, braised, or fried"（蒸、焖或油炸），再用破折号进一步对原文内容填充"could be served up on his dinner table"（可供入餐桌享用），此处的阐释有效地扫清了译文读者的阅读障碍，但译文句子的长度也随之增加。

二、句子类型

除了平均句长，句子的类型也可以反映文本的句法特征。按照句子的功能，一般分为"陈述句、祈使句、疑问句和感叹句四种句子功能类型，分别表达了四种语气，通常语气与句末助词对应"（邢福义，1997：121；杨文全，2010：308；邵敬敏，2016：42-43）。"陈述句是用来向听话人述说一件事情"（邵敬敏，2016：43），其主要功能是说明或叙述事实，它们的句末符号通常是句号。"祈使句用于向听话人提出要求，希望他做什么或别做什么的句子"（邵敬敏，2016：47），具有劝说、鼓动的作用，它们的句末符号一般是句号或感叹号。"疑问句包括疑惑和询问双重意义。一个疑问句，通常是既疑且问，但可以疑而不问，也可以问而不疑"（邵敬敏，2016：44），具有疑问或征询意见的语气，其中的反问句往往蕴含不满和反驳的语气，它们的句末符号通常是问号。"感叹句是抒发强烈感情的句子"（邵敬敏，2016：48），它们的句末符号一般是感叹号。通过比较四种句子类型及其对应的语气，相较于陈述句，疑问句、祈使句和感叹句更能表达说话人的语气、态度和强烈情感，更能体现说话人的独特风格。译者对于某些句型的偏好使用也能体现其独特的译者风格。因此，基于自建的白亚仁英译余华作品的汉英平行语料库，本研究主要考察原文与译文中疑问句、感叹句与祈使句之间的对应关系，通过检索、统计原文与译文的问号及感叹号，以期进一步探析白亚仁偏好使用的某些句子类型及其独特的文体风格。具体的统计结果见表4-9。

表4-9　　　　　　　　　原文与译文中问号、感叹号的统计表

原作名称	《在细雨中呼喊》	《第七天》	《黄昏里的男孩》	《十个词汇里的中国》	《余华作品集》
？	185	318	410	164	224
！	0	10	30	49	8

续表

原作名称	《在细雨中呼喊》	《第七天》	《黄昏里的男孩》	《十个词汇里的中国》	《余华作品集》
译作名称	*Cries in the Drizzle*	*The Seventh Day*	*Boy in the Twilight: Stories of the Hidden China*	*China in Ten Words*	*The April 3rd Incident: Stories*
？	253	347	541	136	268
！	232	89	105	100	68

从表 4-9 的统计数据来看，除了《十个词汇里的中国》译本中的问号在译文中有所删减，其他译本中的问号均多于原文，尤其是《黄昏里的男孩》译本中的问号比原文多了 131 个。此外，白亚仁译文中的感叹号也远远多于原文，尤其是《在细雨中呼喊》译本中的感叹号比原文多了 232 个。"感叹号本身自带一种特殊的情感效应，是一种表达特殊效应的标记。"（张德禄，1998：106）可见，白亚仁更喜欢把原文中暗含的疑问语气、感叹语气和祈使语气进行显化处理，拉近读者与小说人物的内心情感世界，强化了原文中的情感叙事，从而增强了译文的语言魅力和艺术性。以下我们以实例分析白亚仁在翻译过程中疑问句的使用情况。

1. 疑问句

疑问句除了可以用于表达询问和疑惑的双重意义，在文学作品中疑问句的使用还可以增加悬念感，引起读者的好奇心和兴趣，进而探索作品的意义。白亚仁在翻译过程中经常有意显化原文中蕴含的疑问语气，请看下例：

　　例 1. 现在他应该想一想，<u>它和谁有着密切的联系</u>。是那门锁。钥匙插进门锁并且转动后，<u>将会发生什么</u>。（余华，1995b：196）

　　Now he needed to think: <u>To whom was the key related?</u> It would unlock the door. When the key turned in the lock, <u>what would happen?</u>（Yu Hua, 2018：9-10）

例 1 中，原文是少年由钥匙引发的心理活动。"这把钥匙出现在小说开头，对这把凹凸不平的钥匙有着细腻感受的少年，预示他将要踏上艰难险阻的道路"(韩雪,2018:40)。白亚仁将原文暗含疑问语气的内容"它和谁有着密切的联系"和"将会发生什么"进行显化处理,即"To whom was the key related?"和"what would happen?",从而增加了悬念感,激发了译文读者探索故事情节发展的兴趣。

"反问是借助疑问句来传递确定信息,以加强肯定或否定语气的一种修辞方式。"(张德禄,1998:212;刘蔼萍,2016:221)换句话说,"发问者心里并没有真正的疑惑,只是以疑问的形式表达了自己对某件事的看法,语气上有不满、反驳的意味"(邵敬敏,2016:46)。除了显化原文中蕴含的疑问语气,白亚仁也偏好显化原文中的反问语气,请看下例:

例2. 孙广才只是经常坐在门槛上,像个上了年纪的女人那样罗嗦着不休,他唉声叹气地自言自语:"养人真不如养羊呵,羊毛可以卖钱,羊粪可以肥田,羊肉还可以吃。养着一个人那就倒霉透了。要毛没毛,吃他的肉我又不敢,<u>坐了大牢谁来救我</u>。"(余华,2004:176)

With a relative to support, you're really up shit creek. He's got no wool, and eating him is too big a risk—<u>who would bail me out if I ended up in the slammer?</u>"(Yu Hua, 2007:183-184)

例2中,原文是孙广才对自己的"父亲"摔倒后无法再从事劳力而产生的抱怨。白亚仁将原文暗含反问语气的话语"坐了大牢谁来救我"进行显化处理,即"who would bail me out if I ended up in the slammer"。用反诘表达确定的意思,展现了小说人物孙广才对赡养父亲的不满,揭露了孙广才的无情无义。

2. 感叹句

"感叹句可表达惊叹、喜悦、愤怒、恐惧、厌恶等多种情感。"(杨文全,2010:310)单独的叹词构成最简单的感叹句。余华的作品中有许多叹词,如"啊"(表示惊叹)、"啦"(表示喜悦)、"唷"(表示愤怒或厌恶)等。值得注意的是,白亚仁常常在译文中通过增加叹词和感叹号,显化原文强烈的情感语气。我们对白亚仁偏好的叹词进行检索和统计,发现他最偏好使用感叹词Oh(22次),其次是Ah(6次)和Yeah(5次),最后是Hah、Ahhh、Alas和Aaaah各一次,请看下例：

例3. 孙有元一付罪该万死的模样，对我父亲连声说："我不该把碗打破，我不该把碗打破，这碗可是要传代的呀。"（余华，2004：197）

He put on an expression that seemed to acknowledge he had committed a terrible crime, and he said to my father, "Oh no, I shouldn't have smashed that bowl! Oh no, that family heirloom—it was supposed to be passed on to the next generation!"（Yu Hua, 2007：205）

例3中，原文是小说人物孙有元打破碗后被儿子孙有才辱骂后说的一番话，表达了他对被儿子长期虐待的不满。白亚仁在直译原文内容"我不该把碗打破，我不该把碗打破，这碗可是要传代的呀"的基础上，增添了两个叹词"Oh"和感叹号，显化了小说的感情色彩，使得小说人物的悲愤跃然纸上，拉近了小说人物与译文读者的距离。

例4. 紧接着是啊的一片整齐的惊叫声，接着寂静了，随即我听到女孩身体砸到地面上的沉闷声响。（余华，2013：119）

But almost immediately there was a uniform chorus of "Ah!" and then a sudden hush, and moments later I heard a heavy thump as the girl's body hit the ground.（Yu Hua, 2015：115）

例4中，原文描述了小说人物刘梅跳楼自杀的场景。白亚仁以"Ah"英译了原文的感叹词"啊"，同时又增添了感叹号，显化了围观群众对于跳楼自杀行为的惊恐，极大渲染了跳楼自杀现场的紧张感和恐惧感。

3. 祈使句

祈使句是向受话人提出要求，告知其实施某种行为的句子（杨文全，2010：309）。对于原文中祈使句的标点符号，如句号或省略号，白亚仁都偏向使用感叹号进行替换，以此显化原文中的祈使语气，如下例子：

例 5. 我记得这个漂亮女人坐在沙发里对刚进门的丈夫说：<u>"去把垃圾倒掉。"</u>我们的诗人端起那满满一簸箕垃圾时，显得喜气洋洋。（余华，2004：94）

I remember how his pretty wife, from her perch on the sofa, said to her husband as he came in the door, <u>"Take the garbage out!"</u> Our poet lifted the bulging basket of trash, a beam of pleasure on his face. (Yu Hua, 2007：98)

例 5 中，原文描述了一位诗人长期遭受妻子家暴，妻子随时对他发号施令。原文的"去把垃圾倒掉"，隐含着命令的语气，白亚仁用感叹号将之显化，即"Take the garbage out!"，显然这里的感叹号比原文的句号更能体现命令的语气。小说人物的蛮横无礼、傲慢的神态尽在不言中，令人回味无穷。

例 6. 我看见一个示威者站在市政府前的台阶上，他举着扩音器，对着广场上情绪激昂的示威人群反复喊叫着："安静！请安静……"（余华，2013：21）

I saw a demonstrator standing on the steps in front of the city government headquarters. He was holding a megaphone and shouting over and over again at the restive crowd："Keep calm! <u>Please keep calm!</u>" (Yu Hua, 2015：22)

例 6 的原文描述了小说中的示威者反对政府暴力强拆的场景。白亚仁在直译原文内容"请安静……"的基础上，将原文的省略号替换成了感叹号，从而强化小说人物的命令语气，比原来的省略号更具有震撼力，让译文读者有一种身临其境的感觉。

"标点符号的改变可能会大大改变句子的叙述力量。"（May，1997：17）综合来看，白亚仁在翻译过程中刻意改变原文的标点符号，或是通过增加感叹号和各种各样的叹词，显化原文中蕴含的疑问、反问、祈使语气，营造小说情节上的悬念感和叙事张力，增强了译文的艺术性，同时也形成了白亚仁独特的句法风格。

第五节　译者风格语篇特征分析与阐释

"语篇是文本风格的整体表现形式，通过考察文本的语篇特征我们可以从整体上发现译者的语言运用情况。语篇特征的考察主要有语篇的衔接、主题、修辞手法等。"(葛厚伟，2019：60)本研究基于自建的白亚仁英译余华作品的汉英平行语料库，从语篇的逻辑关系词、语篇可读性及本研究双语平行语料库中的英汉词和字数对比三个方面，对白亚仁译者风格的语篇特征进行量化统计与分析。

一、语篇逻辑关系词

"语篇通常指一系列连续的话段或句子构成的语言整体"(黄国文，1988：8)，其中衔接与连贯是语篇特征的重要内容(同上：10-11)。"衔接体现在语篇的表层结构上，可以通过词汇手段和语法手段实现结构上的衔接，它是语篇的有形网络。"(同上：10)"连贯指的是语篇中语义的关联，通过逻辑推理来达到语义连接，它存在于语篇的底层，是语篇的无形网络。"(同上：11)

逻辑关系是语义连贯及语篇连贯的重要方式，通过逻辑关系词或连接话语使语篇成分建立语义联系(陈勇，2003：3)。逻辑关系词是语篇各种逻辑意义的衔接手段，不同的学者对于逻辑关系词有不同的分类，例如：韩礼德与哈森(Halliday & Hasan，1976：238；2001：226)将逻辑关系词分为四大类：增补(additive)、原因(causal)、转折(adversative)和时间(temporal)。墨西亚和弗里曼(Celce-Murcia & Freeman，1998：323-326)对逻辑关系词的划分基本依据韩礼德和哈桑的观点，但他们对增补又作了进一步的划分。夸克等(Quirk et al.，1985：920-940)把英语的连接词划分为七类，包括：列举(listing)、等同(appositional)、对照(contrastive)、推论(inferential)、转题(transition)、结果(result)、总结(summative)。黄国文(1988：130-134)在总结许多语言学家的分类后，对逻辑关系词提出了更为全面的分类框架，包括 11 个大类：列举(enumeration)、增补(addition)、解释(explanation)、等同(equation)、转折(adversative)或对比(contrastive)、推论(inference)、替换(replacement)、转题(transition)、原因(reason)、结果(result)、总结(summation)。尽管学者们对于逻辑关系词的分类不尽相同，但他们的共同点在于明确了逻辑关系词是用于表示语篇的逻辑语义关系。

逻辑关系词由显性逻辑连接词和隐形连接话语组成，前者是由连词、副词及前置词等组成，后者是隐含在语篇中的某些话语，没有明显的外在形式（陈勇，2003：3）。本研究主要聚焦对显性逻辑关系词的考察，且以因果、转折、条件逻辑关系词为主。

原文中的逻辑关系词在译文中的翻译和处理直接影响到原文语义的传达和语篇的连贯，其重要性不言而喻，体现了译者对原文逻辑关系词的翻译策略，更是其翻译风格的再现，应作为译者风格考察的重要部分。与此同时，在翻译过程中，译者对于逻辑关系词的惯用选择，体现了译文语篇的逻辑结构和特征。因此，对于译者惯用的逻辑关系词的考察也至关重要，它反映了译文的语篇逻辑特征，是译者风格不可分割的组成部分。

根据上文的论述，本研究提出如下问题：对于原文中的因果、转折、条件逻辑关系词，白亚仁如何翻译和处理？在译文中的显现度如何？基于何种原因这样处理？是否有惯用的因果、转折、条件逻辑关系词？

基于以上研究问题，本研究对逻辑关系词的考察分成两部分，首先基于自建的白亚仁英译余华作品的汉英平行语料库，依托 BFSU ParaConc 双语平行语料库检索工具，对原文中的因果、转折、条件逻辑关系词与译文中相对应的逻辑关系词进行分别检索和统计，从而考察白亚仁对于原文逻辑关系词的呈现程度，并以此为基础探究其动因；其次以自建的白亚仁英译余华作品的汉英平行语料库为基础，借助语料库检索软件 AntConc 3.4.4.0，对译本中使用的因果、转折、条件逻辑关系词进行检索和统计，以期探索白亚仁惯用的以上逻辑关系词。

(一)原文中的逻辑关系词及在译文中相对应的逻辑关系词的考察

本研究在邵敬敏（2016：15）对汉语连词的分类基础上，并根据字典查证，确定了本研究的汉语因果连接词：因为、由于、所以、因而、因此、故而；转折连接词：虽然、但是、可是、但、却、不过、而只是、然而；条件连接词：如果、若、要是、只有……才……、除非……才……、既然……就……。本研究在夸克等（Quirk et al.，1985：920-940）对英语连词的分类基础上，并根据字典查证，确定了本研究的英语因果连接词：because, for, since, therefore, thus, so；转折连接词：but, in contrast, yet, however, though, although, even so, in spite of, despite, nevertheless, while；条件连接词：if, provided that, assuming, given that, allowing, supposing, in case, presuming, on the assumption that, on condition that, as long as, so long as。

值得注意的是，有些逻辑关系词在不同的语境下具有不同的语义，如 since 可以表示"轻微的原因"，同时也可以表示"自……起"，为了确定这些逻辑关系词表达的具体意义，我们结合语境和通过文本细读，以明确其具体的意义。根据以上逻辑关系词，通过文本细读法排除无关内容的例句，本研究分别统计了原文中的逻辑关系词及在译文中相对应的逻辑关系词分布数量，还有与之相对应的汇总数量，如表4-10 和表4-11 所示：

表4-10　原文中的逻辑关系词及在译文中相对应的逻辑关系词分布统计表

序号	原作名称	《在细雨中呼喊》	《第七天》	《黄昏里的男孩》	《十个词汇里的中国》	《余华作品集》
	译 作 名 称	*Cries in the Drizzle*	*The Seventh Day*	*Boy in the Twilight：Stories of the Hidden China*	*China in Ten Words*	*The April 3rd Incident：Stories*
1	原文中的因果连词数量	120	58	55	147	178
2	译文中相对应的因果连词数量	58	35	34	69	97
4	原文中的条件连词数量	43	19	26	59	34
5	译文中相对应的条件连词数量	35	17	24	42	32

续表

序号	原作名称	《在细雨中呼喊》	《第七天》	《黄昏里的男孩》	《十个词汇里的中国》	《余华作品集》
	译作名称	*Cries in the Drizzle*	*The Seventh Day*	*Boy in the Twilight：Stories of the Hidden China*	*China in Ten Words*	*The April 3rd Incident：Stories*
7	原文中的转折连词数量	294	142	95	278	357
8	译文中相对应的转折连词数量	224	118	86	199	266

表4-11　原文中的逻辑关系词及在译文中相对应的逻辑关系词汇总统计表

序号	参数名称	数量
1	原文中的因果连词总数	558
2	译文中相对应的因果连词总数	293
3	英译的因果连词比例	52.51%
4	原文中的条件连词总数	181
5	译文中相对应的条件连词总数	150
6	英译的条件连词比例	82.87%
7	原文中的转折连词总数	1166
8	译文中相对应的转折连词总数	893
9	英译的转折连词比例	76.59%

表4-11显示，对于原文中的逻辑关系，白译本中呈现了不同程度的简化，例如：英译的因果、条件及转折连词比例分别为52.51%、82.87%、76.59%。其中，英译的因果连接词比例最低，仅占原文中的因果连词总数的52.51%；英译的条件连接词比例最高，占原文中的条件连词总数的82.87%，以上逻辑关系在译文中都出现不同程度的简化。那么，白亚仁基于何种原因对以上逻辑关系进

行了简化，我们有必要探究其原因，正如黄立波、石欣玉(2018：18)所说"翻译风格研究不应囿于量化数据，而应当关注文本分析及翻译风格成因分析"的观点。以下我们将以实例分析白亚仁简化翻译的动因。

1. 基于语义动因而简化因果连接词、转折连接词

例1. <u>因为</u>阳光被两旁高高的墙壁终日挡住，<u>所以</u>他一步入胡同便与扑面而来的潮气相撞。(余华，1995b：218)

Here the sunlight was blocked by the high walls on both sides, <u>and</u> no sooner had he stepped inside than he was hit by a wave of clammy air. (Yu Hua, 2018：41)

在此例中，笔者认为原文作者之所以使用因果关系连接词，更多的是为了突出阳光被高墙终日挡住，"凸显小说人物遭遇自我与世界的隔阂"(韩雪，2018：41)。然而对于原文中的这两个小分句，不用因果连接词依然不影响读者理解原文的意思。鉴于此，白亚仁在译文中把原句中的因果关系替换为并列关系，同时把原句中表因的句子置于译文句首加以突出。这样，既顾及作者的用意，又符合英语的表达习惯。

例2. 这样的日子持续了二十六天，李汉林终于不能忍受了，他告诉林红：他身上所有的关节都在发出疼痛，他的脖子都不能自如地转动了，还有他的胃，<u>因为</u>生活没有规律也一阵阵地疼了，<u>所以</u>……他说："这样的生活应该结束了。"(余华，1999a：65)

AFTER TWENTY-SIX DAYS OF THIS, Li Hanli finally couldn't take it anymore. He told Lin Hong that he had a constant ache in every joint, an agonizing crick in his neck, and a chronic stomachache as well. "We can't go on like this," he said. (Yu Hua, 2014：58)

例2中，原文讲述的是小说人物李汉林因情感出轨而遭受妻子林红长达二十六天的冷暴力的情节。译文读者可以通过上下文内容获知冷暴力导致李汉林身体

上的不适，因而没有必要英译原文中的因果连接词及其引出的句子。对此，白亚仁直接省略不译，这样处理使得译文更加简洁自然。

　　例3. 父亲最好的朋友郝强生和李月珍夫妇给他介绍过几个对象，<u>虽然</u>事先将我的来历告诉女方，以此说明他是一个善良可靠的男人。（余华，2013：70）

His best friends, Hao Qiangsheng and Li Yuezhen, introduced him to several prospects, informing them ahead of time about my foundling origins, so as to make clear that my father was a kindhearted and reliable man. （Yu Hua, 2015：65）

　　例4. 眼下那块空地缺乏男人，男人在刚才的时候已经上街。吴全的呼吁没有得到应该出现的效果。<u>但是</u>有个女人的声音突然响起，像是王洪生妻子的声音："你刚才为什么不说？"（余华，1995a：230）

But the courtyard was already empty of menfolk, for they had rushed off to the shops a few minutes earlier, so his announcement did not elicit much of a reaction. Only a woman's voice rang out—it sounded like Wang Hongsheng's wife. "Why didn't you say so earlier?" （Yu Hua, 2018：156）

例3和例4中，原文分别使用了转折连接词"虽然""但是"，但通过仔细阅读原文，我们不难发现上述例子都没有明显的语义转折，即某个事物或事情的转变、变化，如果照搬直译恐怕会让译文读者产生一种突兀感。因而白亚仁在译文中都省略不译，也不影响译文读者的理解，行文上更显精练流畅。

2. 基于句法动因而隐化条件连接词

　　例5. 如果不是母亲，母亲瘦小的身体和她瘦小的哭声抵挡住两个像狗一样叫哮的男人，那么我那本来就破旧不堪的家很可能成为废墟。（余华，2004：41）

<u>Were</u> it not for Mother, whose tears and diminutive figure were the only obstacles in the way of these two raging males, our home, already so ramshackle,

might well have ended up a complete ruin. （Yu Hua, 2007：45）

例 6. 于是我开始引起家庭的重视。如何处理我，成了孙广才头疼的事，我几次听到父亲对哥哥说："<u>要是</u>没有这小子就好了。"（余华，2004：39）

This made me an object of attention, and how to deal with me became a real headache for Sun Kwangtsai. More than once I heard him say to my brother, "It <u>would</u> all be so much simpler <u>without</u> him in the way. "（Yu Hua, 2007：43）

汉语的条件句必须依靠假设连接词来引出假设内容，而英语的条件状语从句或虚拟语气可以通过假设连接词、介词短语或者将助动词"had"、系动词"were"放置句首形成倒装句式来表达，这一点与汉语截然不同。例 5 中，白亚仁将"were"放置句首来引出虚拟条件句；例 6 中，他通过介词短语"without him"和虚拟助词"would"来引出虚拟条件句。虽然从形式上看，译文貌似隐化了原文中的条件连接词，但完全符合英语的句法结构和语法要求，表达形式也更为丰富。

3. 语篇动因而隐化转折连接词

语篇衔接还有一些不容忽视的因素，如语境、话题内容和背景知识等。由于句子间的语义连贯有可能存在空隙，或者存在语篇理解上的偏差，而空隙的弥补、理解的偏差都需要更多的语篇内容、上下文语境作支撑。译者通常比普通译文读者更能把握整个语篇内容和语境，会根据语篇需要而隐化逻辑连接词。

例 7. 当他含辛茹苦把我养育成人，我<u>却</u>不知不觉把他抛弃在站台上。（余华，2013：87）

At last I had reached adulthood, thanks to so much painstaking effort on his part, <u>only for me to abandon</u> him on the platform with hardly a second thought. （Yu Hua, 2015：82）

例 7 中，原文中的"他"是主人公"我"的养父，养父对"我"的养育之恩和"我"对养父的感恩构成《第七天》亲情主题的主要线索。从表面上来看，原文中作者似乎是用表转折关系的连接词"却"来凸显养父对"我"无条件的爱和"我"抛弃养父的无情无义这两种行为之间的反差，实则是用来婉转地表达"我"对养父的愧疚之情。从这个意义上来说，"我"对养父也是有深厚的感情的，不然就不会对养父有愧疚之情。白亚仁深谙原文的旨意，用"only"一词来替代原文中的"却"，可谓异曲同工，非常精确地把握住原文中"却"的深层内涵。译文"only for me to abandon him"，也暗含了一种表转折的对比关系。换言之，只有"我"抛弃了养父，而养父并没有抛弃"我"。如同原文一样，译文表达的也是"我"对养父的愧疚之情。白亚仁对原文转折连接词的隐化，虽然在表面上与原文句意不符，但却是在考虑整部小说的语篇连贯下而作出的优化选择。

例8. 很多年过去了，毛泽东对于中国的功过是非暂且不论，有一个事实却是愈来愈鲜明，就是毛泽东思想没有因为他生命的结束而消失，对于世界的影响反而与日俱增。(余华，2011：33)

Many years have passed since then. Putting aside for the moment the question of Mao's impact, positive and negative, on China, one thing is clear: Mao Zedong Thought has not perished just because his life came to an end. On the contrary, his influence beyond our borders is undiminished. (Yu Hua, 2012：23)

在此例中，原文中的"有一个事实却是愈来愈鲜明"，其中的转折连词"却"与原文中的上一句并没有明显的语义转折，或者说如果不凸显语义转折或许能更好地与后文作者强调的事实形成连贯，即"毛泽东思想在世界各地落地生根"。于是白亚仁没有译出转折连接词"却"，是为了更好服务语篇上的连贯。

(二)译文中惯用的因果、转折、条件逻辑关系词

根据上文对因果、转折、条件逻辑关系词的分类，以自建的白亚仁英译余华作品的汉英平行语料库为基础，借助语料库检索软件 AntConc 3.4.4.0，对译本中使用的以上逻辑关系词进行检索和统计，进而获得了白亚仁惯用的因果、转折、条件逻辑关系词。

值得注意的是，有些逻辑关系词在不同的语境下具有不同的语义，如 for 有"因为"之意，还有"为了"之意，还可以接续时间，为了确定这些逻辑关系词表

达的具体意义，我们结合语境和通过文本细读，以明确其具体的意义，排除无关内容的例句，统计结果见表4-12。

表4-12　　　　　　　　　　　　译本中逻辑关系词的总体分布表

原作名称		《在细雨中呼喊》	《第七天》	《黄昏里的男孩》	《十个词汇里的中国》	《余华作品集》	
译作名称		*Cries in the Drizzle*	*The Seventh Day*	*Boy in the Twilight: Stories of the Hidden China*	*China in Ten Words*	*The April 3rd Incident: Stories*	
类型	逻辑连接词	数量	数量	数量	数量	数量	小计
因果	because	60	48	48	51	56	263
	for	102	67	19	89	56	333
	since	3	7	0	12	3	25
	therefore	0	0	0	1	0	1
	thus	6	2	1	14	6	29
	So	67	94	91	64	107	423
转折	but	554	346	240	321	399	1860
	in contrast	0	0	0	1	1	2
	yet	22	15	16	21	18	92
	however	21	10	3	28	16	78
	though	54	7	8	18	26	113
	although	43	20	9	45	23	140
	even so	1	2	0	2	1	6
	in spite of	0	0	1	0	0	1
	despite	19	5	0	2	2	28
	nevertheless	0	0	0	2	0	2
	while	22	13	7	14	7	63

续表

原作名称	《在细雨中呼喊》	《第七天》	《黄昏里的男孩》	《十个词汇里的中国》	《余华作品集》	
译作名称	*Cries in the Drizzle*	*The Seventh Day*	*Boy in the Twilight: Stories of the Hidden China*	*China in Ten Words*	*The April 3rd Incident: Stories*	
类型	逻辑连接词	数量	数量	数量	数量	数量	小计
	if	169	108	124	137	80	618
	provided that	0	0	0	0	0	0
	assuming	0	2	0	1	0	3
	given that	3	2	0	0	2	7
	allowing	0	0	0	0	0	0
	supposing	0	0	0	0	0	0
条件	in case	1	0	0	0	0	1
	presuming	0	0	0	0	0	0
	on the assumption that	0	0	0	0	0	0
	on condition that	0	0	0	0	0	0
	as long as	2	0	1	4	0	7
	so long as	3	4	4	5	1	17

从表 4-12 显示的白亚仁五个译本中逻辑关系词的总体分布情况来看，我们发现了其惯用的因果、转折、条件逻辑关系词。具体而言，在选择因果连接词时，白亚仁最偏好使用 for（333 次）来引出表示原因的内容，其次是 because（263

次)，最后是 since(25 次)；最偏好使用 so(423 次)来接续表示结果的内容，其次是 thus(29 次)，最后是 therefore(1 次)。

在选择转折连接词时，白亚仁最偏好使用 but(1860 次)来衔接表示转折的内容，其次是 although(140 次)和 though(113 次)，再有 yet(92 次)和 however(78 次)等，最后是 in spite of(1 次)。

在选择条件连接词时，白亚仁最偏好使用 if(618 次)来衔接表示条件的内容，其次是 so long as(17 次)，再有 as long as(7 次)和 given that (7 次)等，最后是 in case(1 次)。值得注意的是，白亚仁从不使用以下条件连接词：on the assumption that, on condition that, provided that, allowing, supposing, presuming。

通过统计五个译本中的因果、转折、条件逻辑关系词，本研究发现白亚仁偏好使用以上简单、常用的逻辑关系词来衔接语篇逻辑关系，使译文符合大众读者的阅读水平。

二、语篇可读性

易读性也可被称为"可读性"(readability)(Klare，1963：29)，主要关注语言特征对文本理解的影响(Dale & Chall，1948：12)。"可读性公式是可读性研究的主流，较常用的有弗莱施易读性指数(Flesch Reading Ease Score)、弗莱施-金凯德阅读级别水平、迷雾指数等。"(崔璨等，2019：69)弗莱施易读性指数以词长和句长来测量文本的难易程度，"指数越大，文本的易读性越高。"(Flesch，1948：222)测量结果的得数在 0~29 区间，表示文本极难；30~49 表示难，50~59 则表示有点难，60~69 表示难度一般，70~79 表示比较容易，80~89 表示容易，90~100 表示文本非常容易。一般来讲，标准区间值为 60~69。

弗莱施-金凯德阅读级别水平的测算也是以词长和句长为基础，"通过不同的权重系数，将弗莱施易读性指数转换成美国年级水平，以便判定理解文本所对应的受教育年限。"(袁煜、张松松、张薇，2015：209)例如测量结果是 7.3，表示文本适合美国七年级水平人群阅读；结果是 8，表示文本适合美国八年级水平人群阅读，依此类推。指数越大说明文本的阅读难度越高。一般来讲，标准区间值为 7.0~8.0。

本研究借助北京外国语大学开发的文本可读性分析软件 BFSU-HugeMind Readability Analyzer 2.0，对白亚仁五个译本的弗莱施易读性指数、弗莱施-金凯德阅读级别水平进行检验，结果见表 4-13。

表 4-13　　　　　　　　　　白亚仁五个译本可读性指数统计表

原 作 名 称	《在细雨中呼喊》	《第七天》	《黄昏里的男孩》	《十个词汇里的中国》	《余华作品集》
译 作 名 称	_Cries in the Drizzle_	_The Seventh Day_	_Boy in the Twilight：Stories of the Hidden China_	_China in Ten Words_	_The April 3rd Incident：Stories_
弗莱施易读性指数	69.03	76.48	86.85	56.31	77.32
弗莱施-金凯德阅读级别水平	8.33	6.48	4.16	10.83	5.98

根据弗莱施易读性指数及弗莱施-金凯德阅读级别水平，在白亚仁英译的五部作品中，《十个词汇里的中国》译本的难度最大，其易读性指数及阅读级别水平分别是 56.31 和 10.83，属于有一定难度的文本。其次是《在细雨中呼喊》译本（易读性指数 69.03；阅读级别 8.33），属于难度一般的文本。最后是《第七天》《黄昏里的男孩》和《余华作品集》的译本，它们的易读性指数和阅读级别分别是 76.48/6.48、86.85/4.16 和 77.32/5.98，属于比较容易或容易的文本。综合来看，白亚仁译本的平均易读性指数和阅读级别分别是 73.19 和 7.16，属于比较容易阅读的文本。

三、双语平行语料库中的英汉词、字数对比

原文与译文中的词、字数比例也是衡量译者语篇风格的一个重要参数。王

克非(2003:415)指出:"在中译英的文学翻译中,英汉词、字数比值常为1.25~1.5。"如果超过此比例越多,可认作是过量翻译;而低于该比例越多,则可认作是欠量翻译;若处在该比例的范围内,可认作是适量翻译。(同上:415)我们统计了本研究双语平行语料库中的英汉词、字数比值,结果见表4-14。

表4-14 双语平行语料库中的英汉词、字数比值表

原 作 名 称	《在细雨中呼喊》	《第七天》	《黄昏里的男孩》	《十个词汇里的中国》	《余华作品集》
译 作 名 称	*Cries in the Drizzle*	*The Seventh Day*	*Boy in the Twilight: Stories of the Hidden China*	*China in Ten Words*	*The April 3rd Incident: Stories*
英汉词、字数比例	1:1.47	1:1.39	1:1.21	1:1.61	1:1.49

如表4-14所示,《在细雨中呼喊》《第七天》《黄昏里的男孩》《余华作品集》四部作品的英汉词、字数比值都在1.25~1.5,可认为是适量翻译;《十个词汇里的中国》的英汉、字数比例虽然超出该比例,但与比值范围中的最高值的差值仅为0.11。综上而言,白亚仁的译作基本属于适量翻译。

第六节 本章小结

根据自建的白亚仁英译余华作品的汉英平行语料库,本研究分别从词汇、句法、语篇三个层面考察白亚仁译者风格的典型语言特征,对相关的语言参数进行数据统计和量化分析。研究发现:白亚仁译者风格的典型语言特征呈现出简洁质朴的文体风格。就词汇特征而言,词汇难度较低,报道性动词和各类动词的使用呈现口语化趋势;实词使用较少,从而降低了文本的难度。就句子特征而言,除了《十个词汇里的中国》译本的平均句长接近英语翻译语料库的平均句长,其他四个译本的平均句长与英语源语语料库的平均句长相似。由此可见,白亚仁的译文

具有英语原创作品的句法特点，行文简洁凝练。在感叹句和问句的使用数量上，译作远远多于原作，说明白亚仁偏好增加感叹号、问号及各类叹词，以显化小说人物的情感语气，从而形成了白亚仁独特的句法风格。就语篇特征而言，白亚仁对原文中表示因果、转折和条件逻辑关系词都进行了简化，并且倾向于使用简单常用的因果、转折和条件逻辑关系词来衔接语篇；根据易读性指数的考察，白亚仁的译本属于比较容易阅读的文本；根据本研究对双语平行语料库中的英汉词、字数比值的考察，五个译本属于适量翻译。

　　基于以上研究的内容和结果，我们基本可以从宏观上把握白亚仁译者风格的典型语言特征，下文将探讨白亚仁译者风格的非语言特征，重点聚焦其重塑原作文学性的策略与方法。

第五章　白亚仁译者风格的非语言特征分析(一)：主题与叙事语调英译

根据广义的译者风格定义，译者风格既包括了"译者在语言应用方面所表现出来的语言特征，也包括了译者在翻译文本选择、翻译策略与方法的应用等方面的非语言特征"(胡开宝，2011：109)。白亚仁译者风格的典型语言特征已在上一章中进行了探讨，而对于其非语言特征，目前虽有学者对其翻译策略进行过研究，但仅从文化负载词(朱振武、罗丹，2015)、流行语(周晔，2015)及习语(汪宝荣、崔洁，2019；朱振武、罗丹，2015)这三方面进行考察，而对其重塑原作文学性的翻译策略与方法的研究鲜有涉及。而原作之所以受到读者的喜爱，其文学性是一个不可忽视的要素。因此，本章以白亚仁翻译的中国当代文学英译本，包括四部虚构作品和一部非虚构作品为考察语料，通过对比源文本与翻译文本，探讨白亚仁译者风格的非语言特征，重点聚焦其重塑原作文学性的策略与方法。

"文学性"最早由俄国形式主义批评家罗曼·雅各布森(Roman Jakobson)提出，它指的是文学的特性。雅各布森认为"文学科学的对象不是文学，而是'文学性'，也就是说使一部作品成为文学作品的东西"(转引自 Lemon & Reis，1965：107)。雅各布森进一步指出文学性的表现就是对常规语言的变形、强化甚至歪曲。对于文学性的解释，什克洛夫斯基认为是日常语言的"陌生化"，托马舍夫斯基则强调"节奏的韵律"(转引自 Lemon & Reis，1965：13，127)。由此可见，形式主义学派更偏向从语言和修辞的角度阐释文学性。象征主义诗人则认为形象是文学性的主要表现(转引自 Lemon & Reis，1965：5)。史忠义(2000：127)认为文学性存在于叙述、意象、象征、功能、结构以及审美处理等方面。童庆炳(2009：56-57)提出从文学审美特征理解文学性，文学性体现在作品中所表现出的"气息""情调""氛围"和"韵律"之中。

中西学者从不同的角度界定了文学性，但由于文学的内涵与外延一直处在不断变化之中，因而完整、全面地定义文学性存在着困难（周小仪，2003：52）。基于以上学者们对文学性的定义和阐释，本研究认为文学性存在于作品中的主题表达、人物和心理的描写、意象表达、修辞表达、叙事语调、文化形象、作品结构等有关的艺术性处理。与此相对照，本研究以白亚仁的中国当代文学英译本为考察语料，其中四部为虚构作品，一部为非虚构作品，从主题呈现、叙事语调再现、修辞格的转换和习语中的形象处理四个维度探析白亚仁如何重塑原作文学性的策略与方法。限于篇幅原因，本章主要聚焦主题呈现和叙事语调再现的翻译策略，而对于修辞格的转换和习语中的形象处理的考察，将在后面的章节中逐一论述。值得注意的是，在翻译选材方面，白亚仁英译的作品在文学体裁与文学主题的选择上并非完全一致。就文学体裁而言，既有虚构作品也有非虚构作品，但虚构作品主要涉及人性善恶、人生苦难、友情及死亡主题，而非虚构作品则以民生和政治主题为主。因此，对于白亚仁主题呈现的翻译策略考察，本章主要从虚构文学这方面的主题呈现策略来进行研究。

第一节 白亚仁对虚构文学主题呈现的翻译策略

主题是文学作品、叙事文学表现的核心内容或中心思想。小说的主题是"作家对社会生活体验、感悟、分析的结果，是作家对生活的认识、评价的集中体现。小说的主题是作品的魂，决定作品的思想和精神的高度、社会意义深远的大小及艺术质量的高低"（王先霈，1991；欧阳友权，2006：23；曹廷华，2010：102）。李永燊（2011：90）认为主题是"整个形象体系在文学作品中所呈现的基本思想，始终贯穿于作品，对叙事内容和形式起着统率全局的作用"。由此可见，主题就是作品的中心思想的体现，犹如乐曲中具有显著特征的主旋律，对一个乐曲的其他旋律起着"统率"作用。对于译者而言，如何在译文中准确传达作品的主题思想关系原作的精神或"灵魂"的体现。然而，译者所持有的文学审美观、译文读者的阅读期待等因素都会影响译者对主题内容的取舍和翻译处理，不可避免地产生主题淡化、主题再现、主题强化的情况。

苦难主题、善恶主题、死亡主题是余华小说的母命题。此类主题的代表作品有《在细雨中呼喊》《第七天》《活着》《许三观卖血记》《黄昏里的男孩》(张瑛，1999；孙亚梅，2012；谢淑雯，2017)，因白亚仁并未翻译《活着》和《许三观卖血记》这两部作品，故排除在本研究之外。此外，《在细雨中呼喊》还兼有友情主题的叙事(郜元宝，2019)。据此，本研究以自建的《第七天》《在细雨中呼喊》《黄昏里的男孩》《余华作品集》及其译本的双语平行语料为基础，从苦难主题、善恶主题、死亡主题、友情主题考察白亚仁惯用的主题翻译策略，并结合具体实例进行分析和讨论。

在探讨白亚仁惯用的主题翻译策略之前，我们有必要对涉及翻译方法论的三个概念如翻译策略、翻译方法和翻译技巧进行明确的区分。"翻译策略是翻译活动中，为实现特定的翻译目的所依据的原则和所采纳的方案集合"(熊兵，2014：83)，如根据译者在翻译过程中对原文文化的取向差异，可分为归化和异化的翻译策略，如依据译者在翻译过程中对原文主题的呈现程度，可分为淡化、忠实再现及强化的翻译策略。"翻译方法是在某种翻译策略的指导下，为达到特定的翻译目的所采取的特定的途径、步骤、手段"(同上：83)，如归化策略下的意译(释义法及套译法)、改译、仿译、创译等，如异化策略下的音译、零翻译、直译、逐词翻译。"翻译技巧是某种翻译方法在具体运用时所需的技术、技能或技艺"(同上：83)，主要体现在对文本的语言层面的处理(Chesterman，2005：26)上，如减译、增译、合译、分译及转换(熊兵，2014：86)。其中翻译技巧的"'转换'指的是把原文的结构或语言单位转换为目的语中具有同类属性或异类属性的结构或语言单位的过程，涉及转换的层面包括语音、拼字法、词汇、语义、修辞、句法、语篇、语用、文化等"(同上：87)。对于以上对翻译策略、翻译方法与翻译技巧的定义及划分，本研究基本赞同熊兵对于翻译策略的定义，但对于其提出的翻译方法、翻译技巧的定义及划分有不同的见解。本研究认为二者都涉及篇章语言的处理，在具体的翻译过程中都有重叠的地方。因此，对于以上翻译方法及翻译技巧的分类，本研究将之统称为翻译方法。

一、苦难主题的忠实再现与强化

"苦难是90年代余华小说的主题"(昌切、叶李，2001：96；吕丽，2013：137)，例如，余华长篇小说《在细雨中呼喊》的主人公孙光林从童年至成年历经了苦难，而且这种苦难是多方面的。被抛弃的孤独与无助、被虐待后的惧怕与脆弱都构成了他苦难的因素。(吕丽，2013：138)《黄昏里的男孩》有着"最令人亲切"又"令人不安"的叙述(余华，1999a：2)，例如，小说人物孙福坎坷的经历使他成为命运的受难者，而他又用凉薄与残忍把苦难施加在男孩身上。《第七天》中描摹了底层民众的苦难百态(刘亚平，2016：95)。可以说，苦难主题几乎贯穿了余华的小说创作，对"苦难"尽情的抒写展示了余华对人类生存意义和价值的深度思考(崔玉香，2006：122)。那么，呈现原作中的苦难主题是再现原作文学性的重要任务。

研究发现，白亚仁主要采用忠实再现与强化的翻译策略呈现原作中的苦难主题，并在这两种翻译策略的指导下选择四种翻译方法(直译、释义、转换与增译)来实现翻译目标。具体而言，直译小说悲惨人物的心理状态，以再现苦难主题；释义，即阐释原文寓意苦难的隐喻话语，以显化原文的苦难色彩。转换涉及两个层面的内容，其一是句法层面的转换，如转换原文的主语，从而拉近译文读者与小说人物苦难经历的距离；其二是语义层面的转换，既包括将模糊表述转换成明晰表述(熊兵，2014：87)，即把原文对某一概念或事物的模糊化的表述在翻译中用明晰的表述来表达，还包括对原文的某一话语进行语义的延伸或扩展，以显化苦难色彩，从而凸显原文的苦难主题。此外，增译叙述内容或副词，以反衬小说人物的卑微与贫穷。这些翻译方法都强化或忠实再现了原文的苦难主题，请看下例：

(一)直译

通过巧妙地遣词造句，白亚仁准确地传译了小说中悲惨人物的心理状态，再现了小说的苦难主题，如下例所示：

例1. 他说这次再被赶走的话，他要先去庙里烧香，求菩萨保佑他尽快卖掉自己的肾，然后再买张车票跳上火车去下一个卖肾窝点。(余华，2013：190)

If this time, too, he was given his marching orders, he said, he was going first to burn some incense in a temple and beg the bodhisattva to help him sell his kidney in <u>double-quick time</u>, and then get another train ticket and head off to the next kidney-selling den. (Yu Hua, 2015: 180)

例1中，原文中的"他"为尽快卖掉自己的肾，不禁要烧香拜佛祷告。白亚仁选用"double-quick time"来英译"尽快"，再现了小说人物急于卖肾的心态。这段叙述夹杂着令人啼笑皆非的戏谑语气，白亚仁的翻译处理让戏谑背后隐藏的惨痛呼之欲出，吸引读者洞察底层民众的生存境遇，再现了小说的苦难主题。

(二)释义

例2. 祖父晚年的形象就像一把被遗弃的破旧椅子，<u>以无声的状态期待着火的光临。</u>(余华，2004：161)

In his final years my grandfather's plight was like that of a rickety old chair that is abandoned and can only wait quietly for <u>the advent of the fire that will consume it.</u> (Yu Hua, 2007: 169)

例2中，原文的"火"是苦难的意象，把"祖父"比喻成破旧椅子，而"火"随时可点燃木材。这里暗指"祖父"的晚年因腰疾丧失劳动力而遭受儿子的嫌弃和虐待，最终走向生命的尽头。白亚仁将"火焚烧木材"的隐含之意进行了阐释"the fire that will consume it"(熊熊烈火将其燃尽)，映射"父亲"对"祖父"的虐待犹如熊熊之火将"祖父"推至生命的尽头。这种阐释一定程度上也增强了小说的苦难叙事。

(三)转换

1. 句法层面的转换

例3. 我看到父亲粗壮的巴掌打向了弟弟稚嫩的脸，<u>我弟弟的身体被扔掉般的摔出去倒在地上。</u>孙光明无声无息地躺在那里，似乎有很长时间。我的母亲，在父亲怒火面前和我一样害怕的母亲，那时惊叫着跑向我弟弟。

（余华，2004：169）

My little brother's tender face took the full force of my father's failing hand. He flew through the air and landed with a thump on the floor, where he lay in total silence for what seemed like forever. My mother, no less frightened than me by my father's rampages, cried out in alarm and ran to his aid. （Yu Hua，2007：176-177）

原文中"我四岁的弟弟"由于被误认为打破家里的一个小碗而招致父亲的毒打。为凸显"我弟弟"是父亲施暴的直接受害者，白亚仁首先将原文第一人称主语"我"转换成第三人称主语"My little brother's tender face"，这一主语的切换起到调节叙述距离的作用，因为"第三人称形式的优点是：'我'的缺失会让读者认为没有明确的'你'。因此，叙述是直接呈现给读者，没有任何媒介"（Leech & Short，2007：213），从而使译文读者直接从"弟弟"的视角感知父亲的暴力。接着，"我弟弟的身体被扔掉般的摔出去倒在地上"并没有按字面意思英译为"My brother's body was thrown out and fell to the ground，而是英译为"He flew through the air and landed with a thump on the floor"（意译：一个巴掌把他抛入空中，他砰的一声落在地上）。此处颇有深意，"flew through the air"充分暴露父亲虐打儿子的残暴，"a thump"增加了原文没有的声音效果，使译文读者仿佛听到身体落地的声音，增强了文本的表演效果。白亚仁通过营造的画面和声效增强了苦难叙事，并引发译文读者的思考：父亲的暴虐使得家庭的每个成员都成为苦难的受害者。

2. 语义层面的转换

语义层面的转换主要有"具体转换成概略、肯定转换成否定、模糊转换成明晰等"（熊兵，2014：87）。本研究认为对原文某一话语在翻译中进行语义的延伸或扩展也当属语义层面的转换。白亚仁在进行语义层面的转换时主要是把原文对某一概念或事物的模糊的表述在翻译中用明晰的表述来表达，或者是通过巧妙的选词而对原文的某一话语进行语义的延伸或扩展，以显化苦难色彩，从而凸显原文的苦难主题。

例4. 祖父的消失，使父亲放弃了对我们的疑神疑鬼。但我在家中的处

境并不因此得到改善。(余华，2004：8)

His departure from the scene allowed my father's paranoia about us to dissipate, but this did nothing to alleviate my plight. (Yu Hua, 2007：9)

此例的原文描写了"我"在家中长期遭受父亲无端的漫骂、责罚与毒打。因此，原文的"处境"指的是"我"的悲惨境遇。白亚仁用"plight"(困境)英译了原文"处境"这一模糊的表述。《柯林斯词典》对该词的释义是"If you refer to someone's plight, you mean that they are in a difficult or distressing situation that is full of problems"，因此，该词主要用于强调处于困难或痛苦的境地。这样处理显化了人物的悲惨境遇，从而加深了小说的苦难色彩。

例5. 再也没有比孤独的无依无靠的呼喊声更让人战栗了，在雨中空旷的黑夜里。(余华，2004：3)

Surely there is nothing more chilling than the sound of inconsolable cries on such a desolate night. (Yu Hua, 2007：3)

例5中，原文是"我"对孤寂、屈辱的童年经历的内心独白。为了有效烘托人物的情感，白亚仁增译"Surely"来强化"我"的内心感受，接着选用带有情感色彩的词"desolate"来英译"空旷"一词，"desolate"不仅有荒凉的意思，还有孤独凄凉之意，对原文的"空旷"之意进行了延伸，以显化"我"凄苦无助的感受，进而强化了苦难叙事。

(四)增译

例6. 伍超在阳光里醒来，在月光里睡着。在这个城市里，他很久没有这样的生活了，差不多有一年多，他在既没有阳光也没有月光的地下醒来和睡着。(余华，2013：193)

Wu Chao woke up in sunlight and fell asleep by moonlight—sensations long denied him, since for a year or more he had woken and slept in an underground world with neither sun nor moon.（Yu Hua, 2015：183）

此例选自《第七天》，小说人物伍超为了给自杀而死的女友鼠妹买墓地而出售自己的肾，因要做割肾手术才得以躺在正规的居室里，而他此前一直蜗居在地下室。这种"在阳光里醒来，在月光里睡着"对普通人来说是最正常不过的生活，在他那里却成了奢望。为了凸显这种苦难叙事，白亚仁添加破折号延长这种苦难心理感受，再增译"sensations long denied him"（他一直否认自己的直觉），映射伍超长期以来生活环境的恶劣，凸显其贫穷卑微的生活，增强了苦难叙事。

例7. 他们憧憬卖肾以后的生活，可以给自己买一身好衣服，买一个苹果手机，可以去高档宾馆住上几晚，去高档餐馆吃上几顿。（余华，2013：189）

They were looking forward eagerly to life afterward, when they could buy a smart set of clothes, an Apple phone, stay a few nights in a swank hotel, and eat some meals in an upscale restaurant.（Yu Hua, 2015：178）

例7中，原文描述的是一些底层人民渴望通过出售自己的肾来换取丰厚酬金的真实感受。白亚仁把原文中的"憧憬"处理成"looking forward eagerly"，"look forward"本身就含有憧憬向往之意，而增译的副词"eagerly"再次加深这种渴望。透过这种双重强调，译者刻意放大了小说人物对美好生活的渴望，反衬其贫穷卑微的生活常态，更能让译文读者体会小说中的苦难叙事。

例8. 男孩发出了尖叫，声音就像是匕首一样锋利。然后男孩看到了自己的右手的中指断了，耷拉到了手背上。男孩一下子就倒在了地上。（余华，1999a：28-29）

The boy screamed with a cry as sharp as a knife. Looking down, he saw the broken digit flopping against the back of his hand and slumped to the ground in shock.（Yu Hua, 2014：27）

例 8 中，原文描述了流浪男孩因为饥饿偷食水果摊主孙福的苹果，随后遭到孙福的追打、折断其中指、用绳子捆绑后示众等一系列肉体和精神的双重虐待。原文中"声音就像是匕首一样锋利"，表现了男孩遭遇折磨的惨痛，同时也反衬孙福施暴的残忍。白亚仁直译这一修辞表达，恰切地再现男孩被折断中指时发出叫声的凄惨。此外，增译具有情感色彩的介词短语"in shock"，体现男孩看到自己的中指被折断后的恐惧心理。这种增译"受害者"情感体验的表达，客观上也强化了小说的苦难主题。

> **例 9.** 就这样，孙福独自一人，过去的生活凝聚成了一张已经泛黄了的黑白照片，贴在墙上，他、妻子、儿子在一起。(余华，1999a：33)
>
> Sun Fu was alone now, his past condensed into the faded black- and-white photo that hung on the wall. It was a family portrait: himself, his wife, and their son. (Yu Hua, 2014：31)

例 9 的原文中描述的是孙福因儿子溺水身亡，妻子与他人相好而离开他，变成独自一人生活的状态。白亚仁增译"It was a family portrait"(这是一张全家福)，提醒译文读者孙福曾拥有一个幸福的家，而今却孤苦伶仃。通过译者的增译处理，上下文的叙事形成强烈的反差，映射孙福的坎坷经历，无形中强化了小说的苦难主题。

二、善恶主题的强化

善恶主题是许多作家进行文学创作的母题之一，其灵感通常来源于社会生活中的个体所呈现的善良与丑恶的思想、行为等。余华(2014：166-167)在《虚伪的作品》中就有自己对创作和人性的思考，提及文明秩序和常识对人性复杂的掩盖。他的每一部作品几乎都充斥着人性的丑恶和人性未泯的善良，为"当代文学对人性的复杂认识提供了新的参照"(谢有顺，2004：181)。而对于这一主题的呈现，白亚仁主要采用强化的翻译策略，并在这一翻译策略的指导下采用四种翻译方法(改译、增译、字体变异及转换)来实现翻译目标。

（一）改译

勒菲弗尔（Lefevere，1992：14）提道："未经任何形式改写的文学作品，可能会在问世若干年后甚至数月后隐没在历史的长河之中。"白亚仁在主题翻译过程中通过选用评价性的贬义形容词、贬义名词或具有反讽意义的名词而对原文中的叙事内容进行了改写，进而形成了译者对人性善恶的叙事评价，更有利地凸显了原文的人性善恶主题。奥尔德里奇（Aldrich N. J.）等认为"叙事评价指叙事者对故事中所叙述的人和物的评价或看法"（转引自李维、王娟，2017：96），包括"评价性形容词、评价性副词、程度上的评价、具有高度评价意味的身体或情绪的感受、强调式重复等"（王娟、李维、王维宁，2016：50）。这种叙事评价与隐形评价类似，即"讲话者通过使用描写性质的词汇和语义结构表明自己的立场或态度"（朱永生，2009：1）。利奇和肖特（Leech & Short，2007：225-227）在谈论作者语调的微妙之处时，提到"叙事话语中的评价术语和评价推论能够体现作者所采取的立场或态度"。翻译也是一种叙事，译者在翻译过程中选用具有评价性的形容词或评价意义的名词，从中可窥见译者隐含的立场和态度。由此可见，白亚仁通过选用评价性形容词和贬义名词对原文进行改译，旨在将自己对人性善恶的评价和态度渗入译文之中，揭示小说人物的丑陋行径。

例1. 当英花提着水桶走去时，我父亲满脸通红，发出了响亮的咳嗽声，这个<u>痨病鬼</u>在那个时刻，村里有人在不远处走动的时刻，他的手捏住了英花短裤上的大红花案，以及里面的皮肉。（余华，2004：57）

As Yinghua walked over, bucket in hand, my father flushed and gave a loud cough. Although villagers were walking by not far away, the <u>incorrigible lecher</u> put his hands on the big red flowers on Yinghua's shorts and on the flesh underneath. （Yu Hua，2007：61）

例1原文描述了孙广才趁儿子不在家，在光天化日之下奸淫儿媳的过程。白亚仁把原文中的"痨病鬼"改译成具有评价意义的"incorrigible lecher"（无可救药的好色之徒），"好色之徒"这一评价意义名词的使用"意味着给描述对象贴上标签，永久性地归属于描述对象"(辛斌，2005：70)，形成了一种强有力的叙事干预，鲜明地表现译者对小说人物的态度和评价，进而影响译文读者对人物孙广才的认识，即"人面兽心的'父亲'不顾及伦理道德强暴儿媳"，同时也凸显了其卑劣形象。

例 2. 我的同学那时的年龄显然无法立刻领会其间的严酷，国庆傻乎乎地看着他的父亲。这个混账男人留下了十元钱和二十斤粮票后，就提起两只篮子下楼了。(余华，2004：221)

Guoqing was too young to appreciate all the grim implications, and he just looked at his father in bewilderment. The <u>heartless bridegroom-to-be</u> left his son ten yuan in cash and twenty pounds' worth of grain coupons, picked up a couple of baskets, and went downstairs. (Yu Hua, 2007：229)

例 2 原文中的"混账男人"指的是国庆的父亲。国庆的母亲离世后，国庆的父亲再婚然后抛弃了国庆。白亚仁把原文中的"混账男人"改译成"heartless bridegroom-to-be"(绝情的准新郎)，其中具有评价意义的形容词"heartless"和反讽意义的名词"bridegroom-to-be"，强烈地讽刺国庆的父亲为了再婚而抛弃独子的冷酷与绝情，揭示人性自私残忍的阴暗面。

(二)增译

例 3. 孙广才那时表现出了他身上另一部分才华，即偷盗。(余华，2004：56)

He <u>did</u>, however, reveal a new talent, an aptitude for <u>pilfering things on the sly.</u> (Yu Hua, 2007：60)

例 3 中，原文描述了孙广才在儿子结婚后以偷盗的方式转运财物至寡妇家。白亚仁添加助动词"did"把原文的普通句式转换成英文强调句式，接着增译"on the sly"(偷偷摸摸地)，进而强调了"偷盗"(pilfering things)的方式。这种强调式重复也属于叙事评价(王娟、李维、王维宁，2016：50)，体现了译者对小说人物的评价，算是一种叙事干预，从而影响译文读者对人物孙广才的认识，即"牺牲家庭整体利益以满足个人的私欲"，揭示其自私、虚伪的特质。

例4. 我六岁时的一个夏日傍晚，父亲满不在乎地将当初的情形说了出来，他指着不远处走动的一只母鸡说："你娘像它下蛋一样把你下出来啦。"(余华，2004：69)

One evening when I was six years old he recounted the details without the slightest embarrassment. Pointing at a chicken that was strutting about nearby, he said, "Your ma squeezed you out as easily as that hen lays an egg." (Yu Hua, 2007：73)

在此例中，对于原文的"你娘像它下蛋一样把你下出来啦"，白亚仁并没有按其字面意思英译成"Your mother gave birth to you like that hen lays an egg"，而是通过添加评价性的形容词"as easily as"(容易得如同……)来形容母亲的生产过程。试想哪个女人临盆时是轻而易举的？可见，此处的增译旨在揭露"父亲"(孙有才)对妻子生儿育女的辛苦不但视而不见，反而持轻蔑傲慢的态度。由此可见，白亚仁的翻译处理强化了人性恶的主题倾向。

(三)字体变异

例5. 他们问我："来发，你妈是怎么死的？"(余华，1999a：6)

"LAIFA, HOW DID YOUR MOM DIE?" they asked. (Yu Hua, 2014：7)

他们叫我："喂，谁是你的爹？"(余华，1999a：6)

"HEY, WHO'S YOUR DADDY?" they shouted. (Yu Hua, 2014：7)

我爹死掉后，这镇上的人，也不管年纪有多大，只要是男的，差不多都做过我的爹了。(余华，1999a：7)

AFTER MY DAD DIED, the people in the town, no matter how old they were—the men, I mean—practically all of them told me they were my dad. (Yu

Hua，2014：8)

例5原文中的"来发"是个傻子，他周围的人都以各种方式取笑、侮辱他，如"询问来发的妈妈怎么死的"。至亲的离世对任何人来说都是悲痛的经历，都是想极力逃避的事实。而来发周围的人对于此类问题毫无顾忌，取笑逗乐的背后隐藏的是人的残忍和冷漠。

"视觉结构反映一定的意识形态，对语义建构起着关键的作用。"(Kress & Leeuwen，2006：47)对于丑恶人物的污蔑话语，白亚仁都加以大写，通过字体变异对译文视觉结构进行建构，对小说人物和作品整体意义的理解起着重要的作用，引发译文读者对人性虚伪、残忍的思考，从而加深了人性恶的主题叙事。

(四)句法层面的转换

1. 陈述句转换成反问句

白亚仁将小说丑恶人物的叙述话语由陈述句变成反问句，以反衬丑恶人物行恶后不知羞耻的虚伪和无赖，请见下例：

> **例6.** 我父亲怒气冲冲地大声喊叫："哪有这样不讲理的，我不就是替我儿子摸摸她身子骨结实不结实，就把我打成这样子。"(余华，2004：54)
>
> My father was outraged. "Those people are so unreasonable!" he cried. I was just trying to look out for my son and make sure the girl was in good health. Can you believe how bad they beat me up?" (Yu Hua，2007：59)

在此例中，原文是"我父亲"(孙广才)在儿子面前的狡辩。事情的真相是孙广才对未来的儿媳"非礼"后被女方家人打骂。对于原文的"哪有这样不讲理"，白亚仁并没有按字面意思将其英译为"There is no such thing as being unreasonable"，而是选用"Those people"作主语，以显化孙广才恼羞成怒的对象；接着用"trying to"(尽力做……)以展现孙广才不分黑白的狡辩功力；最重要的是，他把原文的陈述句"就把我打成这样子"转换成反问句"Can you believe how bad they beat me up?"因为"反问能直接吸引读者"(Leech & Short，2007：227)，且"反问句比陈述句的语气更肯定有力，更能表达强烈的情感"（张立瑜，2008：62）。这一反问语气，有力地刻画了"恶狗先咬人"的卑劣形象，让译文读者感到孙广才的做法已严重丧失作为父亲的伦理道德，无形中凸显人性之恶。

例 7. 孙广才只是经常坐在门槛上，像个上了年纪的女人那样啰嗦着不休，他唉声叹气地自言自语："养人真不如养羊呵，羊毛可以卖钱，羊粪可以肥田，羊肉还可以吃。养着一个人那就倒霉透了。要毛没毛，吃他的肉我又不敢，坐了大牢谁来救我。"（余华，2004：176）

He would sit on the doorsill and ramble on like an old biddy, muttering to himself mournfully, "People are so much more trouble than sheep. Sheep's wool you can sell, the dung is good fertilizer, and the meat makes a fine dinner. With a relative to support, you're really up shit creek. He's got no wool, and eating him is too big a risk—who would bail me out if I ended up in the slammer?" (Yu Hua, 2007: 183-184)

例 7 中，原文是孙广才对自己的"父亲"摔倒后无法再从事劳动而产生的抱怨。白亚仁的译文中"People are so much more trouble than sheep"，最大程度还原了原文的语义内涵，即"赡养父亲比养羊还要麻烦"，揭示了孙广才的不孝。接着，将原文暗含反问语气的话语"坐了大牢谁来救我"进行显化处理，即"who would bail me out if I ended up in the slammer?"用反诘表达确定的意思，加强语气的同时展现孙广才对赡养父亲的不情愿，进一步揭露了孙广才的无情无义，进而刻画了人性恶的形象。

2. 自由直接引语转换成直接引语

例 8. 我潸然泪下，这位我成长岁月里的母亲安详地躺在那里，她死去的脸上仍然有着我熟悉的神态，我心酸地凝视着这个已经静止的神态，抹着眼泪，心里叫了一声妈妈。（余华，2013：105）

Tears streamed down my face. This woman who had mothered me during my formative years lay there peacefully, her face still maintaining its familiar air. I gazed forlornly at her now-frozen expression and inwardly cried "Mom!" as I wiped away my tears. (Yu Hua, 2015: 102)

例8中，原文是杨飞在殡仪馆看到对他有养育之恩的李月珍的场景。两人并没有任何血缘关系，为了凸显这位善良的母亲，白亚仁增译"had mothered me"，体现杨飞对李月珍的恩情的念念不忘，同时也显化李月珍对杨飞的养育之恩；并将原文中的自由直接引语"心里叫了一声妈妈"变成直接引语"cried 'Mom!'"。直接引语"使人物话语显得突出、有力"(申丹，2001：284)，加上引号带来的言语意识和音响效果(同上：285)，使读者"能直接接触人物的内心活动"(同上：275)，容易站在"我"的视角理解对母亲离世的不舍和悲痛。译文通过引语呈现方式的转换和增译，彰显"我"与养母之间深厚的情感，同时也让译文读者看到人性善良的光辉，进而增强人性善的叙事。

3. 陈述句转换成强调句

例9. 他是那样羞愧和疼爱地望着我，我曾经有过这样一位父亲。可我当时并没有这样的感受，他死后我回到南门以后的日子，我才渐渐意识到这一点，比起孙广才来，王立强在很多地方都更像父亲。(余华，2004：276)

He gazed at me with such shame and affection that I say to myself: yes, I did have a father like that. But that was not how I responded at the time: it was only after he died, when I was back in South-gate, that I gradually became aware that Wang Liqiang was much more of a father to me than Sun Kwangtsai. (Yu Hua, 2007: 285)

例9中，白亚仁借用助动词did对句式进行强调，强调原文中的"我"对养父的认可，然后再用英语强调句式"it was only after…when…than Sun Kwangtsai"以凸显养父死后我回到南门的境遇与此前短暂的幸福所形成的巨大反差。面对亲生父亲孙广才的毒打和侮辱，此刻的"我"觉得养父更像父亲。通过白亚仁的翻译处理，善良、慈爱的养父与自私、残暴的亲生父亲形成了鲜明对比，同时也深化了人性善恶的主题倾向。

三、死亡主题的强化

文学中的死亡主题，主要有两种意义：借鬼魅的死亡世界，讽喻现实；借由死亡探讨生命哲学。"死亡是 90 年代余华小说的主题"（吕丽，2013：137）。例如，余华的长篇小说《第七天》就是一部以死亡为主题的小说，叙述了主人公杨飞死后穿越阴阳两界，通过回忆自身和叙述他人的生前悲惨往事，以折射现实世界的残酷和黑暗。他的长篇小说《在细雨中呼喊》以苦难主题、善恶主题与友情主题为主，兼有涉及死亡主题，通过小说人物的死亡阐发作者对生死命题的哲学思考。《余华作品集》里一篇题名为《死亡叙述》的短篇小说，叙述了两起交通事故，这两起事故造成了两位花季少年的陨落，引发人们对人性恶与死亡的思考。因此，本研究以白亚仁英译的《第七天》《在细雨中呼喊》《死亡叙述》为语料进行考察，探索其如何解读并构筑原作营造的死亡镜像，引领译文读者对死亡悲剧和生死哲学予以哲学反思。研究发现，对于死亡主题的呈现，白亚仁主要采用强化的翻译策略，并在这一翻译策略的指导下采用五种翻译方法（释义、套译、改译、增译、句法层面的转换）来实现翻译目标。

（一）释义

例1. 坐在前排的一个候烧者伤心地说："死也死不起啊！"（余华，2013：15）

"Dying is such an expensive business these days！" one of the crematees in the front row grumbled.（Yu Hua, 2015：15）

例 1 中，原文描绘了底层民众死后仍然摆脱不了悲惨的境地。"死也死不起"是一种口语体表达。对底层民众来说，连死亡也是超出其支付能力范围之外的高消费。白亚仁将之英译为"Dying is such an expensive business"（死是一种高昂的消费），阐释了原文的暗含之意。其中"such"修饰"an expensive business"，对所修饰的名词进行强调，凸显"死"对于底层民众来说确实是件奢侈的事情，反衬生前的悲惨境遇，极具反讽意味。再有，选用"grumble"（发牢骚、抱怨）而非"said"

来英译"说"，显然 grumble 比 said 蕴含的情感张力更强，更能体现人物因"死不起"而产生的忿忿不平的心态。通过阐释原文之意、选用更大的张力词引发译文读者对于"借死亡讽喻现实"问题的思考，从而深化小说的死亡主题。

(二) 套译

例 2. 我的父兄从城里回来，请人去吃悼念死者的<u>豆腐饭</u>时，村里人几乎都去了，只有被救孩子的家人迟迟没有出现。(余华，2004：36)

When my father and brother returned and invited everyone to the <u>wake</u>, practically all the villagers went. Only the family of the rescued boy failed to make an appearance. (Yu Hua, 2007：39)

例 2 中，"豆腐饭"也被称为"豆羹饭"，是江浙沪民间丧葬习俗中的特定意象。对此，白亚仁直接用西方读者熟悉的丧葬礼仪表达"wake"(葬礼守灵)进行英译，迅速激活他们脑中与死亡联系的认知图式，一定程度上强化了死亡叙事。

(三) 改译

例 3. 我仰脸躺在那里，<u>我的鲜血往四周爬去</u>。我的鲜血很像一棵百年老树隆出地面的根须。我死了。(余华，1995a：22)

I lay faceup <u>as my blood spilled in all directions</u>, like the spreading roots of an ancient tree. I died. (Yu Hua, 2018：78)

例 3 的原文选自《余华作品集》里一篇题名为《死亡叙述》的短篇小说。原文描述了"我"因交通事故造成花季少女的死亡后，遭到村民们砍杀而死。对于原文中的"鲜血往四周爬去"，白亚仁并没有将之英译为"my blood crawled around"，而是将其改译为"my blood spilled in all directions"(我的鲜血向四处飞溅)，显然"spilled"更能体现鲜血喷涌而出的状态，淋漓尽致地描述了小说人物死亡的惨烈。此处的改译增加了小说的逼真性，同时也强化了死亡的叙事。

(四) 增译

例 4. 我走回到刚才的公交车站，一片狼藉的景象出现在眼前，二十多辆汽车<u>横七竖八</u>堵住了街道，还有警车和救护车；一些人躺在地上，另<u>一些人</u>被从变形的车厢里拖出来；有些人在<u>呻吟</u>，有些人在<u>哭泣</u>，有些人无声无息。（余华，2013：5）

As I reached the bus stop I had left shortly before, a scene of utter confusion met my eyes: the road was completely blocked by a <u>chaotic tangle</u> of over twenty vehicles, with police cars and ambulances <u>ringing the perimeter</u>. There were people lying on the ground and others being pulled from cars that were twisted <u>completely</u> out of shape; there were people <u>moaning</u> and people <u>crying</u> and people who <u>made no sound</u> at all. (Yu Hua, 2015: 5)

在此例中，原文描述的是肖庆在浓雾导致的车祸中丧生。原文平铺直叙地描写车祸场面未免有些单调，白亚仁先是增译"ringing the perimeter"，增加了译文的听觉效果，渲染车祸现场的混乱气氛，译文的画面感得到增强。他再增译"completely"，形容小说中的人物经历车祸后完全变形，烘托车祸现场的惨烈和恐怖，最后选用"moaning"和"crying"的现在分词形式，使场景动态化。通过一系列的翻译处理，译者勾勒了惨不忍睹的车祸画面，冲击着译文读者的视觉、听觉和内心感受，进而深化了小说的死亡主题叙事。

例 5. <u>浓雾里影影幢幢</u>，我听到活生生的声音此起彼伏，犹如波动之水。（余华，2013：4）

The fog was now even more dense. Amid the <u>murky</u> figures and <u>ghostly</u> buildings I heard sounds of life rising and falling like ripples of water. (Yu Hua, 2015: 4)

在此例中，白亚仁首先把地点状语"浓雾里"中的"浓雾"作为主语处理，并

95

增译"now even more dense"(浓雾愈发厚重)，刻意浓描重写"浓雾"以凸显死亡意象。"影影幢幢"形容的是影子摇曳、晃动的形貌。根据上文内容，这里的"影子"指的是人和建筑物的影子，白亚仁除了用"murky"(昏暗朦胧的)形容人影之外，又增译"ghostly"(幽灵似的)形容建筑物，以营造"我"死后感受到的阴森意境，进一步彰显了死亡书写。

例6. 那段婚姻结束之后，我没再穿过它，现在我穿上了，<u>感到这白色的绸缎睡衣有着雪花一样温暖的颜色</u>。(余华，2013：6)

I had never worn these pajamas since our marriage broke up, <u>but now</u>, when I put them on once more, <u>their color seemed as warm as that of snow.</u> (Yu Hua, 2015：6)

在中国传统习俗中，白色一直被视为是死亡的代表色。例6的原文描写了"我"死后回家找殓衣时，觉得白色的绸缎睡衣有着雪花一样温暖的颜色，展现"我"死后对白色的喜爱。对此，白亚仁通过添加"but"这一转折连接词，以凸显生前和死后的对比，鲜明地展现"我"死后的心理微妙变化。另外，又通过直译"their color seemed as warm as that of snow"传达"我"对白色的青睐，进而强化了死亡叙事。

(五) 句法层面的转换

1. 主语的转换

例7. 我出门时浓雾锁住了这个城市的容貌，<u>这个城市失去了白昼和黑夜，失去了早晨和晚上</u>。(余华，2013：3)

<u>Fog had locked</u> the city into a single, unchanging guise, erasing the boundaries between day and night, morning and evening. (Yu Hua, 2015：3)

例7原文选自余华的长篇小说《第七天》，其中"雪"和"雾"是小说中的死亡意象(李灿，2019：59)，借助具有空虚缥缈的意象烘托死亡的叙事。白亚仁体悟

到原文中雾、雪这两个意象与死亡紧密相连，于是在译文中首先将原文中的"我出门时"省略不译，直译"浓雾锁住了这个城市的容貌"，即"Fog had locked the city"，旨在凸显具有死亡意象的词语；其次把"这个城市失去了白昼和黑夜"，处理成主句的伴随状语"erasing the boundaries between day and night"，原文的句子主语"这个城市"被巧妙地转换，即雾使城市失去了白昼和黑夜，暗指死亡使"我"超然于人间的白昼与黑夜，原文中的死亡意象通过白亚仁的处理在译文中得到有力的释放。

2. 自由间接引语转换成直接引语

句法层面的转换包括"被动与主动、形合与意合、主语与话题、语序的转换等"（熊兵，2014：87），还包括引语方式的转换，请看下例：

例8. 他失去知觉似的坐在闪亮的电脑屏幕前，直到屏幕突然黑了，他才起身走出网吧，见到一个在深夜的寂静里走来的陌生人，他幽幽地走过去，声音颤抖地对这个陌生人说，鼠妹死了。（余华，2013：186）

Frozen in shock, he sat in front of the glaring monitor for many minutes, until the screen went black; only then did he get up and leave the Internet bar. When a stranger walked past in the late-night silence, Wu Chao turned to him and said, in a shaky voice, "Mouse Girl is dead." （Yu Hua, 2015：175）

例8中，原文描述了伍超从不敢相信鼠妹的死到接受她死的过程。白亚仁英译的"Frozen in shock"（震惊中身体变得僵化）比原文中"失去知觉似的"在情感和身体的感受方面更深刻；接着又把原文中的自由间接引语转换成直接引语，"Wu Chao…said…'Mouse Girl is dead'"。因为"直接引语具有直接性和生动性，且引号能够产生音响效果"（申丹，2001：285），仿佛人物的声音响彻耳际，更容易让译文读者进入小说人物伍超的内心世界，并接受鼠妹之死，客观上深化小说的死亡主题。

3. 话题焦点转移至句尾

白亚仁在翻译过程中不会拘泥于原文的句式，而是根据主题呈现需要调整原文的句子结构，以下将结合实例进行分析。

例 9. 当我的目光越过了漫长的回忆之路，重新看到孙光明时，他走出的已经不是房屋。我的弟弟不小心走出了时间。他一旦脱离时间便固定下来，我们则在时间的推移下继续前行。孙光明将会看着时间带走了他周围的人和周围的景色。(余华，2004：31)

When I traverse the long passage of memory and see Sun Guangming once more, what he was leaving then was not the house： what he exited so carelessly was time itself. As soon as he lost his connection with time, he became fixed, permanent, whereas we continue to be carried forward by its momentum. What Sun Guangming sees is time bearing away the people and the scenery around him. (Yu Hua, 2007：34)

例 9 中，原文是"我"对"我的弟弟"(孙光明)溺水死亡后的思考，"走出时间"或者"脱离时间"就等于一个人的死亡，暗示一个人的生死与时间紧密相连。

"主位表示信息的起点，是讲话人谈论的话题。述位是对主位的发展。"(张德禄，1998：17)"主位结构与信息结构关系密切。主位通常与已知信息重叠；新信息则与述位重叠。"(同上：18)已知信息与新信息的一般顺序是已知信息在前，新信息在后。(同上：27)而根据句尾焦点原则，信息焦点就是新信息，通常位于句尾(Quirk et al.，1985：1361)。与之相对照，白亚仁将话题焦点转移至句尾，于是在"what he exited so carelessly was time itself."和"What Sun Guangming sees is time bearing away..."之中，把"time"置于句尾焦点位置，以凸显生死与时间的关系，从而显化了小说的死亡叙事。

四、友情主题的忠实再现与强化

白亚仁英译的小说中，仅有《在细雨中呼喊》涉及友情主题。(郜元宝，2019)因而，本研究以此原作及其译作为语料，通过文本细读法，我们发现白亚仁主要采用忠实再现与强化的翻译策略呈现原作中的友情主题，并在这两种翻译策略的指导下选择三种翻译方法(改译、直译、转换)来实现翻译目标。这些翻译方法无形中强化或再现了小说的友情主题，请见下例：

(一)改译

例1. 我永远难忘和苏宇站在池塘旁的这个上午，因为<u>苏宇的话</u>，白昼重新变得那么美好，不远处的草地和树木在阳光下<u>郁郁葱葱</u>，几个男同学在那里发出轻松的哈哈大笑，苏宇指着他们告诉我："他们在晚上也会的。"(余华，2004：90)

I will never forget that morning beside the pond with Su Yu. In the wake of <u>his admission</u>, daytime recovered its beauty. The grass and trees nearby <u>gleamed</u> in the sun and when some boys burst out laughing over some joke or other, Su Yu pointed at them and said, "At night they do it too." (Yu Hua, 2007: 94)

在此例中，原文中"我"因青春期身心的变化而疏远好友苏宇，而后又向苏宇倾诉自己的内心所想，最后苏宇的坦诚让"我"放下心结。对于原文中"苏宇的话"，白亚仁将之改译为"his admission"(他的坦白)，以显化原文的语义内涵，即苏宇的坦诚。此外，将原文的"郁郁葱葱"改译为"gleamed"(泛出亮光)，彰显"我"豁然开朗的心境。可见，白亚仁的精心选词凸显光线的变化对"叙事内容起着暗示、隐喻及反衬的作用"(王首历，2010：71)。整体而言，通过改译，译文取得了理想的效果：一方面凸显苏宇对待朋友的坦诚，另一方面暗指苏宇和"我"又恢复了亲密无间的状态，无形中强化小说的友情叙事。

(二)直译

例2. 那天我放学回家，路过以前是苏家的房屋时，心中涌上的悲哀使我<u>泪流而下</u>。(余华，2004：14)

On the way home from school I passed the house where the Sus had lived and sorrow surged through my heart, <u>bathing my face in tears.</u> (Yu Hua, 2007: 16)

在此例中，白亚仁用"bathing my face in tears"(泪流满面)英译原文的"泪流而下"，与原文表达伤感情绪的程度大体一致，体现"我"对挚友的离世久久不能释怀的伤感，再现了友情主题的叙事。

　　例3. 我品尝起了失去友情的滋味，苏宇这么快就和郑亮交往上使我深感到不满。但和苏宇相遇时，苏宇眼中流露出的疑惑和忧伤神色还是深深<u>打动了我</u>，<u>燃起了</u>我和苏宇继续昔日友情的强烈愿望。(余华，2004：89)

　　I tasted to the full the bitterness of losing a friend, resentful that Su Yu had bonded so quickly with Zheng Liang. At the same time, when we ran into each other I was <u>stirred by</u> the expression of perplexity and hurt in Su Yu's eyes, and there was <u>sparked in me</u> a fervent desire to reestablish my old friendship with him. (Yu Hua, 2007：93)

　　例3中，白亚仁以"was stirred by"(激发、唤起)英译原文的"打动"，且与"sparked in me"(心中燃起)形成上下文的呼应。这些表达恰切地传译了"我"迫切希望与苏宇恢复昔日的亲密和信任感，无形中再现了友情叙写。

(三)句法层面的转换

白亚仁还通过转换主语，凸显小说人物重获友谊的情感体验或显化小说人物对挚友的怀念，无形中强化了小说的友情主题。

　　例4. <u>我已经获得了友情</u>，又怎么会去告密呢？(余华，2004：218)

　　But by this time, of course, <u>he and I were already friends again</u>, and I no longer had any desire to reveal his secret. (Yu Hua, 2007：227)

　　在此例中，原文描述了"我"与好友国庆在争执后陷入"冷战"，最后又重归于好。例句就是"我"重拾友谊后的内心独白。白亚仁将原文的主语"我"，转换成"he and I"，强调"我"和国庆重获友谊，凸显内心的欣喜和珍惜，一定程度上深化了友情主题的叙事。

例5. 一个十月一日出生名叫国庆的<u>男孩</u>，和另一个叫刘小青的，成为了我幼时的朋友。现在我想起他们时内心充满了甜蜜。我们三个孩子在那石板铺成的街道上行走，就像三只小鸭子一样叫唤个不停。（余华，2004：210）

I made friends with a boy called Guoqing, whose birthday was October 1, and another boy named Liu Xiaoqing. When I think of them now, my heart tingles. Walking along those stone-paved streets, we would <u>jabber</u> and <u>quack</u> like three little ducklings. (Yu Hua, 2007：218)

在此例中，原文中的第一句的主语"男孩"在译文中被转换成"我"，整个句子的重心发生了偏移，凸显了"我"收获友谊的主观感受和情感体验。此外，白亚仁选用"jabber"（急促兴奋地说话）和"quack"（发出嘎嘎声）两个词语，恰切地复现三人在一起时的欢快场景，体现年少时的童趣和亲密的友谊。显然，通过以上巧妙地遣词造句，译者在译文中增强了友情叙事。

例6. 话题是由苏宇引起的，一向沉默寡言的苏宇突然用一种平静的声音说起来，使我暗暗吃惊。（余华，2004：91）

Su Yu, normally so laconic, was the one who started things of, and I was quite taken aback when he calmly broached the subject. (Yu Hua, 2007：95)

例6中，原文描述性格沉默寡言的苏宇开启青春期的话题，意在消除"我"内心的恐惧和尴尬。译文中，原文主语"话题"被转换成"Su Yu"，将"苏宇"作为话题的焦点来展开叙述，暗示"我"对苏宇为"我"排忧解惑而心存感激和怀念，体现两人深厚的友情。

五、白亚仁虚构作品主题呈现策略总结与阐释

通过考察白亚仁对虚构作品的主题呈现策略，研究发现他主要采用忠实再现与强化的翻译策略来呈现原作中的苦难、善恶、死亡及友情主题，并在这两种翻译策略的指导下选择恰当的翻译方法来实现翻译目标。

(一) 苦难主题

为了呈现原文的苦难主题，白亚仁在忠实再现与强化的翻译策略的指导下选择四种翻译方法(直译、释义、转换与增译)来实现这一目标。具体而言，直译小说悲惨人物的心理状态，并阐释原文寓意苦难的隐喻话语。转换涉及两个层面的内容，其一是句法层面的转换，如转换原文的主语，进而拉近译文读者与小说人物苦难经历的距离；其二是语义层面的转换，既包括将原文模糊化的表达在译文中转换成明晰的表达，还包括对原文的某一话语进行语义的延伸或扩展，以显化苦难色彩，从而凸显原文的苦难主题。此外，增译叙述内容或副词，以反衬小说人物的卑微与贫穷。

(二) 善恶主题

对于善恶主题的呈现，白亚仁主要采用强化的翻译策略，并在这一翻译策略的指导下采用四种翻译方法(改译、增译、字体变异及转换)来实现翻译目标。具体而言，改译，即通过选用评价性的贬义形容词、名词而对原文的叙事内容进行了改写，进而形成了译者对人性善恶的叙事评价。增译，即通过添加助动词及形容词等内容，以揭露丑恶人物的卑劣。字体变异，即对于丑恶人物的污蔑话语加以大写。转换，即句法层面的转换，主要涉及三种方式：其一是陈述句转换成反问句，其二是陈述句转换成强调句，以反衬丑恶人物的虚伪与无赖；其三是自由直接引语转换成直接引语，通过凸显人物的情感，彰显人性善的光辉。

(三) 死亡主题

对于死亡主题的呈现，白亚仁主要采用强化的翻译策略，并在这一翻译策略的指导下选择以下五种翻译方法(释义、套译、改译、增译、转换)来实现翻译目标。具体而言，释义，即阐释原文"借死亡讽喻现实"的话语，选用西方读者熟悉的有关丧葬礼仪的表达进行套译，改写原文的叙述以增加死亡叙述的逼真性，增译有关死亡的叙事内容。转换主要是句法层面的转换，既包括主语的转换，又包括自由间接引语转变成直接引语，还包括将话题焦点转移至句尾，以凸显死亡叙事。

(四)友情主题

对于这一主题的呈现,白亚仁主要采用忠实再现与强化的翻译策略,并在这两种翻译策略的指导下选择三种翻译方法(改译、直译和转换)。具体而言,改译原文的内容,从而鲜明地展现小说人物之间的友情,并直译原文有关友情的叙述。转换主要涉及句法层面的转换,如转换原文的主语,以凸显友情叙事。

综上而言,白亚仁的翻译忠实再现或强化了译作中苦难、人性善恶、死亡及友情的叙事张力,使译文读者在这些叙事中对人性善恶、人生苦难、向死而生等问题进行了深层次的哲学思考。由此可见,在英译中国虚构文学作品的主题时,白亚仁采用了忠实再现与强化的翻译策略,并在这一策略下灵活运用七种翻译方法,如直译原文有关主题的叙述,套译英语现成的表达,释义原文隐喻话语或隐含之意,大胆地改写原文的叙事内容,增译叙述内容、副词或助动词等,使用字体变异,灵活地采用各类转换如语义层面的转换、句法层面的转换。这些翻译策略和方法增强了译文的主题叙事及文学性,对中国虚构文学的外译具有借鉴意义。

第二节　白亚仁对非虚构文学主题呈现的翻译策略

下文我们以白亚仁英译余华的非虚构作品为语料,依托莫娜·贝克的叙事建构理论,考察白亚仁如何在翻译过程中呈现非虚构作品的主题,并对其翻译策略进行分析与总结。

《十个词汇里的中国》是余华于 2011 年出版的随笔集,通过选择十个词汇"人民、领袖、阅读、写作、鲁迅、差距、革命、草根、山寨、忽悠,叙述自己所经历和正在经历的半个世纪以来中国的社会生活万象,以一个知识分子的身份反思中国的政治、历史、经济、社会、文化等现实世界"(洪治纲,2011:34;Polumbaum,2012:502)。

这部非虚构作品涉及的主题是民生。白亚仁(2012:45)曾撰文写道"非虚构的作品有不可比拟的价值和力量",那么在翻译中呈现非虚构文学的主题是释放它们原有价值和力量的重要体现。本书认为贝克的叙事建构理论对主题翻译有所观照。这一点,我们可以从贝克对翻译与叙事的见解中窥见一二。贝克认为"翻译是用另一种语言'建构'而非再现原文中人物、事件的再叙事行为"(Baker,2014:159),以各种方式"弱化、更改或强化隐含在原文中的叙事内容"(贝克,2011:159),进而参与译本的叙事建构。

贝克(Baker,2006:112)提出了四种翻译建构策略,包括时空建构(Temporal and Spatial Framing)、选择性采用(Selective Appropriation of Textual Material)、标示性建构(Framing by Labelling)和人物事件的再定位(Reposition of Participants)。

时空建构是指选择一个原文本,并将其移植到目标语文化的时空语境之中,在译文读者心中建立该文本的叙事与目标语文化中的当下叙事的联系。(贝克,2011:170)通过这种移植建构,有意淡化、更改或强化原文的核心主题,原文的主题在无形中产生了某种变形。

选择性采用是在原文本素材的基础上增加或删减某些叙事内容的建构策略。译者通过省略原文叙事内容或在原文基础上增添叙事内容,强化或抑制原文中隐含的叙事(贝克,2011:173),译者可以通过文本材料的选择性采用策略凸显某些主题叙事。

标示性建构是译者选择与原文有所差异的词汇、术语或短语来识别人物、团体、事件、地点及叙事中的其他关键要素(贝克,2011:187)。译者可以通过此类的话语重新建构原文的叙事主题。

人物事件的再定位是指译者通过使用表示"空间、时间、方言、语域、指示、特征词以及各种识别自我和他人的语言手段"(贝克,2011:202),如以文本或副文本方式(引言、序、尾注、脚注等)"重新定位参与者(译文读者、叙事者、译者等)彼此之间的关系"(同上)。译者可以通过人物事件的再定位,重新定位参与者与原文的叙事主题。

主题是作者叙事内容的中心思想和灵魂,根据贝克的叙事建构理论,对主题的翻译则是对原文中心思想和精神进行再叙事的行为。白亚仁在对主题的翻译过程中,并不是对原文主题叙事机械照搬,而是积极参与译文主题的叙事建构,以文本或副文本方式,通过文本素材选择策略、人物事件再定位策略和标示性建构策略,强化非虚构作品中有关中国民生主题的叙事。

一、民生主题的文本素材选择策略

经过文本细读，本研究发现白亚仁通过文本素材的选择策略凸显原文的民生主题叙事，具体表现在增加隐喻修辞和增加民生事件的背景信息。

(一)增加隐喻修辞

例1. 在中国的城市里，每一个居住小区里，都会有几个专门回收废旧物品的人，他们用低价买进居民们准备扔掉的物品，再将这些废旧物品分开归类后，稍稍抬高价格卖给更大的回收商。(余华，2011：165)

In Chinese cities, every residential neighborhood has people who specialize in recycling trash; they buy cheaply items that the residents plan to throw away and, after sorting, sell them at a slightly higher price to bigger recyclers—like the Garbage King. (Yu Hua, 2012：167)

此例是原文对"回收废旧物品的人，如何拥有几千万的财富"的解说。白亚仁增添隐喻修辞话语"like the Garbage King"(就像垃圾大王一样)。隐喻的采用使回收废旧物品的人物形象更生动鲜明，一副"王者"成功致富的形象跃然纸上，暗示译者对这类"草根"发家致富的途径和精神的认可和赞美，应合下文的"中国三十年经济奇迹的某些秘密，就是今天的中国人以无所畏惧的草根精神促进了经济的发展"(余华，2011：165)。与原作相比，此处隐喻修辞从表层语义上来讲鲜明地展现了中国底层民众的形象，从深层主题上强化了原文的民生主题叙事。

(二)增加民生事件的背景信息

例3. 这是我十分熟悉的山寨方式。(余华，2011：190)

That is exactly the kind of fanciful invention I know so well, because in copycat interviews I often say equally ridiculous things. (Yu Hua, 2012：194)

例3中，原文表达了作者余华对山寨版新闻早已司空见惯的态度。白亚仁增译"because in copycat interviews I often say equally ridiculous things"（在山寨采访中，我经常说同样荒谬的事情），进一步凸显"山寨"现象以无孔不入的方式侵入中国民众的生活。相较于原文，增加民生事件的背景信息使得译文读者更能体会山寨现象，同时也强化了隐含在原文叙事中的民生主题。

例4. 二〇〇二年秋天我在德国柏林的时候，遇到两位退休的汉学教授，说起了一九六〇年代初期中国的大饥荒。（余华，2011：44）

A few years ago two retired professors of Chinese in Berlin told me about their experience during the Great Famine of 1959-62.（Yu Hua, 2012：36）

例4中，原文仅模糊提及大饥荒发生在"一九六〇年代初期"，未明确具体时间范围。白亚仁在译文中增补"1959—1962"这一时间标注，将历史事件锚定在具体的时间坐标中。这一处理并非简单的信息补充，而是通过时间确定性的建构，帮助译文读者建立对中国当代民生苦难的历史认知框架——1959—1962年的时间界定，既呼应了国际学界对"三年困难时期"①的普遍认知，也隐性传递出事件的持续时长与严峻程度。从叙事逻辑来看，时间细节的增补强化了文本的史实可信度，使"大饥荒"这一抽象的民生悲剧转化为可追溯、可度量的历史事实。这种处理客观上增强了民生叙事的纵深感，隐性提升了中国民生议题的国际话语可及性。

二、民生主题的人物事件再定位策略

除了使用文本素材选择策略，白亚仁还采用人物事件再定位策略来强化民生主题的叙事，具体体现在：隐喻话语、民生话语的诠释，借助标点符号使民生话

---

①　1981年《关于建国以来党的若干历史问题的决议》指出，我国"主要由于'大跃进'和'反右倾'的错误，加上当时的自然灾害和苏联政府背信弃义地撕毁合同，国民经济在1959—1961年发生严重困难，国家和人民遭到重大损失"，这一时期后常被称为"三年困难时期"，即余华在原文提及的"中国的大饥荒"。需说明的是，白亚仁对该时期的时间界定存在一定误差。

语明晰化，以及脚注的阐释。

(一)隐喻话语、民生话语的诠释

例1. 将青菜、西红柿或者鸡蛋献给他的时候，也就献上了赞美和尊敬之词，如果空手而去等于失去了语言，成为<u>聋哑之人</u>。(余华, 2011 : 163)

When they presented to him their cabbages, tomatoes, or eggs, they would be paying him a compliment and addressing him with deference, whereas if they arrived empty-handed, this would be to forfeit language and <u>lose the power of speech</u>. (Yu Hua, 2012 : 165)

在此例中，原文中的"他"指的是"血头"，这里的"聋哑之人"是一种隐喻表达，指的是没有给"血头"施予小恩小惠而失去与其合作的底层卖血民众。白亚仁对这一隐喻表达进行了诠释，将其英译为"lose the power of speech"(话语权的丧失)。根据上下文内容，译文读者很容易理解话语权的丧失是因为"空手"去见"血头"。通过隐喻话语的诠释，译者拉近译文读者与译文叙事内容的距离，让他们深刻体会"血头"掌握的权力和底层卖血民众的卑微，无形中也增强了译文的民生主题倾向。

(二)借助标点符号使民生话语明晰化

例2. 我在一九九五年出版的《许三观卖血记》里面，塑造了李血头这个人物，这是我医院里的童年经历在虚构世界的延伸。我在写作这部小说的时候，<u>草根</u>的词义在汉语里十分单纯，仅仅是<u>草的根须</u>而已。几年之后，我们从英语里进口了全新的词义，<u>草根</u>广义地成为了非主流和非正统的弱势阶层的代名词，然后迅速风行中国社会。(余华, 2011 : 162)

In my novel *Chronicle of a Blood Merchant*, published in 1995, I drew on childhood memories to create a character named Blood Chief Li. At that time "grass roots" in Chinese simply meant "roots of grass", but within a few years we imported from English a new meaning, and in China "grassroots" has come to be used in a broad sense to denote disadvantaged classes that operate at some remove from the mainstream and the orthodox. (Yu Hua, 2012: 163)

例2中，作者余华以《许三观卖血记》中"李血头"的形象塑造为切入点，通过对比"草根"从字面义"草的根须"到喻指"非主流弱势阶层"的词义演变，为展开底层民众的生存图景埋下叙事伏笔。白亚仁在译文中对"草根"和"草的根须"均采用直译方法，并以引号标记双关语义，形成双重话语编码：从语言符号层面看，"grass roots"的字面直译保留了中文原词的植物学意象，引号的使用提示目标语读者关注其隐喻义的衍生性；从认知层面看，这种处理通过符号标记引导读者在"自然意象—社会隐喻"的张力中，体察该词汇如何在中外文化语境碰撞中，成为底层生存状态的语义载体。

译者对"草根"和"草的根须"的符号学处理，实质是将原文中隐性的社会分层叙事转化为译文里显性的民生话语标记。通过引号的文本锚定作用，"grass roots"不再是单纯的语言对应物，而成为勾连自然属性与社会属性的意义节点，其双重指涉性既忠实于原文对词汇演变的考辨，使民生叙事在语言形式与语义深层的互动中获得更具张力的表达。

例3. 然后，崭新的词汇铺天盖地而来了。比如经常上网的网民、炒股的股民、购买基金的基民、追星的粉丝、下岗工人、农民工等等，正在支解瓜分"人民"这个业已褪色的词汇。在"文革"时期，"人民"的定义十分简单，就是"工农兵学商"，这里的"商"不是指商人，是指从事商业工作的人群，比如商店的售货员。(余华，2011: 14)

After that, new vocabulary started sprouting up everywhere—netizens, stock traders, fund holders, celebrity fans, laid-off workers, migrant laborers, and so on—slicing into smaller pieces the already faded concept that was "the people". During the Cultural Revolution, the definition of "the people" could not have been simpler, namely "workers, peasants, soldiers, scholars, merchants"—

"merchants" meaning not businessmen but, rather, those employed in commercial ventures, like shop clerks. (Yu Hua, 2012: 6)

除了采用引号标记文本，白亚仁还偏好使用破折号识别、建构原文所叙事的内容，重新建构当前叙事与更宏观叙事的关联。破折号的文体功能是：体现人物的思维转换、说话人的迟疑或停顿(Parkes, 1993: 94)。陆谷孙(2007: 2386)指出英语破折号的作用有：(1)表示话题突然中断、说话人犹豫不决、话题意义的转折；(2)引出被强调的话语内容或概况性词语；(3)分隔同位语、附加说明的词语或非限定性修饰语等。

此例中，作者余华通过对比不同时期"人民"一词的定义，揭示语言随社会变迁的演变逻辑，以及新词汇对传统概念的解构性冲击，深层映射社会结构与认知范式的转型。白亚仁在译文中连用三个破折号，构建起递进式的语义强调链：

第一个破折号引出"netizens, stock traders, fund holders, celebrity fans, laid-off workers, migrant laborers, and so on"(网民、股民、基民、粉丝、下岗工人、农民工等)，以枚举式列举凸显市场化转型中新兴社会群体的爆发式涌现，暗示"人民"概念从抽象政治符号向多元社会角色的裂变；

第二个破折号衔接"slicing into smaller pieces the already faded concept that was 'the people'"(支解瓜分"人民"这个业已褪色的词汇)，译文通过"slicing"的隐喻修辞，将抽象概念的解构过程具象为物理切割动作，强化传统"人民"范畴在社会分化中的碎片化命运；

第三个破折号注释"'merchants' meaning not businessmen but those employed in commercial ventures, like shop clerks"("商"非指商人，而是售货员等商业从业者)，以历史语义的精准考辨，锚定"文革"时期"人民"定义的阶级局限性，与前文新兴词汇形成时代对照。

三个破折号构成"现象列举—概念解构—历史溯源"的叙事节奏链，既通过语义停顿引导读者聚焦"人民"概念的内涵位移(从大一统政治范畴到碎片化社会身份的演变)，又以符号学层面的标记策略，将语言变迁与社会结构转型勾连，使译文在文本形式层面隐性强化了"民生话语随时代重构"的主题叙事。

此外，破折号还起到调节叙事节奏的作用，令译文读者减缓阅读的速度，引导译文读者从"人民"概念变迁主题叙事转向宏观社会结构变化的思考。与原文比较，白亚仁微妙的文本标记处理一定程度上增强了译文的民生主题叙事。

例4. 二〇一〇年七月初，南非世界杯结束之前我离开时，约翰内斯堡国际机场的离境免税店里插满了呜呜祖拉(一种长约一米的号角)，每支售价一百元人民币左右。我回国后才知道这些中国制造的出口价只有二元六角人民币，这个可怜的价格里还包含了环境污染等等问题。(余华，2011：31)

When I left South Africa at the end of a visit during the 2010 World Cup, the duty-free shop at Johannesburg's airport was selling vuvuzelas—Chinese-made plastic horns—for the equivalent of 100 yuan each, but on my return home I learned that the export price was only 2.6 yuan a piece. One company in Zhejiang manufactured 20 million vuvuzelas but ended up making a profit of only about 100,000 yuan. (Yu Hua, 2012：24)

此例中，作者余华以南非世界杯期间呜呜祖拉的中外价格差及出口成本为切入点，揭露中国制造在国际产业链中面临的"利润微薄—环境代价沉重"双重困境。白亚仁在译文中通过两个破折号构建递进式语义强调链：

第一个破折号引出"Chinese-made plastic horns"(中国制造的塑料号角)，以产品属性的明确标注，将个体消费符号锚定为"中国制造"的集体形象，隐性强调中国在全球产业链中的代工角色；

第二个破折号衔接"for the equivalent of 100 yuan each, but on my return home I learned that the export price was only 2.6 yuan a piece"(每件售价折合人民币100元，但回国后得知出口价仅2.6元)，通过价格数字的强烈反差，将"中国制造"的利润窘境转化为可量化的民生痛点——终端售价与出口成本形成将近40倍悬殊，破折号的语义停顿迫使读者直面"高附加值流失"与"低端产能依赖"的现实矛盾。

这种标点符号的修辞性运用，使译文在保持数据客观性的同时，通过形式标记引导读者完成"产品标识→利润剖解→环境伦理"的认知跳转。破折号的递进结构不仅强化了"中国制造"的符号重量，更将单纯的经济现象升华为对民生质量的深层追问：当廉价代工模式以环境透支为代价，破折号的语义张力实则暗含对"增长主义"的隐性批判。与原文相比，译者通过文本标记的微妙处理，将中国制造的产业困境与民生福祉议题联系起来，在跨文化传播中增强了对可持续发展的叙事关切。

(三) 脚注的阐释

上文中提及白亚仁在文内添加民生事件的背景信息，除此之外，他还在脚注中添加副文本信息，请见下例：

例 5. 很多年以后，我在北京的家中写作《兄弟》之时，这对父子在黄昏里走来的温馨情景一直缠绕着我。我觉得，宋凡平可能就是从这个挥之不去的情景里走出来的一个人物。(余华，2011：156)

Many years later, as I wrote *Brothers* at my home in Beijing, I was always haunted by that spectacle of a father walking with his son on the last evening of his life. It was out of that indelible image, perhaps, that Song Fanping * emerged to live and die in the pages of my book. (Yu Hua, 2012：138)

注释：In Yu Hua's most recent novel, *Brothers*, Song Fanping is father and stepfather to the main characters, Song Gang and Baldy Li. (Yu Hua, 2012：138)

在例 5 中，为揭示作者余华创作中人物原型与现实经验的关联，白亚仁在页脚注释里补充小说人物宋凡平的背景信息(在余华小说《兄弟》中，宋凡平是主角宋钢和光头李的生父及继父)。这一处理将虚构人物置于作家的创作谱系中，通过副文本的叙事延伸，使读者得以窥见文本外中国当代社会变迁对文学想象的塑造。注释作为内副文本，巧妙勾连文学虚构与社会现实，在不动声色中强化了译文对中国当代民生议题的观照深度，使民生主题在文本内外的叙事交织中获得更立体的呈现。

三、民生主题的标示性建构策略

除了采用人物事件再定位策略建构原文的民生主题，白亚仁还使用标示性建构策略，如：重新命名，进而强化原文的民生主题。

例1. 这对可怜的男女，就是这样演绎了偷情版的柴可夫斯基的"悲怆交响曲"。（余华，2011：56）

And so it came time for the hapless pair to perform the Pathétique Symphony, Cultural Revolution style.（Yu Hua, 2012：51）

在例1中，原文叙述了在"文革"时期，一对男女青年因存在不正当关系，引发了公众激烈的讨伐。白亚仁在翻译时，未采用常规译法将"偷情版"译为"The extramarital affair version"，而是别具匠心地重新命名为"Cultural Revolution style"（"文化大革命"风格）。这一翻译处理暗指在"文革"后期，民众对于捉奸行为所投入的高涨热情，几乎已取代了他们在"文革"早期投身革命的热忱。通过这种打上特定时代标记的重新命名，白亚仁巧妙强化了原文中关于"文化大革命"对民众日常生活产生深刻影响的叙事效果，使英语读者能更直观地感受到"文革"时期社会风气的转变以及民众关注点的变迁。

例2. 一位老太太已经老得不能走路了，突然交上了忽悠桃花运，在几个月内，被三个不同的年轻男子背到了办事处，领了三次结婚证。（余华，2011：209）

An old lady no longer steady on her feet suddenly hit the romantic jackpot, carried off to the registry office on the shoulders of three different young men, to pick up three different marriage licenses.（Yu Hua, 2012：210）

此例原文聚焦农民土地被征用后，在"农转非"分房过程中，多数家庭为谋取更多利益与赔偿而集体实施"假离婚—假结婚"的社会现象。原文中"忽悠"属网络流行俗语，直指通过欺诈手段攫取不当利益的行为，而"忽悠桃花运"在具体语境中特指以虚假婚姻为工具的投机行为。白亚仁将"忽悠桃花运"译为"romantic jackpot"，这一处理与原文语义存在微妙偏移。

从语言逻辑来看，"hit the jackpot"作为英语习语，虽字面含"交好运、赢大奖"之意，但"romantic jackpot"在目标语中更倾向于表达"婚姻成就斐然"的正向语义。译者通过这一貌似褒义的隐喻构建，实则以明褒实贬的修辞策略，将婚姻的神圣性与民众的投机性并置——当结婚这一庄重仪式沦为利益博弈的筹码，译者借助英语习语的表面积极意象，反向强化了对这种社会乱象的批判张力。这种语言处理巧妙规避了直译的生硬，通过隐喻的语义张力，在跨文化语境中延续了原文对民生领域投机现象的深刻质疑，同时以目标语读者熟悉的表达范式，实现了"社会批判—民生叙事"的逻辑传递，使译文在语义偏移中完成了对原文民生主题的忠实呼应。

四、白亚仁非虚构作品主题呈现策略总结与阐释

通过考察白亚仁对非虚构作品中民生主题的呈现策略，研究发现，白亚仁主要采用以下策略对这一主题进行呈现，具体归纳如下：

白亚仁对民生主题的叙事建构策略，主要包括文本素材选择策略、人物事件再定位策略和标示性建构策略。具体表现在：文本素材选择策略主要通过增加隐喻修辞和增加民生事件的背景信息来实现；人物事件再定位策略主要通过对隐喻话语、民生话语的诠释，借助标点符号使民生话语明晰化，脚注的阐释来实现；标示性建构策略主要体现在重新命名这一方面。

综上而言，在英译中国非虚构文学作品的主题时，白亚仁采用了叙事建构策略如文本素材选择、人物事件再定位和标示性建构策略。这些叙事建构策略强化了译文的民生主题叙事，同时也增强了译文的可读性和文学性，对中国非虚构文学的外译具有借鉴意义。

第三节　白亚仁对原作中叙事语调的再现策略

英国哲学家科林伍德(Robin George Collingwood)认为"作家对词汇的选择具有一定的语调，体现了自身的情感和思想，这种语调表现了他对这种重要性的感

受"(1985：270)。"这种语调"就是我们常说的叙事语调，指的是"作者在叙述事情、阐述思想、表达情感时所采用的基本口吻、态度、格调。由于文学作品的素材选择、主题思想、故事情节与人物塑造的差异性，又由于作家的文化诗学观、审美标准、创造手法、才华气质、人生遭遇的差异化，不同作家不同作品的叙事语调呈现多样化的态势"(周兴泰，2009：269；周兴泰、王萍，2019：168)。叙事语调是指作家在叙述事件的过程中所表现的态度(薛敏，2009：44)。"叙事语调等同于叙述调子，是一个作家的作品留给人们的印象，或严肃庄重，或轻松幽默等。"(金仕霞，2011：190)由此可见，叙事语调是作家在叙事时所展现出来的一种语气、态度，这种语调体现了作家的价值评价、情感认同和审美志趣。叙事语调的选择和呈现一直备受小说家的重视。而译者对原文叙事语调准确理解并在译文中恰当传译至关重要：一方面有助于译文读者对原文主题思想、故事情节的发展及人物内心情感世界的深刻理解，另一方面有利于挖掘和复现原文的文学美学价值，进而鉴赏作家的写作风格、艺术创作力。

"通过叙事语调，可以辨识某一作家的作品，是作家创作成熟的标志。"(金仕霞，2011：190)正如王蒙(1983：105)所说"小说中存在着某种调子，这种调子往往是吸引读者的源泉，有了这种调子，创作出来的作品才不平凡"。余华的作品中正是形成了这种别具一格的叙事语调，具有鲜明的艺术特色和审美价值。

20世纪90年代开始，余华的创作风格有所转变，开始充斥着温情的语调(徐姗姗，2015：27-28)，代表作品有《活着》《第七天》(徐姗姗，2015：28)《许三观卖血记》《在细雨中呼喊》(谢淑雯，2017：24)及《黄昏里的男孩》；同时，余华的某些作品中氤氲着温情、幽默反讽的双重叙事语调，如《第七天》(杨荷泉，2013：98-102)。鉴于此，本节主要考察白亚仁如何再现余华作品中的温情、幽默反讽的叙事语调。

研究发现，对于蕴含在原文中的温情的叙事语调，白亚仁主要使用忠实再现与强化的翻译策略来呈现这一叙事语调。同时，在这两种翻译策略的指导下，根据不同的故事情节和语境，选择四种翻译方法(改译、直译与增译的兼用、句法层面的转换)来实现这一目标，下面举例加以说明：

一、温情叙事语调的忠实再现与强化

(一)改译

例 1. 里面没有殓衣,只有一身绸缎的白色睡衣像是殓衣,上面有着隐隐约约的印花图案,胸口用红线绣上的"李青"两字已经褪色,这是那段短暂婚姻留下的痕迹。(余华,2013:6)

The closest thing was a pair of white silk pajamas with a low-key flower pattern and the characters, now faded, that Li Qing had embroidered in red thread on the chest—a souvenir of my brief marriage. (Yu Hua,2015:6)

例 1 中,原文描述主人公杨飞死后返回旧居寻找殓衣时,翻到前妻李青所赠白色睡衣的场景。白亚仁将"痕迹"改译为"a souvenir"(纪念品),此处理并非随意的词语替换,而是基于对人物情感脉络的深层把握。通过文本语境可知,杨飞与李青虽已离婚,但其短暂婚姻曾赋予他情感温暖,成为其生命历程中珍贵的记忆锚点。"souvenir"一词在英语中自带"承载情感记忆的物品"之意,较原文"痕迹"更具情感显影功能,将衣物从单纯的物理留存升华为情感符号,显性传递出杨飞对这段关系的眷恋与珍视。

这一译词选择通过词汇的隐喻增值,在目标语中重构了人物的情感坐标系:当"痕迹"转化为"纪念品",衣物成为勾连过去与现在、现实与往生的情感媒介,既呼应了前文对婚姻片段的温情回溯,又为后文的亡灵叙事注入人性温度。译者以词汇层面的语义调整,实现了叙事语调的跨语言传递——将原文隐含的脉脉温情转化为英语读者可感知的情感信物,可以显化杨飞对这份感情的眷恋与珍视,较大程度再现了原文中的温情叙事语调,同时也增强了译文对个体生命体验的共情力度。

(二)直译与增译的兼用

例 2. 王立强在那边屋子里表达了对老师的不满,他说:"小孩又不懂事, 写一条标语有什么了不起的。"李秀英显得很生气, 她指责王立强: "你怎么能这样说, 这样不就等于你相信是他写的了。"她也许是因为用力说话, 一下子又瘫在了床上, 轻声对我说: "别嗯了, 别嗯了, 你快去擦玻璃吧。" (余华, 2004: 265)

From the next room, Wang Liqiang expressed some displeasure with the teachers, saying, "It was a dumb thing to do, but they shouldn't make such a big deal out of just scrawling some graffti." Li Xiuying was irked by this remark and reproached Wang Liqiang. "How can you say that? That's tantamount to saying you believe he did it." Perhaps because she had been shouting so vigorously, she fell back onto the bed in exhaustion, saying to me gently, "Don't cry, don't cry. How about… you clean the window now?" (Yu Hua, 2007: 274)

例 2 中, 原文是"我"被老师误会写标语后受到老师们的责罚, 养父王立强和养母李秀英为"我"鸣不平的对话。白亚仁在直译"写一条标语有什么了不起的" (make such a big deal out of just scrawling some graffti) 的基础上, 增译"It was a dumb thing to do"(这么做真是愚蠢至极), 表达养父对老师做法的厌恶和反感, 更是体现了他对"我"的偏袒和爱护。而养母认为养父对老师发泄的不满就等于相信写标语是"我"的所作所为, 以"be irked by"(被……激怒)英译"显得很生气", 再现了养母对我的信任和维护我的急切。"轻声对我说"被直译为"saying to me gently", 再现了养母对我的怜爱。

整体而言, 译者通过增译和直译勾画了"我"受到老师责罚后得到养父的理解和养母的信任的一种温暖画面, 使译文读者感受到家对于"我"而言就是遮风挡雨的温暖港湾, 温情的叙事语调扑面而来。

例 3. 她的手一直抚摸我左臂上的黑布, 我感受到她的绵绵情意。(余华, 2013: 54)

All this time she had been gently patting my black armband. (Yu Hua, 2015: 51)

例3中，原文聚焦杨飞前妻李青历经世事变迁后，与杨飞亡灵重逢互诉衷肠的场景。"她"作为情感叙事的核心主体，其动作细节承载着复杂的心理变迁。白亚仁在译文中增译情感副词"gently"（温柔地），精准捕捉到特定情境下的肢体语言内涵——当两人在死亡维度中完成情感和解，"gently"不仅修饰物理层面的抚摸动作，更质性化地传递出李青内心的愧疚、眷恋与释然交织的复杂情愫。

这一副词增译构成叙事的情感锚点：在英语语法体系中，副词对动词的限定具有强化语境层级的功能，"gently"通过修饰"爱抚"，将单纯的肢体接触升华为"温柔的情感仪式"，使读者能直观感知两人关系从现实龃龉到超验和解的质变。译者通过这一处理，在目标语中重构了"抚摸"的语义场——它不再是普通的身体互动，而是历经生死后的灵魂触碰，暗合原文的抒情内核，从而凸显了原文温情的叙事基调。

例4. 我忘不了当初他看着我的眼神，我一生都忘不了，在他死后那么多年，我一想起他当初的眼神就会心里发酸。他是那样羞愧和疼爱地望着我，<u>我曾经有过这样一位父亲。</u>（余华，2004：276）

I will never forget the look in his eyes. <u>Even now</u>, so many years after his death, I feel a <u>pang</u> whenever I recall this moment. He gazed at me with such shame and affection that <u>I say to myself</u>: yes, <u>I did have a father like that.</u>（Yu Hua，2007：285）

例4中，原文描述了"我"与养父怄气绝食，养父没有丝毫责骂而是直接把"我"背到饭馆点餐，对此厚爱"我"永生难忘。白亚仁增译时间副词"Even now"（甚至此时此刻），强调"我"在养父死后多年仍然对其印象深刻；选用"pang"表达突然而强烈的情感震动，显化"我"对养父的爱恋和思念；增译"I say to myself"（我自言自语地说），接着用助动词"did"对句子内容（I did have a father like that）进行强调，表达"我"内心深处对养父的肯定，凸显"我"和养父之间深厚的情感，进而强化了原文的温情叙事语调。

例5. 我嘿嘿笑了，他也嘿嘿笑了。"我不怕死，然后他平静地对我说：

一点也不怕，<u>我怕的是再也见不到你</u>。"(余华，2013：96-97)

I chuckled, and so did he. "I'm not afraid of dying," he said to me evenly. "I'm not afraid of that at all. <u>What I'm afraid of is not being able to see you.</u>" (Yu Hua，2015：92)

例 5 中，原文通过杨飞养父杨金彪在绝症晚期的对话"我怕的是再也见不到你"，将临终者对亲子分离的恐惧与眷恋诉诸笔端，字里行间渗透着生命弥留之际亲情羁绊的深沉温情。白亚仁采用直译策略将其译为"What I'm afraid of is not being able to see you"，通过语言形式与情感内核的双重对应精准凸显了原文的温情基调：以 "afraid"直译"怕"，用"not being able to see you"复现"再也见不到你"，直接保留人物对分离的本能恐惧，不加修饰的直译让养父对养子的眷恋以最本真的形态呈现，将原文含蓄温情转化为英语语境中可触可感的情感共鸣，也传递了原文中的温情基调。

例 6. 然后他站起来，告诉李月珍他想念我，他太想见上我一面，<u>即使是远远看我一眼</u>，他也会知足。(余华，2013：176)

Then he stood up, telling Li Yuezhen that he missed me and longed to see my face—<u>even just a glimpse of me in the distance</u> would content him. (Yu Hua，2015：169)

例 6 中，原文以养父杨金彪死后亡魂"即使是远远看我一眼"的内心独白，细腻勾勒出其对儿子跨越生死的眷恋与牵挂，字里行间涌动着深沉的父爱温情。白亚仁的翻译处理极具巧思：在词汇层面，选用"glimpse"（短暂一瞥）翻译"远远看一眼"，既精准捕捉"远距离观望"的物理意象，又借"短暂性"语义强化养父渴念之切——即便无法近身相伴，刹那的目光触碰也足以慰藉思念，生动复现原文"见一面"背后的情感重量。在标点运用上，译者通过添加破折号来衔接"even a glimpse"，依据陆谷孙(2007：2386)对破折号"强调引出内容"的功能阐释，通过文本化的语音停顿延缓读者心理节奏，将"glimpse"从普通动作升华为饱含思念的情感符号。破折号的语义张力拉长了亡魂凝视的时空距离，使"父爱"在"远远"

与"一瞥"的反差中更显浓烈，进一步渲染了原文的温情基调。"glimpse"与破折号的组合，在目标语中构建起"物理距离—情感近切"的结构，既忠实于原文对亡魂状态的描写，又通过英语标点的修辞功能，让父爱突破生死界限，以更具张力的形式触达读者，实现了温情叙事从语言到情感的立体传递，有效增强了"亲情超越生死"的温情叙事力量。

(三)句法层面的转换

1. 采用掉尾句

"将主句的主要成分放置末尾，从而通过句法形式的突出强化、高光末尾位置，这是通常所说的掉尾句。"(Leech & Short，2007：181)此时，主句之前一般是从句或从属成分，"从属子句在表达信息的意义上就不那么突出，而这些信息至少是部分已知的或预先假设的"(同上：177)，简言之"从属子句一般是背景信息，而主句是凸显的重要信息"(同上：178)。

> **例7.** 这个脸色苍白脾气古怪的女人，那一刻让我感动得眼泪直流。(余华，2004：265)
>
> However pallid her face, however eccentric her behavior, Li Xiuying at that moment touched me so deeply that my tears would not stop flowing. (Yu Hua，2007：274)

例7中，原文围绕"我"因被老师误会写标语而遭责罚但养母李秀英给予充分信任令"我"感动的情节展开叙事，白亚仁在译文中巧妙运用掉尾句结构，以两个"However"引导条件状语从句，旨在强调后面主句的内容"Li Xiuying…touched me so deeply…"从而实现了语义反转，将核心情感后置，使养母的信任如同困境中的光亮，通过英语句式的重心分配凸显其珍贵性。

这种掉尾句结构符合目标语"通过语序层次传递语义重点"的修辞习惯，不仅在逻辑上形成"先抑后扬"的情感递进，更通过延迟性表达，隐性复现了"我"从委屈到被治愈的心理过程。两个"However"作为逻辑连接词，不仅完成句法衔接，更暗含"无论外界如何苛待，唯有养母始终相信"的深层语义，将原

119

文中平面的"感动"叙事转化为具有张力的情感冲击，使养母的信任超越普通的亲子互动，升华为困境中的精神庇护。通过这种句法转换技巧，译文以英语特有的形式张力传递了原文的情感内核，使"亲情作为精神慰藉"的温情叙事在外界压力与家庭温暖的冲突框架中获得更具感染力的表达，强化了译文的温情叙事语调。

2. 陈述句转换成反意问句

例8. 后来我们在桥畔坐了下来，那一次他长久地望着我，接着忧虑地说：

"你是个小妖精。"

然后他换了一种口气：

"你确实是一个聪明的孩子。"(余华，2004：281)

Later we sat down by the bridge. He studied me and said worriedly, <u>"You're a little devil, aren't you?"</u> Then he changed his tone. "You're a smart boy, that's for sure." (Yu Hua, 2007：290)

例8中，原文"我"因打破酒盅而担心被养父责怪，便以养父的私情"威胁"了他，养父没有丝毫责怪，还和"我"开心地对话。白亚仁在直译"你是个小妖精"之后，添加"aren't you?"，将句子变成反问疑问句。"附加问句具有明显的人际功能，如：isn't it，以邀请听众确认说话者的观察"(Leech & Short，2007：131)，与之相对照，此处的问句再现了父亲与"我"亲切交谈的画面。可见，"我"没有因打烂酒盅而受到半点责罚，凸显了养父对我的宠溺，从而再现了原文中温情的叙事语调。

3. 陈述句转换成倒装句

在英文的叙述中存在"首位原则"(Leech & Short，2007：186)的现象，即先叙述重要的信息，然后再提及其他的细节，于是形成了先焦点后背景的句型结构，具体表现在"一些句法倒装和言语的错位现象"(同上)。白亚仁在翻译过程中有时会将原文的陈述句转换成倒装句，以凸显一些信息，详见如下例子：

例9. 两个人很慢很安静地向西走去。（余华，1999a：138）

<u>Slowly and quietly</u> the two of them walked off in a westerly direction. （Yu Hua，2014：154）

例9中，原文通过一对夫妇痛失爱子后相互依偎行走的场景，勾勒出苦难中不离不弃的亲情图景。白亚仁在译文中将"slowly and quietly"置于句首形成倒装，以英语特有的语序张力构建起情感优先的叙事结构。首先，这一处理通过视觉意象的前置强化，使"缓慢而安静地"成为读者感知场景的第一印象，语言节奏的"慢镜头化"具象化了丧子之痛导致夫妇的行动迟滞与心理封闭，为"依偎行走"的肢体语言铺垫了沉重的情感底色；其次，在压抑的基调中，句法倒装形成的语义停顿让夫妇相互依偎的动作彰显出创伤后彼此依存的生命姿态，凸显情感韧性；最后，倒装结构通过打破常规语序的"异常化"表达，引导读者关注语言形式本身的情感负载——"slowly and quietly"不仅是动作描写，更成为悲痛笼罩下沉默相守的情感符号，其句法焦点地位将原文隐含的"苦难中的温情"转化为目标语读者可感知的语言张力。这种处理以形式的"陌生化"实现内容的"深刻化"，在译文中促成"语言节奏—情感节奏—叙事节奏"的同频共振，既忠实复现场景内核，又通过目标语语法特性深化了"亲情作为创伤疗愈力量"的叙事，使温情语调在苦难语境中获得更具穿透力的表达。

二、幽默反讽语调的忠实再现与强化

通过文本细读，本研究发现：对于蕴含在原文中的幽默反讽的叙事语调，白亚仁主要使用了忠实再现与强化的翻译策略来呈现这一叙事语调，并在这两种翻译策略的指导下，根据不同的故事情节和语境，选择了三种翻译方法(套译、直译和句法层面的转换)来实现这一目标，下文将结合实例进行分析。

(一)套译

例1. 网上有人调侃说，这个月殡仪馆员工们<u>拿到的奖金将是以往的两倍以上</u>。（余华，2013：108）

One joke making the rounds in cyberspace was that the funeral parlor workers were definitely going to get a <u>jumbo-sized bonus</u> this month. （Yu Hua，2015：105）

例 1 中，原文描述了网络上关于"这个月殡仪馆员工奖金将超以往两倍"的调侃言论，以幽默戏谑的方式反映社会现象。根据徐兴岭、安文风(2015：36)对俚语"新鲜、生动、辛辣或幽默"的功能界定，白亚仁在英译中选择"jumbo-sized"这一具有夸张属性的俚语复合词，其语义层包含"体积庞大、显眼"与"反常凸显"的双重隐喻：一方面，以"jumbo"俚语表达对应原文"两倍以上"的数量夸张，通过英语读者熟悉的俚语符号消解数字直译的文化隔阂；另一方面，"-sized"这一后缀强化"奖金"的物质化视觉想象，与死亡商业化的荒诞并置，暗合原文对特定社会现象的幽默反讽逻辑。这种译法既规避了中英文数字修辞习惯的差异，又通过俚语的语义张力在目标语中重构出"以幽默解构严肃"的话语机制，使英语读者能直观感知原文隐藏的批判意图，最终实现了文本内在幽默反讽风格的跨文化转译与意义的等值传递。

例 2. 他伸出四根手指说，为了治疗自己的阳痿已经花去四万多元，西药中药正方偏方吃了一大堆，下面仍然像是一架只会<u>滑行</u>的飞机。(余华，2013：18)

He stretched out four fingers. In an effort to cure his erectile dysfunction, he said, he had already spent over forty thousand yuan and consumed all kinds of Western and Chinese medicines and resorted to remedies both orthodox and unconventional, but down below, his plane was only capable of <u>taxiing</u>. （Yu Hua，2015：18-19）

例 2 中，原文描述了拆迁受害者在社会暴力拆迁中遭遇了生理困境，其中的"飞机只会滑行"隐喻指涉阳痿，文本在主人公粗鄙的自嘲中构建反讽幽默的叙事语调。白亚仁的英译选择"taxiing"这一俚语，该词字面义指飞机在跑道上缓慢滑行，俚语义则引申为"停滞不前""无实质进展"。通过俚语的双关语义的叠加，译文在英语语境中构建新的戏谑化反讽——"taxiing"的机械性滑行动作，既呼应"飞机"的停滞不前，又暗喻男性功能的丧失，进而强化男性功能"停滞"的荒诞感，使生理困境成为暴力强拆的微观镜像。这种套译方法通过俚语的文化适配性，将中文的直白自嘲转化为英文读者熟悉的"冷幽默"修辞，凸显了原文幽默反讽的语调。

(二)直译

白亚仁通过直译原文中幽默犀利的讽喻表达，最大程度地再现了原文中的幽默反讽意味，如下例所示：

> **例3.** 报纸说城市的防空洞里居住了起码两万多人，他们被称为<u>鼠族</u>，他们像老鼠一样从地下出来，工作一天后又回到地下。（余华，2013：116）
>
> The papers said that at least twenty thousand people were living in our city's air-raid shelters, and they were known as "<u>the mouse tribe</u>," for like mice they emerged from holes and crannies and after roaming outside during the day would return at night to their underground nests. (Yu Hua, 2015：112)

例3中，原文以"鼠族"指涉城市化进程中的底层民众，该词自带自嘲与讽刺的双重语义场。白亚仁的英译采用"mouse tribe"的字面直译方法，其中"tribe"（部落）作为人类学概念，暗喻社会将边缘群体异化为"物种化他者"的认知逻辑。同时，译文以"emerged from holes and crannies"（从洞穴缝隙钻出）强化动物化意象，并将"地下住处"译为"underground nests"（巢穴），以生物学词汇"nests"替代常规居所表述，通过"非人性化"的比喻修辞，将人类居住空间降维为动物栖息地，形成"现代化城市文明"与"原始生存状态"的尖锐对冲。译者通过直译方法，以"物种化归类"与"栖息地降级"的双重幽默反讽，将原文对居住困境的批判转化为英语读者可感知的"文明进步悖论"，从而凸显了原文幽默反讽的色彩。

> **例4.** 有人问他："是不是刚起飞就降落了？"
>
> "哪有这么好的事，"他说，"只会<u>滑行</u>，不会<u>起飞</u>。"（余华，2013：18）

"Does it start its descent just after taking off ?" someone asked.

"Oh, I wish," he said. "No, it taxis only, no taking off at all. " (Yu Hua, 2015: 19)

在此例中,原文是一个在暴力强拆中丧失性欲的男子和旁人的交流对话。本例原文之前出现了"飞机"一词,代指的是男子的生殖器,属于隐喻修辞。白亚仁保留这一隐喻表达,将其直译为"his plane",接着又用"taxis"和"taking off"译"滑行"和"起飞",契合了隐喻修辞"飞机"的动力区别,这些表达综合体现了男子完全自暴自弃的戏谑语气。这一调侃戏谑的语调使译文读者陷入欢乐氛围后又跌入对悲惨无奈现状的沉重思考,凸显了反讽暴力强拆的主旨。

(三)句法层面的转换

白亚仁在句法层面的转换技巧,集中体现为将自由间接引语转化为直接引语,通过直接引用的在场感与生动性,精准传递原文的幽默反讽意味。这种句法操作以话语形式的转换为切入点,实现了叙事视角与情感张力的跨语言传递,如下例所示:

> **例 5.** 我们城市的人络绎不绝来到这里,站在原来的太平间旁边,观赏这个天坑。他们感叹天坑真圆,像是事先用圆规画好的,就是过去的井也没有这么圆。(余华,2013:106)
>
> Spectators arrived in throngs. They stood next to where the morgue had once been and admired the hole. "It's practically a perfect circle," they marveled, "as though drawn in advance with a compass! Even old wells are not this round. " (Yu Hua, 2015: 103)

例 5 中,原文描述的是太平间塌陷后的形状引发围观群众的疑问和讨论。根据下文得知,太平间塌陷事件实属蓄意行为:塌陷前太平间里的李月珍尸体和二十七个死婴离奇失踪,并在未通知家属的情况下被火化。因此,原文中的自由间接引语"他们感叹……这么圆"蕴含着调侃反讽的语调。相较自由间接引语,"直接引语具有直接性和生动性，且引号能够产生音响效果"（申丹，2001：285；申丹，2004：302）。因此，白亚仁将以上自由间接引语转换成直接引语，即"It's practically a perfect circle," they marveled, "as though drawn in advance with a compass! Even old wells are not this round."让译文读者更容易从小说人物的叙述中感受调侃讽刺的意味。

三、白亚仁叙事语调再现策略总结与阐释

通过考察白亚仁对叙事语调再现的策略，本研究发现他主要采用忠实再现与强化的翻译策略来呈现，并在这两种翻译策略的指导下选择恰当的翻译方法来实现翻译目标。

为了再现或强化温情的叙事语调，白亚仁选择四种翻译方法（改译、直译、增译、句法层面的转换）来实现这一目标。具体而言，改译原文中的叙述内容，直译原文中涉及亲情、爱情的叙事内容，并增译叙述内容及各类副词，以彰显小说人物对亲情、爱情的感受。句法层面的转换包括三种形式，如采用掉尾句的结构，陈述句转换成反意问句，陈述句转换成倒装句，以凸显亲情、爱情的叙事。总体来看，这些翻译策略与方法再现或强化了原文中夹杂着温情的叙事语调。

为了再现或强化幽默反讽的叙事语调，白亚仁选择三种翻译方法（套译、直译和句法层面的转换）来实现这一目标。具体而言，译者直接借用具有幽默反讽意义的英语俚语来进行套译，并直译原文中幽默犀利的讽喻和隐喻修辞。句法层面的转换主要是将自由间接引语转换成直接引语，以增强幽默反讽的效果。整体而言，这些翻译策略与方法再现了原文涉及对死亡商业化、底层民众居住困境、暴力强拆的反讽与抨击，再现或强化了原文蕴含的幽默反讽的叙事语调。

由此可见，在英译中国文学作品中所蕴含的幽默反讽或温情的叙事语调时，白亚仁采用忠实再现与强化的翻译策略，并在这两种策略下灵活运用五种翻译方法如直译原文中涉及亲情、爱情的叙事内容，直译原文中幽默犀利的讽喻和隐喻修辞，直接借用具有幽默反讽意义的英语俚语来进行套译，大胆地改译原文中的叙述内容以凸显原文的叙事语调，并在此基础上增译叙述内容、各类副词等，同时敢于突破原文的句式结构而采用句法层面的转换。这些翻译策略与方法增强了译文的可读性及文学性。

第四节　本 章 小 结

本章以白亚仁的中国当代文学英译本(四部虚构作品和一部非虚构作品)为考察语料，从主题呈现和叙事语调再现两个层面探析了白亚仁译者风格在重塑原作文学性的翻译策略方面的非语言特征，进而分析和归纳在这些翻译策略的指导下译者所采用的翻译方法。

本研究发现，白亚仁采用忠实再现和强化的翻译策略进行虚构作品的主题呈现，并在这两种翻译策略的指导下选用七种翻译方法，使得原作中的善恶主题、苦难主题、死亡主题及友情主题都在译文中得到了忠实再现或不同程度的强化。这些翻译方法如直译原文有关主题的叙述，套译英语现成的表达，释义原文隐喻话语或隐含之意，大胆地改写原文的叙事内容，增译叙述内容、副词或助动词等，使用字体变异法，灵活地采用各类转换，如语义层面的转换和句法层面的转换。

在英译中国非虚构文学作品时，白亚仁采用了叙事建构策略如文本素材选择、人物事件再定位和标示性建构策略，并在这些策略下通过对隐喻话语、民生话语的诠释，借助标点符号使民生话语明晰化，以脚注阐释的方式添加民生背景信息，以重新命名方式凸显民生主题。

对于原文中的幽默反讽和温情的叙事语调，白亚仁同样也使用忠实再现和强化的翻译策略来呈现，并在这两种翻译策略下灵活运用五种翻译方法，如直译原文中蕴含叙事语调的叙述，借用具有幽默反讽意义的英语俚语来进行套译，大胆地改译原文中的叙述内容，并在此基础上增译叙述内容、各类副词等，同时采用句法层面的转换，以凸显原文的叙事语调。

综上所述，这些翻译策略和方法忠实再现或强化了译文的主题叙事与叙事语调，同时也增强了译文的可读性和文学性，对中国当代文学的外译具有借鉴意义。

第六章　白亚仁译者风格的非语言特征分析（二）：习语与修辞格英译

前面的章节已从主题呈现和叙事语调再现两方面探讨了白亚仁译者风格在重塑原作文学性的翻译策略与翻译方法方面的非语言特征。因此，本章以自建的白亚仁英译余华作品的汉英平行语料库为基础，从习语中的形象处理和修辞格的转换两个方面进一步地探析白亚仁如何重塑原作的文学性，并对其翻译方法进行分析与总结。

第一节　习语英译方法

习语是人类智慧的结晶、语言的精华，具有很强的表现力（刘泽权、朱虹，2008：460），包括成语、谚语、歇后语和惯用语。习语中蕴含着独特的文化意象，而对"意象的保留、更改或删减体现了译者的主导型翻译策略及其对异域文化的态度"（冯全功，2017a：71）。目前，习语翻译的主要方法有直译法、释义法、直译加注法等，"但这些方法过于笼统和简单，没有兼顾习语的形象特点。"（辛献云，1994：86)在表层意义中，习语一般都有一个或数个形象，这些形象通过表层文字在人脑中激活某种意象或画面。这些形象渗入习语之中，除了形象本身的概念意义，还有引申意义，用于喻指与之类似的物、情景或人（辛献云，1994：87）。由此可见，在翻译中，对习语文化意象的处理不仅关系到原文的语义内涵，还关系到原作文化形象的呈现，而这一点又与原作的文学性密切相关。因此，对白亚仁重塑原作文学性的翻译方法进行研究时，有必要考察其对原文习语文化形象的处理方法。值得注意的是，并不是所有的习语都有具体的形象。因此，本研究主要聚焦至少含有一个形象的习语，不含形象的习语不在考察的范围内。

本研究以自建的白亚仁英译余华作品的汉英平行语料库为基础，对白亚仁译作习语形象的翻译方法进行了相关数据的统计，发现白亚仁对于习语的英译，主要采取了以下几种翻译方法：形象保留的直译、形象保留的意译、形象舍弃的意译、形象舍弃的套译、形象置换的套译、形象保留的套译和完全不译，统计结果如表6-1所示：

表6-1　　　　　　　　　白亚仁译作习语形象的翻译方法统计表

作品	形象保留的直译	形象保留的意译	形象置换的意译	形象舍弃的意译	形象舍弃的套译	形象置换的套译	形象保留的套译	完全不译
Cries in the Drizzle（《在细雨中呼喊》）	7			18		2	1	3
The Seventh Day（《第七天》）	9	1		5	1		1	1
Boy in the Twilight：*Stories of the Hidden China*（《黄昏里的男孩》）	1	1		8			1	
The April 3rd Incident：*Stories*(《余华作品集》)	1			6			1	
China in Ten Words(《十个词汇里的中国》)	6	1		15		1	2	
共计	24	3	0	52	1	3	6	4

整体来看，白亚仁在翻译习语形象时，最偏好使用形象舍弃的意译(52 次)，其次是形象保留的直译(24 次)，再次是形象保留的套译(6 次)和完全不译(4 次)，复次是形象保留的意译(3 次)和形象置换的套译(3 次)，最后是形象舍弃的套译(1 次)。

一、形象舍弃的意译

习语中的形象、联想意义经过长时间的使用形成了约定俗成的用法。一提起习语中的形象，它的联想意义马上在人们的脑海中浮现。但这并不意味着在翻译中可以保留原文习语中的所有形象，这是因为两种语言表达规范、历史文化传统、民族的审美思维方式都有巨大的差异。因此，一些习语形象具有很强的"抗译性"，如果强行保留原文习语中的形象，可能会导致译文读者的误解。或者原文习语的形象所映射的联想意义与上下文语境有些许偏差，保留形象不利于上下文语篇内容的连贯。针对这些情况，白亚仁通常会采用形象舍弃的意译，如下：

> **例 1.** 我们公司里的一个锲而不舍，送鲜花送礼物送了一年多都被她退回后，竟然以破釜沉舟的方式求爱了。(余华，2013：33-34)
>
> One of our coworkers wouldn't take no for an answer. After trying unsuccessfully for more than a year to induce her to accept his offerings, he ended up declaring his love in the most drastic and dramatic terms. (Yu Hua，2015：32)

"破釜沉舟"的表层含义是打破饭锅，把渡船凿沉，其引申意义是愿意牺牲一切而取得胜利。由于该习语形象具有很强的抗译性，如果保留原文习语的形象直译为"break the caldrons and sink the boats"，不符合译入语的文化语境，容易造成译文读者理解上的障碍。于是，在此例中，白亚仁放弃原文习语中的形象，用"in the most drastic and dramatic terms"(以最激烈和戏剧性的方式)进行释义。虽然原文习语的形象没有保留，但更容易让译文读者接受，并为下文开场的戏剧性内容埋下了伏笔，体现译者纯熟的译笔功力。

> **例 2.** 他当时的笑容在我眼中是那样的张牙舞爪，我浑身发抖地挥起拳

头，猛击他的笑容。(余华，2004：108)

His big grin struck me as so <u>despicable</u> that, trembling with anger, I raised my fist and slammed it into his face. (Yu Hua, 2007：112)

"张牙舞爪"指张开嘴巴，挥舞爪牙，可用于形容动物的凶猛或人的凶狠残暴。如果保留习语中的形象，而将其直译为"bare fangs and brandish claws"，译文读者或许会疑惑"人怎么突然有了动物的模样"，容易产生理解上的障碍。在此例中，根据上下文，原文中的"他"嘲笑苏宇在监狱服刑，取笑作为好友的"我"不去探监。这种程度的取笑更多的是一种卑劣行径，而非凶狠残暴，于是白亚仁舍弃原文习语的所有形象，以"despicable"(卑鄙的，卑劣的)译"张牙舞爪"更符合作者想表达的含义，更契合整体的语篇内容，可见译者的匠心独运。

例3. 有一句话说得很对，叫<u>嫁鸡随鸡，嫁狗随狗</u>。(余华，1999a：149)

It's true what they say, <u>you just have to be prepared to make adjustments when you're married.</u> (Yu Hua, 2014：165)

"嫁鸡随鸡，嫁狗随狗"比喻女子嫁作人妇后，无论发生什么情况，都要与丈夫相伴相随，和谐共处。原文习语中的形象和联想意义很自然地在原语读者心中激活，无须赘述。但若是为了保留习语中的形象而进行直译，译文读者只能了解其表层意义，却无法获知其联想意义。于是，在例3中白亚仁舍弃原文习语中的形象，仅对其深层意义进行意译，即"you just have to make adjustments when you're married"(嫁为人妇，应当有所改变)。虽然原文习语中的形象消失殆尽，但却为译文读者扫清阅读上的障碍，使他们顺畅地理解原文的叙事内容。

例4. 我在石家庄住了一个多月，<u>心猿意马</u>地写着小说。(余华，2011：19)

So I spent the next month holed up in Shijiazhuang, but I had a <u>hard time</u>

writing.（Yu Hua, 2012：11）

在此例中，"心猿意马"指的是思维好像猴子在跳，意识像马在奔跑一样，比喻人的心思流荡散乱。倘若保留原文中的形象可英译为"a heart like a capering monkey and a mind like a galloping horse—a restless state"，但就不如使用英语的惯用语"had a hard time doing"（做某事很困难）显得简洁，因而白亚仁直接舍弃原文的形象进行意译。译文虽然简洁流畅，但原文中的形象和意蕴都消失殆尽，这一处理有待商榷。

例5. 到了第五天，她的男朋友仍然没有在空间上现身，她骂他是缩头乌龟。（余华，2013：117）

By the fifth day her boyfriend still had not responded, so she cursed him as a spineless coward.（Yu Hua, 2015：113）

"缩头乌龟"用来形容胆小懦弱的人，这里用来描述刘梅被男友欺骗后的愤怒和不满。在例5中，白亚仁舍弃习语中的形象，仅对其深层含义进行意译，即"spineless coward"（没骨气的懦夫）。显然，简短的意译比冗长的形象保留直译(a turtle retracting its head into its shell)更能凸显话语的气势，更能表现小说人物忿忿不平的心理。虽然原文习语中的形象消失殆尽，但丝毫不减原文之意，且译文读者能更好地理解人物心理的状态，不失为明智之举。

二、形象置换或舍弃的套译

尽管英汉习语的形象和比喻意义不尽相同，但社会发展的相似性，使得人类认识世界的方式具有互通性。因此，有些英汉习语的形象意义与引申意义都有相似之处。对于这种情况，白亚仁一般都选择借用英语现成的习语，直接进行套译，于是原文的习语形象常常被置换或舍弃。

例1. 那时候我已经坐在去上海的长途汽车里了，他就是不同意也来不及了，生米已经煮成了熟饭。（余华，2011：87）

By that time I would already be on the bus to Shanghai; even if the director refused to give me clearance, it would be too late, for the chicken would have flown the coop. (Yu Hua, 2012: 85)

在此例中，"生米煮成熟饭"的形象容易让人想到"木已成舟""大局已定"的形势，英语中也有类似的表达。于是，白亚仁舍弃原文习语中的形象，直接选用英语的习语"the chicken would have flown the coop"（鸡已飞出鸡舍）。通过把原文的习语形象置换成译文读者熟悉的形象，迅速激活他们熟悉的认知图式，更好地理解原文的内容。

例 2. 这样的说法来到我家时，让我在某个下午听到父亲激动无比地对哥哥说："无风不起浪。村里人都这么说了，看来政府的人马上就要来了。"（余华，2004：39）

These speculations in turn were relayed back to my family, and one afternoon I heard my father gloating to my brother, "No smoke without fire! If this is what the villagers are saying, it must mean that the officials will soon be here." (Yu Hua, 2007: 42)

"无风不起浪"比喻事情的出现必有缘由。例 2 中，白亚仁用"No smoke without fire!"（无火不成烟），将原文习语中"风"和"浪"的形象置换成"smoke"（烟）和"fire"（火），虽然舍弃了原文习语的形象，却能迅速激发译文读者熟悉的形象，不失为佳译。

例 3. 孙光平的婚姻，是一次自愿的作茧自缚。（余华，2004：56）
Sun Guangping had entangled himself in a web of his own design. (Yu Hua, 2007: 60)

"作茧自缚"的表层意义是"蚕吐丝作茧，最终被围困其中"，形容自己做的事情导致困境发生。例 3 中，白亚仁舍弃原文习语中的隐喻形象，以英语的习语

"get enmeshed in a web of one's own spinning" 进行套译。译文中的 "entangled himself in a web of his own design"（被自己设计的网缠住）就是脱胎于这一习语，准确传达了原文习语的深层含义，颇有异曲同工之效。

值得注意的是，在翻译习语过程中，白亚仁虽然偏好采用形象舍弃的意译，但这并不意味着他就一味删除原文中的习语形象。研究发现，白亚仁为了再现原文习语的形象特色，使译文读者能够感受丰富多彩的异域文化，他通过形象保留的直译、形象保留的套译和形象保留的意译，最大限度地保留了原文中的习语形象。

三、形象保留的直译

例 1. 他们觉得自己一点也不比我差，为此有些愤愤不平，私下里说，<u>鲜花插在牛粪上</u>是真的，<u>癞蛤蟆吃到天鹅肉</u>也是真的。（余华，2013：41）

Thinking themselves in no way inferior to me, they smarted with the injustice and muttered to each other that it's true that ' <u>the fresh flower gets stuck in a cowpat</u>' and ' <u>the scabby toad gets to eat swan meat.</u> '"（Yu Hua，2015：39）

"鲜花插在牛粪上"指长相漂亮的女子却嫁给长相丑陋的男子，"癞蛤蟆吃到天鹅肉"比喻长相丑陋的男子如愿追到长相美丽的女子。这两个习语在人脑中分别激活鲜花与牛粪、癞蛤蟆与天鹅肉的形象，形成强烈的对比。例 1 中，根据上下文语境，这些形象的保留并不影响译文读者的理解，因此白亚仁选择保留原文习语中所有的形象，分别用"fresh flower""cowpat""scabby toad"和"swan meat"进行了直译，完整地再现原文习语中生动的形象，同时也增强了译文的表现力。

例 2. 我们沉浸在自己的爱情里，那些针对我们的议论，用她的话说只是<u>风吹草动</u>。（余华，2013：41）

For the two of us, immersed in our love, these comments were—in Li Qing's word—just "<u>grass blowing in the wind.</u>"（Yu Hua，2015：39）

133

"风吹草动"很容易联想到"风稍一吹，草就摇晃"的形象画面，形容微小的变动。这里形容别人的议论就好像过眼烟云一般，无法撼动"我们"坚实的爱情。例 2 的译文中，"grass blowing in the wind"保留了原文习语中"风"和"草"的形象，同时也恰当地传达了习语的意义。

例 3. 我生父气得脸色发青，骂我的哥哥姐姐<u>狼心狗肺</u>。(余华，2013：89)

My father, livid with rage, cursed my brother and sister for having <u>"wolves' hearts"</u> and <u>"dogs' lungs."</u> (Yu Hua, 2015：84)

"狼心狗肺"形容心肠像狼和狗一样凶恶狠毒，其中的"狼"与"狗"激活了兽类的凶残形象，这里刻画了杨飞生父怒不可遏的形象。白亚仁舍弃英语中类似的表达"heartless and cruel"，而是用"wolves' hearts"and"dogs' lungs"进行直译，把原文中"狼心"和"狗肺"的形象保留了下来。虽然狗在西方世界象征着人类善良、忠实的朋友，但此处的同项列举并不影响译文读者的理解，同时又会被汉语习语中蕴含的文化异质性所吸引。

例 4. 他告诉我们："<u>死猪不怕开水烫</u>。"(余华，2004：95)
"<u>A dead pig's not afraid of being scalded with hot water</u>" was his comment. (Yu Hua, 2007：99)

"死猪不怕开水烫"喻指脸皮厚，无所顾忌。该习语充满自嘲和戏谑的语调，这里形容小说人物"他"被妻子长期无理取闹折磨后变得麻木不仁的心态。例 4 中，这一习语不仅承载着原文的文化信息，刻画小说人物的心理状态，还关系到故事情节的发展，故译者有必要在保留文化形象的同时，准确地传译原文之意。尽管英语中也有类似的表达(A dead mouse feels no cold)，但白亚仁没有采用套译法，而是以"A dead pig"和"hot water"分别直译了"死猪"和"开水"，原文习语中的讽喻形象和文化信息都得以保留，且准确地传达了原文习语的意思。

例5. 虽然他早我来到这里，仍然流下了<u>白发人送黑发人</u>的眼泪。（余华，2013：216）

Although he had arrived here before me, he still shed the tears that <u>white-haired people shed for dark-haired ones</u>. (Yu Hua, 2015：203)

"白发人送黑发人"是具有指代性意义的习语。白发人指代长辈，黑发人指代晚辈，这一习语的深层含义是年轻人英年早逝，先于长辈离开人世。例5中，这里用来形容养父杨金彪为"我"英年早逝而伤心落泪的痛楚。白亚仁用"white-haired people"和"dark-haired ones"分别直译原文中"白发人"和"黑发人"，进而保留了原文中的文化形象，激发读者脑海里白发苍苍的老人泪别年轻人的画面。

四、形象保留的套译

例1. 我的突然离婚对我父亲是一个<u>晴天霹雳</u>，他一脸惊吓地看着我，我简单地告诉他我们离婚的原因。（余华，2013：47）

For my father, my sudden divorce was <u>a bolt out of the blue</u>. He looked at me with a face of pure shock as I briefly explained the reasons for the divorce. (Yu Hua, 2015：46)

"晴天霹雳"喻指令人震惊、难以接受的事情发生。英语习语中也有类似的表达"a bolt out of the blue"，"the blue"指代蓝天，"bolt"指雷电或闪雷，这些基本近似于原文习语中的隐喻形象。因此，在此例中，白亚仁在译文中直接进行套译，巧妙地保留了原文中的隐喻形象，可以说是神来之笔。

例2. 天安门广场每天都是<u>人山人海</u>的壮观景象。（余华，2011：15）

Every day the Square was <u>a sea of people</u>. (Yu Hua, 2012：7)

"人山人海"比喻人群如山似海，形容大量人群聚集。英语也有类似的习语

135

"a sea of people"。例 2 中，白亚仁直接借用这一表达，使得原文中"人海"的隐喻形象得以保留，同时也传达了原文之意。

例 3. 我的计策成功了，用今天的话来说，这叫行贿；用"文革"时期的话来说，这叫打出了一颗<u>糖衣炮弹</u>。（余华，2011：87）

My scheme had succeeded through bribery, we would say today—or through <u>a sugar-coated bullet</u>, as we would have put it then. (Yu Hua, 2012：85)

"糖衣炮弹"的表层含义是糖衣裹着的炮弹，深层含义是通过巧妙伪装使人乐于接受的进攻性手段。英语中也有此类表达"sugar coated bullet"或"sugar-coated bullet"。在此例中，白亚仁直接进行套译，原文中的"糖衣"和"炮弹"的形象都在译文中得到了留存。

五、形象保留的意译

例 1. "我对他说：'<u>蛤蟆想吃天鹅肉</u>'。"（余华，1999a：114）
"I told him：You're got as much chance as <u>the toad that fancied the swan.</u>"
(Yu Hua, 2014：100)

"蛤蟆"和"天鹅"是分别象征美和丑的形象，形成鲜明的对比反衬，这一习语比喻不切实际的痴心妄想，这里表达了小说人物温红拒绝和轻蔑的态度。例 1 中，白亚仁以"toad"和"swan"译"蛤蟆"和"天鹅"，从而保留了原文习语中的对比形象。原文中的"想吃"被意译为"fancied"（幻想），这是对习语深层意义的释义。总体来看，白亚仁的译文不仅保存了原文习语中的形象，而且还阐释了习语所蕴含的深层意义。

例 2. 我们恋爱的消息在公司里沸沸扬扬，男的百思不解，认为李青看不上市里领导的儿子看上我是<u>丢了西瓜捡芝麻</u>。（余华，2013：41）
News of our romance spread like wildfire. The men found it baffling：in their

eyes, Li Qing falling for me after rejecting the sons of city officials was like someone <u>favoring a sesame seed over a watermelon</u>. (Yu Hua, 2015: 39)

在此例中，通过对比"西瓜"和"芝麻"两个形象的大小形状，很容易让人联想到该习语的引申义，即做事情因小失大，得不偿失。这里描述了美貌又优秀的"李青"选择相貌和资质平庸的"我"招来了众人的非议。白亚仁将其英译为"favoring a sesame seed over a watermelon"（喜欢芝麻胜过西瓜），重新阐释了习语的意思，同时还保留了"西瓜"和"芝麻"的形象，表达效果与原文基本一致。

例 3. 这是李月珍的意见，她认为我插在中间会妨碍他们恋情的正常发展，我应该是<u>水到渠成</u>般的出现。（余华，2013：65）

This reflected Li Yuezhen's view that for me to join the fun would hinder the normal development of the romance, and my appearance should be delayed until <u>the waters had settled in their course</u>. (Yu Hua, 2015: 67)

"水到渠成"让人联想到水流之处必有渠沟的形象，喻指条件成熟后事情自然办得顺利。例3中，白亚仁保留习语中"水"的形象，舍弃"渠"的形象，通过意译处理成"the waters had settled in their course"（水流必有沉积），尽可能地再现原文习语的形象，让译文读者体会汉语习语表达的形象性和异质性，延缓他们的审美时间，显然比英译为"Things will run smoothly if the conditions are right"更耐人寻味。

综上所述，我们可以总结出白亚仁偏好使用形象舍弃的意译可能主要出于以下三方面的原因：第一，有些原文中的习语形象具有很强的抗译性，即在译入语文化语境中的适应能力偏弱；第二，原文习语的形象所映射的联想意义与上下文语境有些许偏差；第三，为了保证译文的简洁性。对于这些习语的文化形象，除了采用形象舍弃的意译，他还分别使用形象舍弃的套译、形象置换的套译，或者选择完全不译。

第二节 修辞格英译方法

"修辞格是为了增加语言的表达效果而采用新奇特意的表达"（王希杰，2004：11），也可以说是言谈偏离语言常规的一种形式（刁绍华等，1990）。修辞格在文学作品中的巧妙运用，可以增强语言的表达魅力，增加读者的阅读陌生感和新奇感，更有力地塑造人物的个性特征，有效地推动故事情节的发展，甚至可以达到深化主题的效果。因此，准确地传译原作中的修辞格至关重要，关系到叙事内容的理解、人物个性的塑造、故事情节的发展、主题的阐释乃至原作文学性的重塑。

陈望道（1997）对修辞格进行分类，共有 38 种，如：比喻、夸张、双关、对偶、排比、顶真、移就、飞白等。因篇幅有限，本研究仅聚焦具有代表性的隐喻、拟人、前景化修辞格。修辞格的翻译方法主要有直译、意译、转换、引申。（梁志坚，2007：18)不同于传统的修辞格英译方法，本研究借用谭学纯等学者提出的修辞认知与概念认知的概念，探讨白亚仁英译修辞格的转换方式。

修辞认知与概念认知是人类认识、表征世界的两种主要方式（谭学纯、朱玲、肖莉，2006：23）。"概念认知是以一种规定的语义指向事物的共性，在逻辑语境的支持下，以概念组合体现事物的逻辑关系，它是人类把握和认知世界的普遍方式。"（同上：23）换言之，概念认知以概念化的方式锁定对象，理性地接近认知对象的普遍意义。"修辞认知则常常偏离事物的常规语义，在审美语境的支持下解除概念认知的普遍性，脱离事物的逻辑关系，激发人的感性体验，它是一种主体化的认知方式。简言之，修辞认知以审美化的方式理解对象，激活主体的新奇感重新感知对象。"（同上：23）在认知活动中，人们经常将概念认知转换为修辞认知（同上：23），还有修辞认知对概念认知的隐性介入（同上：25）。

研究发现，对于修辞格的英译，白亚仁主要采用了转换与省略的翻译方法。具体而言，转换与省略包括修辞认知转换为概念认知、修辞认知的同类转换与异类转换、概念认知转换为修辞认知、修辞认知的省略，下文将结合实例进行逐一阐释。

一、隐喻修辞的转换与省略

亚里士多德(Aristotle，1954：150)对隐喻的定义是"把属于一事物的名称指另一事物"。周式中(1999)认为隐喻是指一个或多个意象、象征、概念喻指另一个意象、象征、概念。陈望道(1997：72)对譬喻的界定是：甲事物同乙事物有类似点，因而语言表达时就可以用乙事物来比拟甲事物。譬喻又分为隐喻、明喻和借喻这三种。亚里士多德则认为明喻也是隐喻，二者几乎没有区别(转引自Kennedy，2007：205)。基于学者们对隐喻的定义和陈望道对譬喻的分类，本研究认为隐喻修辞包括明喻和隐喻这两类。

"余华作品充满隐喻，是他创作的一个重要元素"(王首历，2010：72)，他的"创作观念中存在着的存在主义的存在者和存在、真实和真理等与隐喻勾连的现象"(郑夜白，2019：10)，且"文学性和修辞性的核心取决于隐喻"(季广茂，2005：82)。因此，在译文中再现隐喻修辞，不仅关乎原作语言风格的忠实传达，而且还涉及原作修辞性和文学性的再现。研究发现，白亚仁在翻译中对隐喻修辞的转换与省略包括：隐喻修辞认知转换为概念认知、隐喻修辞认知省略、隐喻修辞认知的同类转换与异类转换，下文将结合实例进行分析。

(一)隐喻修辞认知转换为概念认知

在传统意义上，虽然修辞是"有效沟通的艺术或技巧"(Leech & Short，2007：169)，但原文中有些意象具有较强的文化特性，这意味着这些意象在译语文化中的适应性就偏弱，若保留原文中的修辞认知，反而容易令译文读者误解。此外，译文读者的接受水平和审美习惯，也是译者进行修辞转换需要考量的因素。如果将原文的修辞认知进行同类修辞转换的效果不如概念认知显得自然贴切，译者则将原文的修辞认知转换成概念认知，或将它们直接省略。白亚仁也有此类的翻译处理，译例如下：

例 1. 这时林孟拍拍我的肩膀，他说："作为朋友，我提醒你一句，你不要把萍萍培养成一只<u>母老虎</u>，因为以后你是她的丈夫了。"(余华，1999a：161)

At this point, Lin Meng patted me on the back. "As a friend," he said, "I want to give you some advice. Don't try to convert Pingping into a <u>shrew</u>, because you're going to be her husband in the future. "（Yu Hua, 2014：175）

"母老虎"的意象用来指泼妇或凶狠可怕的女人，有着让人不寒而栗的形象。例1中，白亚仁放弃此意象，以"shrew"（悍妇、泼妇）译"母老虎"，将原文的隐喻修辞认知转换成概念认知，这样一来，原文的隐喻修辞象征在译文中被隐化。白亚仁之所以这样处理，估计是考虑到译文读者对 shrew 的接受度比 tigress 更高。经查证，shrew 在美国当代语料库中出现频次为472①，而 tigress 的出现频次仅是168②，证实了白亚仁在翻译中十分重视译文读者的接受。

例2. 四天前鼓舞人心的撤离只是<u>昙花一现</u>。（余华，1995a：261）

The jubilant exodus of four days earlier had been just <u>a passing glory</u>. （Yu Hua, 2018：195）

"昙花"属于仙人掌科植物，从花朵逐渐开放到枯萎仅仅只有4个小时，故有"昙花一现"的讲法，喻指美好的景象或事物短暂的出现，稍纵即逝。例2中，如果保留原文中的"昙花"的隐喻意象，就意味着需要加注辅助译文读者的理解，这样行文累赘，不利于叙事的流畅。因而白亚仁用"a passing glory"（转瞬即逝的荣耀）将原文的修辞认知转换成概念认知，虽然淡化了原文的隐喻形象，却有效增强了叙事节奏的紧凑性。

例3. 他的声音如<u>惊弓之鸟</u>。（余华，1995a：265）

He sounded <u>rattled</u>. （Yu Hua, 2018：201）

---

① 数据查询参见：美国当代语料库 https：//www. english-corpora. org/coca/，查询日期2020年12月19日至21日。

② 数据查询参见：美国当代语料库 https：//www. english-corpora. org/coca/，查询日期2020年12月19日至21日。

"惊弓之鸟"原指鸟儿因为受到惊吓而显得惊慌、不安定，喻指受过惊吓的人遇到风吹草动就恐慌、害怕。在此例中，该习语用来形容林刚担心地震发生的惊恐心态。因为林刚属于小说中的次要人物，与之有关的细节并不影响故事情节的发展。因而白亚仁舍弃原文中"惊弓"和"鸟"的意象，用"rattled"（惊慌失措）将原文的隐喻修辞认知转换成概念认知。虽然原文的隐喻修辞象征不复存在，但译文显得简洁凝练。

（二）隐喻修辞认知的省略

除了将原文中文化阻抗性强的修辞认知话语转变成概念认知话语外，白亚仁有时还会进行省译处理；或是考虑到叙事的流畅性及上下文语境的需要，也会将其省略不译，请看下例：

例4. 如果不是母亲，母亲瘦小的身体和她瘦小的哭声抵挡住两个像狗一样叫哮的男人，那么我那本来就破旧不堪的家很可能成为废墟。（余华，2004：41）

Were it not for Mother, whose tears and diminutive figure were the only obstacles in the way of these two raging males, our home, already so ramshackle, might well have ended up a complete ruin.（Yu Hua, 2007：45）

在此例中，原文中用"狗"的意象来形容人愤怒后失去理智的野蛮状态，这种隐喻修辞在汉语中司空见惯。如"狗仗人势"喻指坏人依靠势力欺凌他人，"狗胆包天"喻指坏人为所欲为，"狐朋狗党"形容不务正业的人，这种用"狗"喻指"卑劣"的修辞话语在原文的文化语境中已经得到了"合法化"。这与"狗"在西方文化语境中的类指褒义的比喻形象截然不同，如"love me, love my dog"，这里的"dog"喻指与"我"相关的一切，"a lucky dog"喻指"幸运儿"，"top dog"喻指当权派。因此，考虑到中西文化的差异导致读者对"狗"这一意象引发褒贬联想意义的差异，白亚仁省略不译"狗"的意象。虽然原文的隐喻修辞话语消失殆尽，但译文更符合目的语的修辞认知场域。

例 5. 我坐在池塘旁时，经常看到孙光明在那几个走起路来还磕磕绊绊的孩子簇拥下，像<u>亲王</u>一样耀武扬威地走来或者走去。(余华，2004：31-32)

As I sat by the pond, I often saw kids who were still unsteady on their legs clustered around Sun Guangming as he bustled about self-importantly. (Yu Hua, 2007：35)

在此例中，原文中"亲王"这一隐喻形象的文化个性较强，这意味着它在译入语文化语境中的适应性弱，于是白亚仁省略不译，这样简化处理并不影响人物行为特征的描写，且译文更加简洁流畅。

例 6. 自从这个发现后，在我每次走入住宅区时，我便感到自己走入了千百条<u>蛇</u>的目光之中。(余华，1995b：88)

Ever since I gained that insight, each time I enter one of these residential streets I feel as though I'm being watched by a thousand pairs of beady eyes. (Yu Hua, 2018：81)

在此例中，这里的"蛇"喻指人，千百条蛇就是许许多多的人，白亚仁直接省略不译。因为如果再现此隐喻修辞，恐怕会引起译文读者的误解，不能理解住宅区为何无端地出现这么多只"蛇"。

例 7. 随后向父亲申辩自己没有砸路灯，他那时<u>像个十足的叛徒</u>指着我和刘小青说："他们在打路灯。"(余华，2004：228)

He tried to clear himself of any suspicion of wrongdoing, insisting that he wasn't involved, and he even went so far as to <u>defect completely from our camp</u>, pointing at Liu Xiaoqing and me and saying, they're the ones doing it. (Yu Hua, 2007：237)

例 7 中，"像个十足的叛徒"这一表达是中西方读者都熟悉的修辞话语，但文中的"他"并非传统意义的"叛徒"（具有背叛行为的不义之人）。这里用来形容国庆向他父亲指证"我们"打路灯的行为。根据上下文的语境，这种指证显然不足以被形容成"叛徒"。因此如果以"like a real traitor"来翻译"像个十足的叛徒"，虽然保留了原文的隐喻修辞，但未免有些言过其实。于是，白亚仁省略不译，而是用"defect completely from our camp"（与我们的小团体完全脱离）准确地传达了原文的语义内涵。

　　例 8. 于是在那个上午，我父亲手提两根木条<u>像个小偷似的</u>走了进来，用可笑的神秘向我弟弟下达命令，让他敲打木件。（余华，2004：187）

　　That morning he walked in with two blocks of wood in his hand and with an air of exaggerated mystery instructed my little brother to knock the bits of wood together. (Yu Hua, 2007：195)

　　例 8 中，原文中"像小偷似的"也是中西方读者都熟悉的修辞认知话语，但文中的"小偷"并非指偷盗行为，而是形容"我父亲"突然走进房间的状态。于是，白亚仁在译文中省略不译。这样省译并不影响上下文的理解，且叙述更为简洁。

　　例 9. 作为中国社会片面发展的必然结果，山寨现象是一把<u>双刃剑</u>，在其积极意义的反面，是中国社会里消极意义的充分表达。（余华，2011：189）

　　As a product of China's uneven development, the copycat phenomenon has as many negative implications as it has positive aspects. (Yu Hua, 2012：192)

　　"双刃剑"是一种两面都有刃的剑，比喻事情的双重影响性，既有利也有弊。例 9 中，该习语用来形容山寨现象的双重影响。白亚仁直接省译此处的隐喻修辞。虽然译文变得更为简洁明快，但原文的隐喻修辞所象征的文化意象也随之消失。

(三)隐喻修辞认知的同类转换与异类转换

翻译中修辞认知的转换可以分为同类转换和异类转换，前者指的是把原文中某一类别的修辞认知转变为译文中同一类别的修辞认知，如比喻转换成比喻，夸张转换成夸张，移就转换成移就等；后者指的是把原文中某一类别的修辞认知转换成不同类别的修辞认知，如比喻转换成移就，夸张转换成比喻，移就转换成比喻等。(冯全功，2017b：130)白亚仁在翻译过程中经常采用修辞认知的同类或异类转换，试看几例：

1. 修辞认知的同类转换

例10. 他会像扔一条裤子似地把我从窗口扔出去。(余华，1995a：13)

He could throw me out the window with as little effort as he would toss out a pair of pants. (Yu Hua, 2018：5)

例11. 街上的西北风像是吹两片树叶似地把我和大汉吹到了朋友的屋门口。(余华，1995a：13)

Once we were in the street, the north wind blew me and the big fellow to the friend's house just as quickly as it would blow a couple of leaves off a tree. (Yu Hua, 2018：6)

例12. 我当时心里就像被猫爪子抓住一样难受。(余华，1999a：114)

I was as petrified as a mouse in a cat's jaws. (Yu Hua, 2014：100)

例13. 我不知道他们为什么这样高兴，他们笑得就像风里的芦苇那样倒来倒去。(余华，1999a：2)

They were laughing so hard they swayed back and forth like reeds in the wind. (Yu Hua, 2014：3)

例14. 欣喜的神色像一片树叶的影子那样出现在他的脸上。(余华，

2013：218）

Joy appeared on his face like the shadow of a tree leaf. （Yu Hua, 2015：205）

例 15. 说完他蹲下去又吱吱地笑了，笑得就像是知了在叫唤。（余华，1999a：12）

Then he squatted down and cackled as loud as a cicada chirping. As soon as he relaxed his grip, the dog dashed off. （Yu Hua, 2014：12）

例 16. 男孩发出了尖叫，声音就像是匕首一样锋利。（余华，1999a：28-29）

The boy screamed with a cry as sharp as a knife. （Yu Hua, 2014：27）

例 17. 我的父母就像是两只被扔进水里的鸡一样，狼狈不堪地挣扎着。（余华，2004：10）

My parents floundered about clumsily, like chickens tossed into a lake. （Yu Hua, 2007：12）

上面这些例子中，白亚仁都保留了原文中的隐喻意象，进行修辞认知的同类转换，如："像扔一条裤子似地"（as he would toss out a pair of pants），"像是吹两片树叶似地"（as it would blow a couple of leaves off a tree），"像被猫爪子抓住"（as a mouse in a cat's jaws），"像风里的芦苇"（like reeds in the wind），"像一片树叶的影子"（like the shadow of a tree leaf），"像是知了"（as a cicada），"像是匕首"（as a knife），"像……鸡"（like chickens）。原文中的修辞话语在目的语中得到完整呈现，让译文读者感受原文隐喻修辞的特色，激发他们的审美感受，从而增强了译文的文学性。

例 18. 我们这边的交谈只是舞台下乐池里的伴奏。（余华，2013：9）

Our conversations were more like an accompaniment from the orchestra pit.

（Yu Hua, 2015：9）

例 19. 他们的<u>嘈杂之声</u>是当年越过芦沟桥的<u>日本鬼子</u>。（余华，1995a：244）

They were making as much din <u>as the Japanese did that year they crossed the Marco Polo Bridge.</u>（Yu Hua, 2018：173）

例 20. <u>我</u>将会<u>是</u>这个家庭冲突和麻烦的<u>导火索</u>。（余华，2013：73-74）

In the long run <u>I</u> would have <u>been a flash point for conflict and strife.</u>（Yu Hua, 2015：68）

在例 18、例 19、例 20 中，原文中的"交谈是……伴奏""嘈杂之声是……日本鬼子"和"我……是导火索"都属于隐喻修辞，白亚仁将之进行同类修辞转换，分别以"like an accompaniment from the orchestra pit""as the Japanese did that year they crossed the Marco Polo Bridge"和"been a flash point for conflict and strife"转译了原文的隐喻修辞话语，形象生动地再现了原文中出现的人物或事物，原作语言的魅力在译作中得到了"重生"。

例 21. 他叹息自己的精力全部用在对付嫖客那里，没有提防警察，结果<u>阴沟里翻了船</u>。（余华，2013：129）

Unfortunately, he had focused too much of his energy on attending to his clients and not taken enough steps to guard against the police. That was how he ended up tumbling into the <u>sewer</u>, he said.（Yu Hua, 2015：124）

在此例中，原文中的"阴沟"意象喻指"警方"。白亚仁以"the sewer"（阴沟）传译了原文的隐喻修辞。译文读者可以根据上下文内容判断此处隐喻的具体所指，给译文读者留下想象空间，从而体会原文隐喻修辞的讽刺效果。

例 22. 我又去问萍萍："这究竟是怎么一回事？我现在脑袋里没有脑浆，

全是<u>豆腐</u>，我完全糊涂了。"（余华，1999a：162）

"Just what is going on here?" Again I turned to her. "My brains are turning to <u>mush</u>. This is driving me crazy." （Yu Hua，2014：176）

例 22 中，原文中的"豆腐"形容"头脑杂乱无序的状态"，这里用来形容"我"被好友误解而不知所措的状态。白亚仁用"mush"（糊状物）进行隐喻修辞的同类转换，"糊状物"或许比"豆腐"更能表达原文的语义内涵，让译文读者深切地感受到小说人物混乱不安的心态。

2. 修辞认知的异类转换

文学翻译中，修辞认知的异类转换主要有三种原因：一是无法在译入语中找到恰当的同类转换，二是译文读者无法接受原文中修辞认知的同类转换，三是相较于同类转换，异类转变更能增强译文的文学性。（冯全功，2017b：131）通过文本细读，本研究发现白亚仁更多是出于增强译文的文学性而对原文的修辞话语进行了异类转换，试看几例：

例 23. 那动作像是<u>虾钳一样迅速</u>。（余华，1999a：36）

His elbow twitched with <u>the speed of a lobster's pincers</u>. （Yu Hua，2014：35）

例 23 中，原文中"像是虾钳"属于隐喻修辞，形容小说人物马儿吃虾的麻利状态。白亚仁用"the speed of a lobster's pincers"（虾钳的速度）将原文的隐喻修辞转换成移就修辞，属于修辞认知的异类转换。移就修辞增加了语言的陌生感和新奇感，一定程度上增强了原文的修辞性和文学性。

例 24. 这使孙有元勃然大怒，他对准一个伙计的鼻子就是狠狠一拳，那家伙的身体就像<u>弹弓上射出的泥丸</u>，弹出去跌倒在地。（余华，2004：156）

This incensed Sun Youyuan, who swung a heavy fist in the face of one, knocking him to the ground <u>with the force of a pellet hurled from a slingshot</u>. （Yu Hua，2007：163）

例 24 中，原文的"像弹弓上射出的泥丸"属于隐喻修辞，白亚仁用"with the force of a pellet hurled from a slingshot"(用弹丸从弹弓中射出的力量)将原文的隐喻修辞转换成夸张修辞。显然，夸张修辞比原来的隐喻修辞更具有语义的张力，凸显了小说人物孙有元的年轻力壮，与下文中他的疾病交加、年老体衰形成强烈的对比。

例 25. 我现在回顾他当初的背影时，已经像一个阴影一样虚无了。(余华，2004：167)

When I try now to recall the image of him standing there, I see only a hazy shadow. (Yu Hua, 2007：175)

在例 25 中，原文的"像一个阴影一样虚无"属于隐喻修辞，白亚仁用"only a hazy shadow"(只有一个朦胧的影子)将其转换成夸张修辞，属于修辞认知的异类转换。译文中的夸张修辞凸显了孙有元长期遭受儿子的虐待而变成孱弱、胆小的形象特征。夸张修辞更具有渲染效果，该修辞使译文读者能更好地把握小说的人物特征。

例 26. 不言而喻，无产阶级"文化大革命"立刻像熊熊燃烧的火焰一样吞噬了中国。(余华，2011：25)

No wonder, then, that the great proletarian Cultural Revolution soon engulfed China with the speed of an unquenchable wildfire. (Yu Hua, 2012：16)

在例 26 中，原文中"像熊熊燃烧的火焰"属于比喻修辞，形容"文化大革命"以一种不可遏制的速度席卷了中国。白亚仁用"the speed of an unquenchable wildfire"(熊熊野火的速度)将原文的隐喻修辞转换成移就修辞，属于修辞认知的异类转换，从而保留甚至提升了原文的艺术性。

二、拟人修辞的转换与省略

陈望道(1997：117)对"拟人"下的定义是："把人比拟成物，称之为拟物；

把物比拟成人，称之为拟人"。拟人是一种修辞格，它把物当作人，把人当作物，把此物当作彼物来描写(刘建明等，1994)。具体来说，拟人就是赋予物以人的各种特征的修辞方式(唐松波，2010：166)，使物具有人的情感、思想或神态特征的修辞格(黄丽君，2011：173)。

对于拟人的定义和分类，西方修辞学与汉语修辞学略有不同。古拉尔尼克(David B. Guralnik)(1987：446)在《韦伯斯特新世界美国语言词典》(*Webster's New World Dictionary of the American Language*)中对拟人下的定义是"将事情或物体人格化的一种修辞格"。班德(Robert G. Bander)(1978：176)指出"拟人是把人的特征赋予动物、物品、抽象概念和事件"。库登(J. A. Cuddon)(1979：501)认为"拟人是使无生命的物体、抽象物体的人格化"。可见，西方修辞学在拟人的界定上与汉语修辞学大体相同。但西方的修辞体系对拟人与拟物的分类作了区分：拟物属于隐喻的一种形式；拟人(personification)则从隐喻中剥离出来，单独归类(李亚丹、李定坤，2005：180)。

根据中西修辞学对拟人的定义和分类，有必要界定本研究的拟人修辞的范围。本研究以西方修辞学的拟人修辞范畴为参照，不包括汉语修辞学中的拟物。此外，笔者重新界定拟人的定义：拟人修辞就是把无生命的物品(比如抽象概念、无生命体征的外物)、有生命的物体(比如动物、植物)赋予它们人的情感、思想、人格品质、神态等特征，使所描述的事物或事件更加形象生动。据此定义，结合谭学纯、朱玲、肖莉(2006：23)提出的修辞认知与概念认知的概念，研究发现白亚仁在翻译中对拟人修辞的转换与省略包括：拟人修辞认知转换为概念认知，拟人修辞认知的省略和拟人修辞认知的同类转换。

(一)拟人修辞认知转换为概念认知

若原文有些拟人修辞的人格化特征不符合译文读者的审美习惯，或者与译入语的表达规范冲突，或者再现这些拟人修辞会让行文变得冗长乏味，白亚仁则将之处理成概念认知话语，或将它们直接省略，具体可参见以下译例：

> **例1.** 似乎过去了很长时间，<u>她的声音苏醒过来</u>。(余华，2013：52)
>
> A lot of time seemed to pass before <u>her voice regained its strength</u>. (Yu Hua,

2015：50)

例 1 中，原文的"声音"被赋予人的行为特征——苏醒过来，但白亚仁并没有对此进行拟人修辞的同类转换。因为如果再现原文的拟人修辞，将其直译为"Her voice regained consciousness"，不符合英语的表达规范。"regained consciousness"仅用于有生命个体的精神或意识的恢复，经查证"regained consciousness"在美国当代语料库中出现 135 次①，都是形容人的苏醒，无一例用于无生命的个体。因此白亚仁以"her voice regained its strength"(她的声音恢复了力量)来翻译"她的声音苏醒过来"，把原文的拟人修辞认知转变成概念认知。

例 2. 飘落的雪花让这个城市有了一些光芒，浓雾似乎慢慢卸妆了，我在行走里隐约看见街上来往的行人和车辆。(余华，2013：5)

The falling snow had brought some light to the city and the thick fog seemed to slowly dissipate as I walked, so that I could faintly make out pedestrians and vehicles going to and fro. (Yu Hua, 2015：5)

例 2 中，原文的"浓雾"被赋予人的行为方式——卸妆，但出于叙述简洁的考虑，白亚仁并未对此进行拟人修辞的同类转换。白亚仁以"the thick fog seemed to slowly dissipate"(浓雾似乎慢慢消失)来翻译"浓雾似乎慢慢卸妆"，把拟人修辞认知转换成概念认知。显然，再现原文的拟人修辞，将原文译为"the thick fog seemed to slowly take its make-up off."不如将拟人修辞转变成概念认知话语，后者使译文显得简洁明快。

例 3. 我的悲伤还来不及出发，就已经到站下车。(余华，2013：26)

My grief for her had been nipped in the bud, long before it had had time to grow to its natural dimensions. (Yu Hua, 2015：28)

---

① 数据查询参见：美国当代语料库 https://www.english-corpora.org/coca/，查询日期2020 年 12 月 23 日。

例 3 中，原文的抽象概念"悲伤"被人格化，它被赋予人的行为特征"出发"和"下车"，把小说人物杨飞的伤感描述得具体化。白亚仁并没有再现原文的拟人修辞认知，而是转换成概念认知"My grief…nipped in the bud, long before…grow to its natural dimensions"（我的悲伤尚未萌发，就已被扼杀在萌芽之中）。如果对此进行拟人修辞的同类转换，译文就变成"My sadness got off the train…"，容易造成读者的误解。虽然原文的修辞形式没有得到保留，但译文离原文的精神和内容最近。

（二）拟人修辞认知的省略

例 4. 欣喜的树叶影子在他脸上移走，哀伤的树叶影子移了过来。（余华，2013：218）

The joyful shadow left his face, to be replaced by a shadow of grief. （Yu Hua, 2015：206）

在此例中，原文中"树叶影子"被赋予人的行为方式——移走或移动，形象生动体现了小说人物"伍超"由喜转悲的迅速变化。原文中的"移"重复了两次，体现了汉语喜欢重复的表达特点。英语则尽可能采用同类替换的方式以避免重复。如例中所示，第一个"移走"用"left"，第二个"移了过来"省略不译，用"to be replaced"接续后面的内容。前者属于拟人修辞认知的同类转换，后者属于拟人修辞认知的省略。虽然原文的拟人修辞没有得到完整保留，但译文更符合英语的表达习惯。

例 5. 虽然爱情的脚步在屋前走过去又走过来，我也听到了，可是我觉得那是路过的脚步，那是走向别人的脚步。直到有一天，这个脚步停留在这里，然后门铃响了。（余华，2013：38-39）

Although love's footsteps could be heard outside the room, I felt they were steps heading somewhere else—until one day when the steps came to a halt and the bell rang. （Yu Hua, 2015：37）

例5中，原文中"爱情的脚步"被赋予人的行走方式——走过去又走过来，展现小说人物杨飞在爱情来临时犹豫不决又怦然心动的心境。但白亚仁对原文中"走过去又走过来"省略不译，因为下文中已提到"我也听到了"爱情的脚步，意味着爱情的脚步就在"我"身边徘徊，因而原文中的"走过去又走过来"没有必要译出。将原文的拟人修辞省略不译，使得译文表述更加简洁。

(三) 拟人修辞认知的同类转换

对于原文中的拟人修辞，白亚仁基本都进行了同类转换，尽可能再现原文生动、形象的修辞话语，试看几例：

例 6. 然而后来，一些<u>帆船</u>开始在远处的水域航行，船帆如一些破旧的羽毛插在海面上，它们摇摇晃晃显得<u>寂寞难忍</u>。（余华，1995a：229）

But later, sailboats began to appear in the far distance, their <u>sails</u> stuck into the ocean surface like dilapidated feathers, rocking back and forth <u>in loneliness.</u>（Yu Hua，2018：155）

例6中，原文的"帆船"被人格化，被赋予人的情感、情绪特征"寂寞难忍"。这里以帆船在远处的水域航行的孤独和落寞，反衬避难者被迫离开家园的凄苦和心酸。白亚仁用"their sails…in loneliness"对其进行拟人修辞认知的同类转换，再现原文"借物喻人"的深层内涵，有助于读者理解小说人物凄苦无助的内心状态。

例 7. 疲惫的<u>思维躺下休息</u>了，身体仍然向前行走，走在无边无际的混沌和无声无息的空虚里。（余华，2013：108）

<u>Weary thoughts lay down and rested</u>, but my body continued to move through a boundless void, an empty silence.（Yu Hua，2015：105）

例7中，原文的抽象概念"思维"被拟人化，使其具有人的行为特征"躺下"和"休息"，生动地展现小说人物杨飞走出繁复记忆的神态。白亚仁用"Weary thoughts lay down and rested"实现了拟人修辞认知的同类转换，与原文的拟人修辞

所产生的效果无差别。

例8. 我一边走一边环顾四周，感到<u>树叶仿佛在向我招手</u>，<u>石头仿佛在向我微笑</u>，<u>河水仿佛在向我问候</u>。（余华，2013：127）

I looked around me as I went, and it felt as though <u>the leaves</u> were <u>beckoning</u>, <u>the stones</u> were <u>smiling</u>, <u>the river</u> was <u>saying hello</u>.（Yu Hua, 2015：122）

例8中，原文中的"树叶""石头"和"河水"都被人格化，被赋予人的行为方式"招手""微笑"和"问候"，原文描述了死后的世界里每个人被平等对待的公正与美好，反衬生前世界的悲惨和黑暗。白亚仁在译文中再现了原文所有的拟人修辞，使译文读者获得同等的审美感受，有助于他们理解小说对社会现实批判的主题内涵。

例9. 这时候两条亮闪闪的<u>铁轨</u>在我脚下<u>生长出来</u>，向前<u>飘扬而去</u>，它们<u>迟疑不决的模样</u>仿佛是两束迷路的光芒。然后，我看见自己出生的情景。（余华，2013：63）

Just at this moment two shining <u>rails grew up</u> beneath my feet and <u>swirled ahead</u> of me. <u>They appeared tentatively</u>, like rays of light that had lost their way, but they led me to the scene of my birth.（Yu Hua, 2015：57）

例9中，原文中的"铁轨"被赋予人的行为和思想特征，即"生长""飘扬而去"和"迟疑不决的模样"，这里暗示了小说人物杨飞生前与铁轨有着不解之谜，为后文漫长的叙事埋下了伏笔。白亚仁在译文中再现了原文所有的拟人修辞，激发了译文读者阅读下文的兴趣。

例10. 我的眼睛也湿润了，赶紧转身离去，走出一段路程后，身后的<u>哭声像潮水那样追赶过来</u>，他们两个人哭出了人群的哭声。（余华，2013：150）

My eyes misted up too as I went on my way. After I had gone some distance, the wailing behind me pursued me like a tidal surge. Just the two of them wept as much as a whole crowd might. (Yu Hua, 2015: 143)

在此例中，原文描述了一对因暴力强拆而身亡的夫妇，得知未成年的女儿还在等待他们的归来时禁不住放声大哭的场景。原文中无生命的"哭声"被拟人化，使其具有人的动作"追赶"。白亚仁用"the wailing behind me pursued me"(身后的哀嚎声追赶着我)进行拟人修辞认知的同类转换，形象地展现了无法抑制的哭声如潮水般滚滚而来的态势。

例 11. 鼠妹身旁的青草和野花纷纷低下头弯下腰，仿佛凝视起她的身体，它们的凝视遮蔽了她的身体。(余华，2013：197)

The grasses and wild flowers growing so profusely around her lowered their heads and bent at the waist as though lost in admiration, their gaze concealing her body from onlookers. (Yu Hua, 2015: 187-188)

在此例中，原文描述了在死后的世界里青草和野花都愿意为鼠妹提供便利，帮助其遮蔽身体，暗讽活着世界里的人却在行凶作恶。原文中的"青草"和"野花"都被拟人化，赋予人的行为方式，即"低下头""弯下腰"和"凝视"。白亚仁在译文中再现了原文所有的拟人修辞，有助于译文读者理解作品中的现实批判意义。

例 12. 政治、历史、经济、社会、文化、记忆、情感、欲望等等都可以在忽悠里翩翩起舞。(《十个词汇里的中国》)(余华，2011：199)

Politics, history, economics, society, culture, memory, emotion, and desire—all these and more find a spacious home in the land of bamboozlement. (Yu Hua, 2012: 205)

在此例中，原文描述了忽悠现象已遍及各个领域。原文的抽象概念"政治……历史等"被拟人化，赋予它们"翩翩起舞"这一人的行为特征。白亚仁处理成"these…find a spacious home…bamboozlement"（都在忽悠里找到一个宽敞的家）。虽然译文的选词与原文的内容有所偏离，但总体上还是忠实原文之意，同时也实现了拟人修辞认知的同类转换。

三、前景化修辞的转换与省略

"前景化起源于俄国形式主义'陌生化'概念"（冯正斌、党争胜，2019：85），前景化是在陌生化的基础上发展而来（吴显友，2004：142）。穆卡洛夫斯基（Jan Mukarovsky）（1964：28）认为"前景"是对常规和传统的背离，体现在语言上的反常规而显现的陌生化，给人带来新奇、意外和独特的审美体验。利奇和肖特把前景化分为数量前景化和质量前景化（Leech & Short，1983：48）。韩礼德（M. A. K. Halliday）提出"语言偏离或突出是为了帮助文本的理解才算是前景化"的观点（转自刘世生，2006：41-42）。通过梳理学者们对前景化的论述，本研究发现他们的核心观点都认同前景化是对常规语言的变异、偏离和扭曲。

对日常语言的变异、偏离和扭曲是文学性的重要特征（冯正斌、党争胜，2019：85），而再现原作的文学性是文学译者的重要使命。正如丁往道、王佐良（1987：418）指出，文学翻译的译者应该要善于识别"变异"，并在译文中还原这些"变异"。在余华的作品中，前景化的语言比比皆是（黎晨，2009：15）。因此，白亚仁如何再现这些前景化的表达，不仅关系到原文语言风格的传译，还涉及原作文学性的再现。

研究发现，白亚仁在翻译中对前景化修辞认知的转换与省略包括：前景化修辞认知转换为概念认知、前景化修辞认知省略、前景化修辞认知的同类转换。

（一）前景化修辞认知转换为概念认知

一些前景化语言在原文的修辞认知场域具有很强的可读性和审美性，但这并不意味着这些前景化语言依然可以在译文中"保鲜"它们原有的特质。这涉及一个可读性和审美接受的问题，因此白亚仁在"前景化的重现""可读性"及"审美接受"的角力中不断博弈和抉择，当这三者无法达到博弈平衡点时，他将前景化修辞认知转换为概念认知或将其省略，试看几例：

例 1. 草绳如同电影来到村里一样，热闹非凡地来到这个婚礼上，使这个婚礼还没有结束就已悬梁自尽。（余华，2004：29）

The rope had come to the village just like a movie brought by a mobile projection team, introducing itself into the wedding to stunning effect, throttling the life out of the wedding while it was still in its prime. (Yu Hua, 2007: 32)

例 1 中，原句的主干是"草绳使婚礼悬梁自尽"，而悬梁自尽原指人的上吊自杀，这种表达是对日常用语的偏离，属于前景化修辞话语。此处暗指冯玉青悬梁自尽的威胁破坏了喜气洋洋的婚礼氛围。白亚仁以"The rope...throttling the life out of the wedding"（草绳终结了婚礼）来翻译"草绳使婚礼悬梁自尽"，把原文的前景化修辞转换成概念认知话语。主要是考虑到"悬梁自尽"（commit suicide by hanging oneself from a beam）的英译容易导致译文读者的曲解。虽然原文的前景化修辞没有在译文中呈现，但白亚仁基本准确地传达了原文的语义内涵，译文读者也能领略到婚礼现场的尴尬氛围。

例 2. 我作为一个哨兵站在教室门外时，体会到的是内心欲望的强烈冲击，尤其是听到里面传来长短不一的惊讶声，我心里一片尘土飞扬。（余华，2004：75）

In my post outside the classroom door I was assailed by desire, and the gasps from inside the room—some long, some short—made my pulse race. (Yu Hua, 2007: 78)

"尘土飞扬"本用于形容大风出来时灰尘沙粒在空中飞扬飘散的场景，而此处却用来形容"我"内心紧张的状态，给读者带来陌生的阅读体验。例 2 中，白亚仁以"made my pulse race"（使我心惊肉跳）来翻译"我心里一片尘土飞扬"，将原文的前景化修辞认知转换成概念认知，原文的陌生化效果消失殆尽。如果再现原文的前景化修辞（My heart was filled with dust），会给译文读者带来阅读上的障碍，且无法与上文保持句意上的连贯。

例 3. 我父亲一下子傻了，脸上洋溢的幸福神色顷刻间变成呆滞的<u>忧伤</u><u>表情</u>，这样的表情在后来的一段时间里<u>生长</u>在他的脸上，而不是<u>风雨那样一</u><u>扫而过</u>。(余华，2013：73)

My father was speechless. The cheerful glow that lit up his features gave way at once to a stiff, pained expression, and <u>that look of distress, rather than passing</u> <u>quickly, settled on his face for some time.</u>（Yu Hua，2015：67-68）

例 3 中，原文用"生长""风雨那样一扫而过"来形容"忧伤表情"，这是对日常语言的一种"变异"。这里用来形容养父杨金彪在养育杨飞和寻找自己爱情之间难以抉择的痛楚。白亚仁将以上前景化修辞认知转换成概念认知，英译为"that look of distress, rather than passing quickly, settled on his face for some time"（这种痛苦的表情并没有很快消失，而是在他脸上停留了一段时间），原文的陌生化效果消失殆尽。

例 4. 生命闪耀的<u>目光</u>在父亲的眼睛里<u>猝然死去</u>，父亲脸上出现了安详的神色。(余华，1995a：260)

<u>The spark of life had died</u> just as suddenly in Bai Shu's father eyes, before a tranquil expression appeared on his face too.（Yu Hua，2018：194）

在此例的原文中，"猝然死去"一般只能形容人的突然离世，这里用来描述"目光猝然死去"属于前景化修辞话语，这里用来凸显吴全的意外死亡。在此例中，白亚仁以"The spark of life had died"（生命的火花已经消逝）来翻译"目光猝然死去"，把原文的前景化修辞认知转换成概念认知，原文的陌生化效果荡然无存。

(二)前景化修辞认知的省略

例 5. 这位诗人在四十五岁时终于结婚了，妻子是一位三十多岁的漂亮女子，她身上的<u>凶狠</u>和<u>容貌</u>一样<u>出众</u>。(余华，2004：94)

The poet did get married when he was forty-five, to a woman in her thirties whose striking good looks were paired with a remarkably fierce temper. （Yu Hua，2007：97）

"出众"一般形容样貌或才华的出类拔萃，属褒义形容词，极少用来形容具有贬义的词语，而此处的"出众"却用来形容具有贬义意义的"凶狠"，具有陌生化的效果，凸显了小说人物的形象和个性特征。例5中，白亚仁省略此处的前景化修辞，以"striking good looks were paired with a remarkably fierce temper"（美貌与暴躁相伴相生）来翻译"凶狠和容貌一样出众"，原文的陌生化和新奇感在一定程度上被淡化了。

　　例6. 于是，他们的成功之路稀奇古怪，他们的失败之路也是稀奇古怪。然后，他们创造了稀奇古怪的社会生态。（余华，2011：192）

　　Their roads to success were highly unconventional, and so too were their roads to failure; the social fabric they have created is equally peculiar. （Yu Hua，2012：196）

利奇和肖特认为数量前景化是指某些语言表达不寻常地反复出现（Leech & Short，2007：39）。在此例中，原文中的"稀奇古怪"在两个连续的句子中反复出现了三次，属于超常规的频率复现，算是一种前景化表达。白亚仁用"unconventional"英译译例原文中的第一个"稀奇古怪"，用"so too"指代第二个"稀奇古怪"，以"peculiar"英译第三个"稀奇古怪"。显而易见，原文的前景化表达在译文中有的被替换或省略，原文的修辞效果也有所减弱。

(三)前景化修辞认知的同类转换

皮姆（Anthony Pym）（2007：273）指出翻译等值强调的并非语言形式的相同，而是价值等同。衡量翻译价值的等同应该包括语言风格、艺术性和文学性等方面的等值。前景化语言涉及语言风格和文学性两个维度的等值，如实地呈现原文的前景化语言是译者忠实度的再现。白亚仁是一位忠实度非常高的译者，对于原文的前景化修辞，白亚仁更多地采用前景化修辞认知的同类转换，最大程度地实现等值的前景化效果。

例7. 他的眼睛在笑容里红润起来，然后泪水滚滚而出。他试图将自己的悲哀传达到我一无所知的内心，我依稀记得他这样告诉我："你奶奶熟了。"（余华，2004：139）

As he tries to smile, his eyes redden; tears tumble down his face—a vain attempt to communicate his grief to my insensible heart. I faintly recall him saying to me, "Your grandma was ripe for picking." (Yu Hua, 2007：143)

在此例中，原文的"熟了"一般用于形容水果蔬菜的成熟，而这里用于形容"奶奶"已油尽灯枯，属于前景化修辞，表达了祖父孙有元对于奶奶的逝世而悲痛万分的情绪。白亚仁以"Your grandma was ripe for picking"来翻译"你奶奶熟了"，将原文的前景化修辞认知进行了同类转换，为译文读者带来了语言"变异"的新奇感，延长他们的审美感受，有助于理解小说人物的情感变化。

例8. 孙有元埋葬了父亲以后，并没有埋葬贫困，此后的几天里，他只能挖些青草煮熟了给母亲吃。（余华，2004：157）

Sun Youyuan buried his father, but he had not buried poverty, and in the days that followed he could only dig up some herbs and boil them in a broth for his mother to drink. (Yu Hua, 2007：164)

"埋葬"通常指埋葬死者，而例8之中的"埋葬贫困"并不是常规的语言表达，具有前景化的效果。这里用来形容孙有元一生挥之不去的贫穷，为后面他丧失劳力后遭受儿子虐待埋下伏笔。白亚仁用"buried poverty"（埋葬贫困）准确地传译了原文的前景化修辞，使译文读者在语言变异的阅读体验中能更好地理解故事情节的发展。

例9. 在那台老式台钟敲响了十分孤单一声之前，他深陷于昏睡的漩涡里。（余华，1995b：208）

Before the old wall clock emitted its lonely chime, he had been sunk in a deep whirlpool of confused slumber. (Yu Hua, 2018：26)

"漩涡"本用于描述风势或水势。这里用于形容睡眠的"深沉"感，偏离了日常语言的常规用法，这里暗示小说人物对现实世界的一种迷茫状态。白亚仁用"deep whirlpool of confused slumber"(迷乱沉睡的漩涡之中)进行英译，再现了原文的前景化修辞，有助于译文读者解读小说人物的内心世界。

例 10. 因此当我祖父在一庭残垣前最初见到我祖母时，他的心里出现了一片水流的哗哗声。(余华，2004：160)

That's why when my grandfather first saw my grandmother by a tumbledown wall a brook babbled in his heart. (Yu Hua, 2007：167)

例 10 中，原文描述了祖父孙有元对祖母一见钟情的感觉。"心里出现了一片水流的哗哗声"，声音一般是依靠耳朵感官来感知，而这里却用情感的感官"心"来替代听觉感官，感知声音的存在。白亚仁用"a brook babbled in his heart"(一条小溪在心中发出潺潺之声)，恰切地再现了原文的前景化表达，为译文读者带来了新鲜的阅读体验，有利于读者理解小说人物的情感变化。

例 11. 她的美丽微笑还未成长便被他摧残了。(余华，1995a：23)

Her lovely smile was nipped in the bud. (Yu Hua, 2018：126)

例 11 中，原文描述了女孩受到男朋友的责备后而懊丧的表情。"摧残"一般用来指人遭受严重的伤害或物品受到严重的损坏。而原文的"微笑"却是"摧残"动作的承受者，在语义上可以理解为"摧残微笑"，显然这是对常规语言表达的偏离。白亚仁用"nipped in the bud"(扼杀在萌芽之中)将原文的前景化修辞进行了同类转换，因为"扼杀微笑"与"摧残微笑"也有异曲同工之妙，都具有陌生化的效果，有利于激发译文读者的审美想象，从而更好地体会小说人物的心理状态。

例 12. 街道上的雨水依然在哗哗流动，他向前走去时，感受着<u>水花</u>在脚上纷纷<u>开放</u>与纷纷<u>凋谢</u>。（余华，1995a：244）

Water was still eddying, and as he advanced he felt <u>flowers</u> of foam <u>blossoming</u> and <u>withering</u> at his feet.（Yu Hua，2018：174）

例 12 中，原文的"开放"与"凋谢"一般用来形容花朵的绽放和枯萎，这里用来形容"水花"弹落在脚上和滑落至脚下的状态。这种表达明显是对日常语言的一种变异和偏离。白亚仁将其英译为"flowers of foam blossoming and withering at his feet"（水花在他的脚下盛开又凋谢），实现了前景化修辞的同类转换，再现了原文语言的艺术性。

例 13. 高楼上的灯光熄灭了，天上的<u>星星和月亮也熄灭了</u>。（余华，2013：174）

The lights in the tall buildings were extinguished and <u>the stars and moon in the sky were extinguished</u> too.（Yu Hua，2015：166-167）

例 13 中，原文的"熄灭"一般用来形容灯烛不再燃烧，这里用来形容星星和月亮的消失，是作者营造"父亲"临死前的一种意境，属于前景化修辞。白亚仁以"the stars and moon in the sky were extinguished too"来翻译"天上的星星和月亮也熄灭了"，实现了前景化修辞的同类转换，让译文读者体会到语言的新奇，同时也有利于理解小说中的环境设置与故事情节的关系。

例 14. 我走进一片树林，感到夜莺般的<u>歌声</u>是从前面的树上<u>滑翔</u>下来的。（余华，2013：165）

I entered a copse of trees, and it seemed to me that the nightingale-like song was <u>gliding down</u> from the trees in front of me.（Yu Hua，2015：157）

例 14 中，原文描写了和谐、美好的死后世界，讽喻现实的悲惨与黑暗。"滑翔"常指物体不依靠动力，利用空气浮力在空中滑行。此例中的"滑翔"形容歌声的"轻盈、流畅"，属于前景化修辞。白亚仁选用"gliding down"(滑翔下来)，实现了对原文前景化修辞的同类转换，使译文读者在陌生化的语言中体会作品对现实世界的批判。

　　翻译中的概念认知转换为修辞认知指的是译者将原文中的概念认知话语转换为修辞认知话语，或者在原文中添加一些修辞话语。这些修辞话语包括隐喻、夸张、拟人、移就等。白亚仁虽然是一位忠实度很高的译者，但不会死译、硬译。正如他所说的"重新创作原著带给它的读者的种种感受"(白亚仁，2011：33)，譬如"酌情添加原文没有的细节，以达到我认为必要的艺术效果"(同上：35-36)。这里可以理解为对翻译中创造性的一种鼓励，以求再现甚至超越原文的艺术性和文学性。乔治·斯坦纳(George Steiner)就曾提出译作超过原作的观点，并以波德莱尔翻译的诗作《悲叹之桥》和桑塔亚纳翻译的诗作《艺术》作为例证。(斯坦纳，1987：120；Steiner，2001：423)翻译中把概念认知话语转换成修辞认知话语的做法可以视为对原作的超越，这种超越赋予了译作新的生命和活力，可以增强译作的文学性。这种超越需要译者兼具敏锐的修辞鉴赏力和敢于突破原作的创造性精神，以下我们将结合实例探讨白亚仁在翻译过程中如何将原文的概念认知话语转换为修辞认知话语。

　　例15. 显然他还在向他的父母讲述，可是他的父母站在那里<u>一动不动</u>。(余华，1999a：135)

　　It was clear there was no end of things he wanted to tell his parents, but they just stood there <u>like statues</u>. (Yu Hua，2014：151)

　　例15中，原文的"站在那里一动不动"属于概念认知话语，白亚仁在译文中添加一个隐喻意象"like statues"(像雕像一般)，使之转变成修辞认知话语，于是人物一动不动形似雕像的形象跃然纸上。显然，修辞认知话语的表现力比概念认知话语更强，无形间增加了译文的文学性。

　　例16. 他们的儿子则是<u>寸步不离</u>地抓着母亲的衣服……(余华，1999a：32)

Their son would stick to her like toffee. (Yu Hua, 2014：30)

在此例中，白亚仁通过增添一个隐喻意象"like toffee"（像太妃糖）将原文"寸步不离"的概念认知话语转变成修辞认知话语，把"儿子"依恋母亲的情感表现得淋漓尽致。

例 17. 我们恋爱的消息在公司里沸沸扬扬，男的百思不解，认为李青看不上市里领导的儿子看上我是丢了西瓜捡芝麻。（余华，2013：41）

News of our romance spread like wildfire. The men found it baffling：in their eyes, Li Qing falling for me after rejecting the sons of city officials was like someone favoring a sesame seed over a watermelon. (Yu Hua, 2015：39)

例 17 中，原文中的"沸沸扬扬"属于概念认知话语，如果按常规处理可英译为"provoked much discussion"或"discuss animatedly"。白亚仁并没有按常规的译法，而是通过增添一个隐喻意象"like wildfire"（像野火一样）把原文的概念认知话语变成修辞认知话语，生动地展现了议论纷纷的喧扰场面，犹如熊熊烈火席卷公司的每个角落。

例 18. "夫妻之间的什么事"？我父亲仍然没有放过我，这时我母亲出来说话了，她说："还不是吵架的事。"（余华，1999a：143）

"What kind of trouble in a marriage？" My father still wouldn't let me off the hook. It was my mother who spoke up then. "They're got to be quarreling over something." (Yu Hua, 2014：159)

例 18 中，原文中"没有放过我"属于概念认知话语，白亚仁选用含有隐喻意象的动词词组"let me off the hook"（脱离困境、脱身），将原文概念认知话语转换成修辞认知话语。"hook"原意是"钩、吊钩"，隐喻之意是"困境"，生动地展现了"父亲"不依不饶的神态。

例 19. 这时候<u>我脑袋热得直冒汗</u>，我的情绪极其激昂，也就是说我已经昏了头了．(余华，1999a：164)

<u>My head was about to explode</u>, I was so carried away. I was out of my mind now.（Yu Hua，2014：178）

例 19 中，原文描述了"我"向好友辩解也无济于事的愤怒和无奈。原文中的"我脑袋热得直冒汗"也属于概念认知话语，白亚仁将其英译为"My head was about to explode"(我的头要爆炸了)，将原文的概念认知话语转变成夸张修辞话语，更加鲜明地体现了小说人物的情绪特征，增强了译文的文学性。

第三节　本 章 小 结

本章以白亚仁的五部译作为考察语料，从修辞格的转换和习语中的形象英译两个方面探析了白亚仁译者风格在重塑原作文学性的翻译方法方面的非语言特征。

研究发现，在习语翻译过程中，白亚仁最偏好使用形象舍弃的意译，这样的处理可能主要有三个原因：第一，有些原文中的习语形象具有很强的抗译性，即在译入语文化语境中的适应能力偏弱；第二，原文习语的形象所映射的联想意义与上下文语境有些许偏差；第三，为了保证译文的简洁性。由于习语形象的传译涉及原文的文化形象，形象舍弃的意译会淡化或削弱原文的异质性和文学性。值得注意的是，在翻译习语过程中，白亚仁虽然偏好采用形象舍弃的意译，但这并不意味着他就一味删除原文中的习语形象。研究同时发现，白亚仁为了再现原文习语的形象特色，使译文读者能够感受丰富多彩的异域文化，通过形象保留的直译、形象保留的套译和形象保留的意译，最大程度上保留了原文中的习语形象。

由此可见，在中国当代文学翻译过程中，对于原文中具有很强抗译性的习语形象，或是在原文习语的形象所映射的联想意义与上下文语境有些许偏差的情况下，译者可采用形象舍弃的意译；同时，为了最大程度地保留原文中的习语形象，译者应尽可能地采用形象保留的直译、形象保留的套译和形象保留的意译。

研究还发现，对于修辞格的英译，白亚仁主要采用如下翻译方法：修辞认知转换为概念认知、修辞认知省略、修辞认知的同类转换与异类转换。就修辞格英译而言，将原文的修辞认知话语转换为概念认知话语或省略不译不利于重现原文的修辞性和文学性。因而白亚仁更多的时候采用了修辞认知的同类或异类转换。为了弥补翻译过程中原文修辞性的损失，他巧妙地将原文的概念认知话语转换成修辞认知话语，从而增加了译文的修辞效果和文学性。由此可见，在中国当代文学翻译过程中，对于修辞格的英译，译者不仅可采用修辞认知的同类转换，还可以灵活地使用修辞认知的异类转换。同时，译者还可以将原文的概念认知话语转换成修辞认知话语，以增加译文的修辞性和文学性。

总体而言，通过白亚仁巧妙的翻译方法，原作的修辞表达和习语中的形象在译作中基本得到了准确的传译，原作的文学性也得到了最大程度的再现。

第七章 白亚仁译作传播效果研究

前面的章节考察了白亚仁的双重文化身份建构、翻译目的、翻译选材、译者风格的语言特征及非语言特征。那么其译作是否得到西方读者的认可？译作传播受哪些因素的影响？本章主要考察白亚仁译作在英语世界的传播效果，并探讨译作传播过程的影响因素。

第一节 白亚仁译作传播效果考察

一、国外期刊和报纸发表的书评

"译介的作品能够获得异域行家的肯定和异域读者的认可才说明取得一定的译介效果"（吕敏宏，2011：11），"同行专业的评价对于译本在异域文化的接受、传播发挥着重要的作用"（殷丽，2017：36）。因而通过对期刊、报纸上发表有关白亚仁译作评价的考察，我们可以从专业读者的角度评价白亚仁的翻译水平，因为这些撰写书评的人士大多是受教育程度较高的编辑或学者，他们的评价比普通读者的更为全面、客观、可靠，并具有一定的学术价值，下文将逐一分析白亚仁译作的书评。

白亚仁英译的《在细雨中呼喊》赢得了学者们的褒奖。例如，李华（Hua Li）（2008：627）在学术期刊《太平洋事务》（*Pacific Affairs*）上发表书评，不吝笔墨地赞美其绝妙的译笔，认为"白亚仁优美的翻译不仅使英文读起来流畅，而且忠于原作的精神、风格及情感的传达。英译本很好地保留了原文的幽默感和隐含在原文之中的话语内涵。白亚仁没有采用简单的对照直译，而是给出更为详尽的阐释，充分揭示了原文的隐含之意。同时，他还特别注意人名和地名的英译。例如，他用威妥玛拼音(Sun Kwangtsai)英译父亲的名字，用汉语拼音(Sun Guanglin和 Sun Guangming)英译儿子们的名字，这种方法巧妙地区分了两代人的名字。这本精雕细琢的英译本早就该出版了，且无疑会让西方和中国小说的读者感兴趣"。

白亚仁英译的《十个词汇里的中国》也得到了国外期刊和报纸的广泛关注和评论。例如，《出版人周刊》的一篇书评中指出，"余华敏锐的目光聚焦在那些平凡而又伟大的叙事上"①。《书目》杂志认为这本书是"反思性的、刺激与鼓舞人心的，其中余华对这片神秘土地的深邃洞见让人耳目一新"(Haggas，2011)②。尽管这些书评主要是肯定了余华的写作成就，但试想倘若离开白亚仁精确的理解和合适的表达，译文或许无法传递原著的精美之处。美国《柯克斯书评》在对此书的评价中，对白亚仁的翻译也给出了直接赞扬，认为"译文既保留了余华简洁、直率的风格，又保留了他微妙的幽默感"③。

白亚仁英译的《第七天》(*The Seventh Day*，2015)同样受到了诸多媒体的关注，如发表在美国全国公共电台官网(National Public Radio)的书评指出"这本书由白亚仁从中文英译而来，存在着超现实、幻想和荒诞的元素：爆炸声'像沸腾的水'，色彩'像雪一样温暖'，呼吸声'像平静的湖面上荡起的涟漪'。余华的行文优雅而尖锐。却让人感觉恰到好处"(Dahiya，2015)④。《出版人周刊》也发表了对此书的书评，认为"余华的行文有一种轻快、忧郁的气质，既舒缓

---

① Reviews：*China in Ten Words*[EB/OL]. *Publishers Weekly*. (2011-08-01) [2021-02-24]. https：//www.publishersweekly.com/9780307379351.

② Haggas C. *China in Ten Words*[J/OL]. *Booklist*. (2011-10-01) [2021-03-05]. https：//www.booklistonline.com/China-in-Ten-Words-Allan-H-Barr/pid = 4926588.

③ *China in Ten Words* [EB/OL]. *Kirkus Reviews*. (2011-10-01) [2021-03-07]. https：//www.kirkusreviews.com/book-reviews/yu-hua-2/china-ten-words/.

④ Dahiya N. Dark, *Disturbing and Playful*,'*Seventh Day*' *Takes on Modern China*[EB/OL]. *NPR*. (2015-01-19) [2021-01-23]. https：//www.npr.org/2015/01/19/376093937/dark-disturbing-and-playful-seventh-day-takes-on-modern-china? t = 1612282373748.

又遥远，但他笔下的人物就像幽灵一样，永远无法显现"①。译作得到如此高的评价与原作的文学性密切相关，但不可否认的是白亚仁出神入化的遣词造句让译作平添异彩。

白亚仁英译的《黄昏里的男孩》也得到了学者们的认可，例如，一篇发表在《纽约图书杂志》上的书评，指出"余华抓住了读者的注意力，让他们不断猜测，并将这种悬念感保持到了最后。这部作品通过笔触传达了宏大的主题，证明了短篇小说的力量。它们是由加州波莫纳学院中文系教授白亚仁巧妙地从中文翻译而来的，他是研究明清中国小说和当代中国小说的学者"（Venkat，2014）②。可见，学者们肯定了白亚仁专业的翻译水平。

对于白亚仁英译的《余华作品集》，也有学者撰写了相关书评，于 2021 年 2 月 2 日发表在美国俄亥俄州立大学发行的期刊《中国现代文学与文化》（*Modern Chinese Literature and Culture*）上，通过网络发布认为"白亚仁把'外乡人'英译为'outlander'，而非选择更为简单直白的'stranger'or'outsider'，使译文平添了怪诞阴森的气氛……白亚仁把握叙事的节奏和措辞非常出色，充分表现了中国人所描述的那种令人不快的感觉"（Goodman，2021）③。

尽管白亚仁的翻译受到了许多专业读者的赞扬，但仍有学者指出了他的翻译中存在的不足。如有书评提到《第七天》的翻译太过冗长，未能传达出最好的潜在笑点"（Kalfus，2015）④。

翻译是一份艰巨而又富有挑战的工作，即使译者再尽心尽责地翻译，纰漏和

①　*The Seventh Day*［EB/OL］. *Publishers Weekly*.（2015-01-13）［2021-06-15］. https：//www. publishersweekly. com/9780804197861.

②　Venkat M. Review：*Boy in the Twilight*：*Stories of the Hidden China*［EB/OL］. *New York Journal of Books*.（2014-03-21）［2021-03-01］. https：//www. nyjournalofbooks. com/book-review/boy-twilight-stories-hidden-china.

③　Goodman E. *The April 3rd Incident*［EB/OL］. *MCLC Resource Center Publication*.（2021-02-02）［2021-02-13］. https：//u. osu. edu/mclc/2021/02/02/the-april-3rd-incident-review-2/# more-36689.

④　Kalfus K.'*The Seventh Day*,' by Yu Hua［N/OL］. *The New York Times*.（2015-03-20）［2021-03-10］. https：//www. nytimes. com/2015/03/22/books/review/the-seventh-day-by-yu-hua. html.

瑕疵也在所难免，但总体而言白亚仁的译作瑕不掩瑜，算得上是上乘佳作。

二、海外读者在网络上发表的评论

许多读者在阅读作品之后喜欢通过网络对作品进行评分或者发表自己的评价。这些评价的内容虽然短小精悍、用词口语化，有时表达的意见和感受比较主观(王学东、曾奕棠，2011：967-968)，但基本上反映了读者对图书的直接反映和心理感受。因此，本研究从海外图书网站亚马逊(以下简称"Amazon")和好读网(以下简称"Goodreads")提取读者对白亚仁英译作品的评分、评论，并进行相关数据统计分析(分别于 2025 年 2 月 17 日、2 月 18 日在 Amazon 和 Goodreads 进行数据采集)，详见表 7-1。

表 7-1　　　　　　　　白亚仁英译作品的网站读者评价概况

原作名称	译作名称	网站名称	评论次数	5 分制评分占比	4 分制评分占比	5 分制评分得分
《在细雨中呼喊》	*Cries in the Drizzle*	Goodreads	167	27%	39%	3.84
《在细雨中呼喊》	*Cries in the Drizzle*	Amazon	26	43%	26%	3.9
《第七天》	*The Seventh Day*	Goodreads	505	30%	42%	3.97
《第七天》	*The Seventh Day*	Amazon	227	48%	30%	4.1
《黄昏里的男孩》	*Boy in the Twilight：Stories of the Hidden China*	Goodreads	63	17%	38%	3.59
《黄昏里的男孩》	*Boy in the Twilight：Stories of the Hidden China*	Amazon	66	50%	33%	4.2

续表

原作名称	译作名称	网站名称	评论次数	5分制评分占比	4分制评分占比	5分制评分得分
《十个词汇里的中国》	*China in Ten Words*	Goodreads	937	31%	45%	4.05
《十个词汇里的中国》	*China in Ten Words*	Amazon	810	62%	25%	4.4
《余华作品集》	*The April 3rd Incident: Stories*	Goodreads	21	7%	25%	3.06
《余华作品集》	*The April 3rd Incident: Stories*	Amazon	4	0	70%	3.7
《青春》	*This Generation: Dispatches from China's Most Popular Literary Star*	Goodreads	35	23%	37%	3.7
《青春》	*This Generation: Dispatches from China's Most Popular Literary Star*	Amazon	34	60%	19%	4.2

注：这两个网站中最高评分都是 5 分；有关 *The April 3rd Incident: Stories* 的评分、评论未在 Amazon 上显示，因而本表省略此书在 Amazon 上的相关数据。

如表 7-1 所示，读者对余华的散文集《十个词汇里的中国》满意度最高，具体表现在 Goodreads 和 Amazon 中的 5 分制评分占比和 4 分制评分占比分别是 76% 和 87%，两个网站的评论数合计达 1747 条；余华的长篇小说《第七天》紧随其后，它在 Goodreads 和 Amazon 中的 5 分制评分占比和 4 分制评分占比分别是 72% 和 78%，两个网站的评论数合计达 732 条。为进一步挖掘海外读者对白亚仁译作的评价，本研究通过对译文读者的英文评论逐一阅读，提取有关白亚仁翻译的 39 条评论(详见附录 1)，以下仅列举几个样例(见表 7-2、表 7-3)：

表 7-2　　　　　　　　　　　**Goodreads 海外读者评论**①

用户名	评论日期及评分	评 论 内 容
Joe	2012 年 2 月 28 日：3.5 星	The best aspect of this book, though, is the translation. Having read quite a bit of Chinese lit in translation it often feels stale and rigid…but Hua's book flows beautifully. Kudos to Allan H. Barr.
Vicki	2019 年 7 月 29 日：3 星	This is probably a great book if you're already familiar with Chinese culture, but I could tell there's a lot of stuff that got lost in translation. Just as one example, regions in China are referred to as "counties." Counties evokes something in North America or Ireland to me, and it totally throws off the mood of the book for me, at least. I feel like the original, sans translation, is probably a really, really good book, but there is a bunch of cultural context missing here.
Rob	2013 年 6 月 1 日：3 星	The translation is well executed and strikes an even meter. Those who don't have an understanding of some Chinese concepts such as "face" might be confused at times when terms are used without explanation. So some footnotes may be needed for some readers but for the most part things are explained in the text by the author.
Vic	2019 年 12 月 3 日：3 星	Phrasing and humour came across awkward at times, though I suspect that's from the difficulty of translating from Mandarin to English.
Hillary	2014 年 1 月 4 日：3 星	Anyways, the translated English is not difficult to read, but it feels unnatural. Some of the English sounds quite British, in other places, very American expressions occur. And quite a bit of the phrasing sounds awkward. Translation is no easy job.

①　评论来自 Goodreads，查询日期 2025 年 2 月 17 日至 2 月 18 日，链接如下：

1) https：//www. goodreads. com/book/show/12884314-china-in-ten-words? from _ search = true &from_srp = true&qid = RHeyl1EJer&rank = 1#other_reviews.

2) https：//www. goodreads. com/book/show/22107229-the-seventh-day? ac = 1&from _ search = true&qid = G8PpCfafUf&rank = 3#other_reviews.

3) https：//www. goodreads. com/book/show/17857635-boy-in-the-twilight? ac = 1&from _ search = true&qid = Tx8HYeay7X&rank = 1#other_reviews.

表 7-3 　　　　　　　　　　**Amazon 海外读者评论①**

用户名	评论日期及评分	评 论 内 容
Cindy Carter	2015 年 2 月 11 日：5 星	Allan Barr does a fantastic translation of this collection of essays by Yu Hua, one of China's most well-known authors.
sidney-anne hudig	2014 年 12 月 30 日：5 星	Very well translated and easy to understand.
M. B.	2020 年 1 月 13 日：3 星	The translation reads well and the book is very quick.
plum9195	2015 年 9 月 21 日：3 星	Excellent translation.
Amazon Customer	2013 年 7 月 10 日：5 星	That he is also a novelist comes through in his prose style, and also kudos to his translator who has done a superb job of rendering Yu Hua's Chinese words into flowing idiomatic English.
Mario Rossi	2019 年 11 月 7 日：3 星	The English Translation misses beauty and harmony of the Chinese writing.
Biblibio	2013 年 12 月 22 日：5 星	The translation is clear and absolutely smooth, without the usual awkwardness that arises from Chinese-to-English translations.

---

① 评论来自 Amazon，查询日期 2025 年 2 月 17 日至 2 月 18 日，链接如下：

1）https：//www. amazon. com/China-Ten-Words-Yu-Hua/product-reviews/0307739791/ref = cm_cr_getr_d_paging_btm_next_8? ie = UTF8&reviewerType = all_reviews&pageNumber = 8.

2）https：//www. amazon. com/Seventh-Day-Novel-Vintage-International/product-reviews/0804172056/ref = cm_cr_dp_d_show_all_btm? ie = UTF8&reviewerType = all_reviews.

3）https：//www. amazon. com/Boy-Twilight-Stories-Hidden-China-ebook/product-reviews/B00E733V2K/ref = cm _ cr _ getr _ d _ paging _ btm _ next _ 3? ie = UTF8&reviewerType = all _ reviews &pageNumber = 3.

4）https：//www. amazon. com/This-Generation-Dispatches-Popular-Literary/product-reviews/1451660014/ref = cm_cr_getr_d_paging_btm_prev_2? ie = UTF8&reviewerType = all_reviews&pageNumber = 2.

续表

用户名	评论日期及评分	评 论 内 容
Margaret P.	2014 年 2 月 9 日：4 星	I am not familiar enough with Chinese languages to judge the quality of the translation, but it seems to fit the mood of the stories, with precise, almost clinical descriptions, not only of people and their surroundings and their conversations, but of their thoughts and emotions, as well.
Joan MacLean	2014 年 3 月 17 日：5 星	While I have not read the original Mandarin version, the translation reads as something written by a native English-speaker. The storytelling style of Yu Hua (and the English translation) make the emotions of the characters raw and powerful.
Amazon Customer	2015 年 11 月 20 日：1 星	The translation although is good but dilute the original set up. However it is great book if you are Chinese and want to learn How to translate, it is a great book to compare.

通过阅读表 7-2、表 7-3 及附录 1 中的海外读者评论，我们发现共有 31 名读者对白亚仁的翻译给出了积极的评价，现列举几个较高的评价：用户名为 Joe 的读者认为："这本书最好的方面就是它的翻译。我读过不少中国文学的译本，但常常会觉得乏味而呆板……但余华的书写得很美，向白亚仁致敬。"用户名为 Joan MacLean 的读者评论道："虽然我没有读过中文版本，但译作读起来好似一个以英语为母语的人在书写。余华的叙事风格（以及英译）让人物的情感变得自然而强烈。"用户名为 Margaret P. 的读者评论道："我对中文不太熟悉，无法判断翻译的质量，但译文似乎很符合故事的基调，不仅对人物、人物的对话、周围环境，而且对他们的思想和情感都有精确的、非常符合逻辑的描述。"尽管白亚仁的翻译受到诸多海外读者的认可和喜爱，但难免会有读者持有不同的意见。其中 8 位读者对译文给予了负面评价，大致观点是"有大量文化信息的流失""有些地方需要提供必要的脚注""措辞和幽默的传达有突兀感""书中的讽刺效果没有得到再现"等。虽有少数读者对翻译作出了负面性评价，但总体而言，大多数读者认为译作

的语言简洁、自然、流畅，整体的翻译效果很不错。

三、馆藏情况

"图书馆馆藏是衡量图书的思想价值和文化影响力的重要标尺之一，也是检验出版社知识生产能力、知名度等关键要素的重要尺度。"（何明星，2012：12）因此，根据白亚仁英译作品的全球图书馆馆藏数据衡量其译介效果是一个较为可靠的评估标准。

联机计算机图书馆中心（英文名称：Online Computer Library Center, Inc，下文简称 OCLC）旗下的 Worldcat，它是全球综合性最强、数据最齐全的联机书目数据库，可以提供免费检索功能。本研究通过访问 OCLC 数据库，并在 Worldcat 数据库内以白亚仁所有译作的书名、作者名字、译者名字为关键词进行检索，统计译作在全球范围内的馆藏数据（检索日期是 2025 年 2 月 18 日），详见下表 7-4：

表 7-4　　　　　　　　　白亚仁英译作品馆藏情况

原作	译作	译作出版时间	馆藏数量
《在细雨中呼喊》（作者：余华）	*Cries in the Drizzle*	2007 年	338
《第七天》（作者：余华）	*The Seventh Day*	2015 年	611
《黄昏里的男孩》（作者：余华）	*Boy in the Twilight: Stories of the Hidden China*	2014 年	464
《十个词汇里的中国》（作者：余华）	*China in Ten Words*	2012 年	1359
《余华作品集》（作者：余华）	*The April 3rd Incident: Stories*	2018 年	329
《青春》（作者：韩寒）	*This Generation: Dispatches from China's Most Popular Literary Star*	2010 年	445

据表 7-4 所示，白亚仁英译的余华散文集《十个词汇里的中国》馆藏数量最多，有 1359 家机构馆藏该译作，其次是其英译的余华长篇小说《第七天》，有 611 家机构馆藏该译作。其英译的余华短篇小说《黄昏里的男孩》也有不俗的表现，有 464 家机构馆藏该译作。根据 OCLC 全球图书馆藏数据，白亚仁英译的余华短篇小说《黄昏里的男孩》以 443 的馆藏数量在 2014 年世界影响力最大的中国当代文学译作排名中位居第二（何明星，2014：2）。依据 2015 年 OCLC 全球图书馆藏数据，白亚仁英译的余华散文集《十个词汇里的中国》被 1152 所图书馆收录（朱振武等，2017：77）。将之前的馆藏数据与表中数据进行比较，我们不难看出白亚仁的译作馆藏数量逐年增加，在全球范围内的影响力逐渐增强。从客观上来讲，白亚仁的译作促进了中国当代文学在西方世界乃至全世界的传播和交流。

第二节　白亚仁译作传播效果归因分析

一部译作在目的语文化场域成功译介与诸多因素密切相关，如原作者的象征资本、作品的诗学特征、译者的助推、出版社与编辑的推介等因素，它们犹如游走在译作流通网络上的节点，节点之间的相互作用也会影响传播效果。白亚仁主要是翻译余华的作品，加上本研究收集的书评及读者评论大部分是余华的作品，而且从对其译作的传播效果的考察中我们也能发现其英译的余华作品的传播效果最好。因此，本研究在进行白亚仁译作传播效果归因分析时，主要考察涉及余华及其作品的因素。

一、原作作者余华的象征资本的影响

布迪厄（Bourdieu，1986：241-258）将资本划分成社会资本、经济资本、文化资本及象征资本。象征资本指"一种被接受，且被社会承认为合法化的资本形式"（Bourdieu，1989：25），表现在主体所享有的信用、声誉、名望等隐性资产。整体而言，文学奖项的获得、知名评论者的认可和斩获电影大奖赋予了余华在西方文化场域的象征资本，而他本人在西方文化市场的自我推介也累积了自身的象征资本。

（一）文学奖项的光环

海外文学奖项的获得是作家进入异域文学场域的重要象征资本，是其作品在异域场域中经典化的重要里程碑。余华是"中国新时期作家中获国外文学奖最多的一位，而且奖项的级别很高"（姜智芹，2010：4）。其中，他的《活着》于1998年斩获意大利的最高文学奖——格林扎纳·卡佛文学奖，该奖项每年评选出3部意大利本国小说作为国内文学奖作品和3部国外的小说作为国际文学奖作品。余华能够获得此殊荣除证明了其独特的写作才华，更说明了西方文学界对其文学作品价值的高度认同，这一经典奖项的获得开启了余华作品在西方文学场域经典化进程的第一步，为之后其更多的作品向海外输出累积了象征资本。余华的短篇小说集《世事如烟》在2002年荣获澳大利亚悬念句子文学奖，余华成为第一个获此殊荣的中国作家。他的长篇小说《在细雨中呼喊》于2004年获得法国文学艺术骑士勋章，该奖项是法国政府颁发给文学艺术领域获得卓越佳绩的人，是文学艺术界的最高荣誉。《许三观卖血记》于2004年获得美国为鼓励创新之作而颁发的巴恩斯·诺贝尔新发现图书奖。《兄弟》于2008年获法国知名杂志《国际信使》评选的外国小说奖，当时共有130多部作品参与评选，竞争激烈，最后还是余华的《兄弟》斩获此项殊荣（姜智芹，2010：4）。《第七天》荣获2018年意大利Bottari Lattes Grinzane文学奖，该奖项用于表彰年度出版最好的意大利本土小说或者外国小说。

这些西方知名文学奖项都是由文学权威机构颁发，具有较强的社会公信力，是对余华作品中文学价值的合法认定。这种奖项是余华作品走进西方文学经典化的重要标志，并帮助余华在西方文学场域中奠定了象征资本。

（二）文学评论家的推介

美国资深评论家莫琳·科里根（Maureen Corrigan）在美国全国公共广播电台的推荐新书节目中对余华的小说《兄弟》极为称赞："《兄弟》无论是在叙事技巧上，还是在风格和历史跨度上都称得上是一部惊世之作……为了表彰这一伟大的文学成就，我认为今年应该是余华年，而不是牛年。"①美国作家艾米丽·卡特（Emily Carter）在《明星论坛报》（Star Tribune）撰文评价余华的小说《活着》，认为"《活着》的叙述方式简洁优美，有着未曾雕饰的魅力，具有对生死、命运的哲学反思"（转自兰守亭，2004：34）。莫琳·科里根等作为美国文学界的权威人士，他们的评论具有较强的公信力，必定引导美国大众读者的阅读导向和心理认同趋势，并进一步激发读者探索余华的作品。此外，美国的汉学家桑禀华（Sabina，2002）、魏安娜（Anne，2005）等都对余华作品撰写过评论，基本持认可和赞扬的态度，散见于各类期刊、报纸和图书网站。这些声名显赫的评论者对余华作品的推介增加了其在西方文化场域的象征资本，这种象征资本又为余华赢得了更多的海外读者。海外读者群体的逐步扩大又进一步累积了余华在海外的声誉和名望，也就是象征资本。

（三）斩获电影大奖

电影创作与文学创作都属于文艺创作的范畴，有着天然的渊源。文学创作是电影创作的根本，电影是文学作品的图像、声音的表现形式。以图像、声音表现艺术形式的电影显然比以文字为主要表现形式的文学作品在视觉和听觉的效果上更有冲击力和震撼力。因此，将一部文学作品改编为电影作品，可以有效地提升该作品的影响力，乃至作家本人的名气和声望。余华的《活着》被张艺谋导演拍成电影并在国外上映，并获得第47届戛纳电影节评审团大奖和最佳男演员奖，极大激发了海外读者阅读其作品的兴趣，"在韩国《活着》的销量猛增至40多万册，在畅销书排行榜中名列前茅"（张乃禹，2013：130）。随着电影的热映及小说的热卖，余华的海外知名度也提升了，他在西方文学场域及文艺界的象征资本也得到了进一步的积累。

二、原作的诗学魅力

亚里士多德在《诗学》中对"诗学"的定义是"组成文学系统的主题、文体特征

① Corrigan M. 'Brothers' Offers a Sweeping Satire of Modern China[EB/OL]. *NPR*. （2009-02-09）[2021-01-21]. https：//www. npr. org/templates/story/story. php? storyId=100423108.

及文学手法的总和"(Aristotle，1990：54)。勒菲弗尔(Lefevere，2004：26)认为诗学由两个部分组成，一是主题、象征、主要人物、情节、体裁、文学技巧；二是文学在整个社会系统中所起的作用或扮演的角色。本研究主要聚焦作家个人作品的诗学特征，因此在借鉴亚里士多德和勒菲弗尔关于诗学定义的基础上提出了本研究的诗学定义。诗学是文学作品中的主题表达、刻画人物和环境描写等有关的写作手法、文体特征的总和。据此定义，以下是对余华作品中的诗学特征的总结。

(一) 余华作品的主题特色

余华从先锋作家起步，创作了不同题材的虚构作品及非虚构作品，这些作品深度挖掘了人的暴力与人性的丑恶，又夹杂着未泯灭的人性善良与温情；匠心独具地书写人物所经历的悲惨命运，但又不向苦难命运屈服的精神；描摹了不同人物经历生存与死亡的种种经历，这些作品的主题大致可以归结为人性善恶、人生苦难、生存与死亡等主题，代表作品有《在细雨中呼喊》《黄昏里的男孩》《活着》《第七天》《许三观卖血记》等。这些多元的主题体现了余华对伦理哲学的思考，即对人性丑恶与善良的价值判断；展示了余华对存在哲学的反思，即对人生苦难的叙述和对悲惨命运抗争的书写；体现了余华对生命哲学的认知，即通过时间、生存与死亡关系的阐释，引发了活在当下的人们应该如何向死而生的话题。此外，有些作品除了围绕这些主题进行叙事，还穿插着对当下社会不公平现状的批评与讽刺，代表作品有《第七天》《十个词汇里的中国》。对伦理哲学、存在哲学与生命哲学的不断思考以及对社会现实的有力批判使余华的作品具有普世的人文关怀与情感认同的感召力，且与西方的某些价值伦理有着相似的共通性，有利于消弭不同文化间的隔阂。因而这些作品不单在中国受到读者的热烈追捧，在世界范围内也吸引了诸多读者的关注。

(二) 余华的写作手法及文体特色

20世纪80年代，中国进入改革开放的新时期，西方现代哲学思潮、先锋文学思潮、现实主义文学、美学思潮涌入国门，我国的先锋小说派应运而生。先锋小说以一种前卫姿态探索存在及艺术的可能性，也可以说是小说家们对小说形式进行的一种实验，具体表现在对传统小说的语言和叙事的颠覆，创造令人耳目一新的叙事风格与文体（王嘉良、张继定，2001；秦亢宗，2014）。余华就是我国早期的先锋派小说家，在西方文学思潮的熏染下他的早期创作具有先锋性的特点，而这种"先锋性激发美国读者的文化认同感"（刘堃，2019：92）。从余华早期的先锋之作《十八岁出远门》，到先锋的鼎盛之作《许三观卖血记》等作品，都是在先锋意识的指引下书写中国普通民众探索生存、抗争苦难的过程，具有深刻的生存哲学意义和价值取向。这种叙述形式的先锋性、叙事背景的异域性和叙述内容的哲理性使西方读者产生了强烈的反响。

余华（1995c：289）曾撰文写道："一成不变的作家只会快速奔向坟墓，我们面对的是一个捉摸不定与喜新厌旧的时代，事实让我们看到一个严格遵循自己理论写作的作家是多么可怕，而作家源源不断的生命力在于经常的朝三暮四……"于是余华开始了创作转型，"逐步放弃先锋姿态，从主题呈现、人物塑造，再到叙述方式都'淡出'形式实验。他开始重视故事情节，关注人物命运，以朴实的语言表达对人文精神的关切"（张学军，1999：45-50），《活着》就是其从先锋走向传统的转型之作。因为这部作品，余华于1998年斩获意大利的最高文学奖——格林扎纳·卡佛文学奖，《活着》被拍成的同名电影又斩获第47届戛纳电影节评审团大奖和最佳男演员奖，这些奖项证明了余华丰富多变的创作手法获得了西方文艺界的肯定和认可，同时也引发了余华作品的海外热现象。"余华的《黄昏里的男孩》《第七天》《十个词汇里的中国》《兄弟》在美国成为热销图书。《纽约时报》甚至用六个版面对《兄弟》进行了大篇幅的评论"（刘堃，2019：92），可见其受关注程度。

余华非常注重从世界文学大师的作品中汲取养分（洪治纲，2004：198），无论是创作手法还是叙述语言。余华（1999b）列举对其影响最深的十部短篇小说，其中有九部来自国外作家的笔下，对他影响最深的莫过于卡夫卡、福克纳和川端康成。他曾撰文写道："在我想象力和情绪力日益枯竭的时候，卡夫卡解放了我。让我在三年多的时间里建立起来的一套写作规律，在一夜之间变得破败不堪。不久，我就注意到了一个虚伪的形式。这种形式使我的想象力重新获得自由……"（余华，1995b：296）。"余华借助福克纳的写作技巧解决自我与现实的紧张关系，从发表长篇小说《在细雨中呼喊》起，他开始融入福克纳式的创作元素，使作品中的人生苦难又兼具温情的色彩，努力挖掘未泯灭的人性光辉，阐发对人的生命价值的思考"（刘堃，2019：92），川端康成对人物和环境精美之极的描写影响了余华的创作（余华，1995b：294），在之后的写作中余华都尽可能地用细腻的笔触描摹作品中的人和物。这些因素的合力使他的作品获得众多西方读者的认可。

相对于西方读者来说，中国的一切是神秘的"他者"，而余华博采众长的创作手法，使得他的作品具有熟悉而又陌生的神秘感。毋庸置疑，这样的作品充满了令人无法抗拒的魅力，因而他的作品获得了学者和普通读者的一致认可。

三、译者在译作副文本中对原作的积极性评价

译者的主体性除了表现在译文中施展的翻译策略和翻译方法，还体现在译作副文本中撰写与原作相关的评论。法国文论家热奈特（Genette Gerard）于1979年首次提出副文本概念，并在《隐迹稿本》（1982）中对副文本进行分类，包括标题、前言、序跋、插图、插页、封面、后记、注释以及其他附属标志（2001：71-72）。"'副文本'深入阐述正文本的意义，是搭建出版社、作者、译者和译文读者的重要纽带。"（胡洁，2013：94）白亚仁在文本翻译之余，发挥译者的主体性意识，通过撰写译者序言对正文本进行了深度阐述，借助译作副文本推进余华作品在西方文学经典化的过程，这一点可以从他的译作中窥见一二。

以白亚仁英译的《余华作品集》为例，他在此书中撰写了译者序言，评述道："这部短篇小说集中发表在中国的1987年至1991年期间……属于后毛泽东时代初期，中国作家突破了激进政治时代允许或规定的少数主题。但文学形式在很大程度上仍然是传统的和可预测的。余华和其他一些年轻作家对这些传统的形式进行了挑战。"（Yu，2018：vii）由此可见，这段评论告知了译文读者这部小说的发表时间和主题不同于以往"文革"之前的文学作品，鲜明预示了该小说的时代背景是当代中国，而且叙事的主题有所突破，这些评述容易唤起亟须了解当代中国近况的西方读者的阅读兴趣。

在序言中，白亚仁继续叙述道："二十多岁时，余华受到了卡夫卡、福克纳、博尔赫斯等现代主义作家的小说和法国新小说重要作家阿兰·罗布·格里耶的作品的启发。像罗布·格里耶一样，余华试图打破传统的古典现实主义，寻求一种新的叙事模式，这种模式无视常识性的秩序和逻辑观念，避免确定性的判断，优

先考虑主人公的主体性。为了与这些目标保持一致，余华的语言往往是模糊的、不确定的和暧昧的，暗示了多种可能性和一系列的阐释。这些故事尝试了多种叙事策略，在第一人称和第三人称叙事视角之间交替，模糊了作者和叙述者之间的界限，也模糊了现实生活和噩梦之间的界限。在《此文献给少女杨柳》一文中，读者陷入了一个时间裂缝、重复和不一致的迷宫。"（Yu，2018：vii-viii）从字里行间中，我们可以看到译者对作者的写作手法、叙事技巧和语言风格都给出了极高的评价。此外，译者通过序言，阐述了余华受到享誉西方文学世界的卡夫卡、福克纳、博尔赫斯等大师的影响，并以作品的互文性拉近了余华作品与译文读者的距离，让译文读者以一种先入为主的姿态接纳余华的作品。

在序言中，白亚仁接着评述道："鉴于这本集子关注的是个人心理而非整个社会，政治通常被排斥在外。这并不是说这些故事脱离了当代中国的叙事。例如，《夏季台风》显然植根于作者对1976年家乡生活的观察，那年7月唐山发生了大地震，夷平了北方城市唐山。由于担心再次发生这样的地震，中国大部分地区的人们放弃了他们的家园，搬到任何空地上的临时避难所。"（Yu，2018：viii）这段评述首先说明了该部作品属于非政治性的文学作品，但又强调作品中的叙事内容是根植于当代中国的宏大叙事。这样一来，显化了作品的虚构性和一定的真实性，又凸显了微观的小说叙事与宏观的当代中国叙事的结合，无疑增加了这部作品的神秘感和层次感。

除了在英译的《余华作品集》的译者序言中评述原作，白亚仁在其英译的作品如《黄昏里的男孩》《在细雨中呼喊》的译者序中都撰写了有关原作的主题、写作风格、叙事方式等方面的积极性评论。值得指出的是，"与正文本的虚构性、想象性、抒情性的文学文体特征相比，副文本更具有真实性和纪实性。"（金宏宇，2012：177）白亚仁所撰写的这些纪实性的译作副文本，深化了正文本对主题的阐释，显化了微观的小说叙事与宏观的当代中国叙事，使得正文本的阐释深度和边界得到了极大扩展，与此同时，促进了作者在西方文学世界的经典化过程。

四、出版社与编辑的助力

翻译文化学派的领军人物安德烈·勒菲弗尔指出翻译始终受到意识形态、诗学规范和赞助人这三种因素的操纵。赞助人是指"阻碍或促进文学作品的阅读、写作、改写的力量，包括政府机构、出版社、宗教组织、媒体"（Lefevere，1992：17）。因此，翻译出版机构作为赞助人，不可避免地对翻译文学的所有活动进行操纵，起着阻止或推动翻译文学作品的阅读、改写、传播的作用。而权威的出版社促进了余华作品进入目的语文学系统的传播，有效地推进其作品在西方文学世界经典化的进程。

1. 出版社的作用——促进译作在西方文学世界的经典化

余华的作品在海外的出版发行一直得到知名美国出版社的传播和推广。其中由白亚仁英译的余华短篇小说集《余华作品集》和散文集《十个词汇里的中国》由美国万神殿出版社出版发行。其英译的余华短篇小说集《黄昏里的男孩》、长篇小说如《在细雨中呼喊》和《第七天》由美国安佳出版社出版发行。"这两个出版社都是美国权威的商业出版社，都隶属于克诺夫道布尔迪出版集团。该集团于1915年成立，是全球最大的出版社，覆盖了各学科的出版书目，图书销量在美国大众类图书出版社中位居前列。旗下的美国万神殿出版社成立于1942年，主要出版政要图书和高端文学作品。安佳出版社始建于1953年，是有着最悠久的平装书历史的出版社，关注中国当代文学作品，拥有莫言、余华、戴思杰等中国作家作品的版权。"（刘堃，2018：143-144）

余华的作品被这些海外知名出版社出版发行，说明其作品中的文学价值得到了西方主流媒体的认可，而白亚仁精准、传神的翻译也功不可没。更为重要的是，权威出版社的出版发行会引导大众读者的阅读趋向，促进这些作品在西方世界乃至全世界的传播与接受，进而推动它们在西方文学世界经典化的进程。

2. 编辑对正文本的操控

编辑是翻译出版机构的代表，以赞助人的身份参与着文学作品的翻译活动，以确保译作达到出版社的质量要求。因此译作中的内容选择、翻译标准、修改定稿、封面封底的内容设计都受到编辑的影响和操控。"编辑是译作出版成书过程中的灵魂和核心，起着关键性的作用。"（胡洁，2013：93）"语篇中的权力关系通常表现为权力较大一方对权力较小一方的言语行为的限制，主要体现在对说话内容的限制"（辛斌，2005：26），编辑在文学翻译出版的权力关系中占据主导地位，"掌捏着生成语篇的主导权，可以决定语篇中说什么和不说什么"（同上：27）。通过白亚仁的访谈资料和撰写的文章，我们可以发现编辑有对正文本的改写建议和对副文本的操纵行为。对正文本的改写主要源于中西方叙事文学的差异，我们不妨先梳理中西方叙事文学的侧重点，再反观编辑改写建议的合理性。

中西方叙事文学的侧重点不同，首先从叙事内容上看，"西方文学注重叙事要素的细度，而中国叙事文学则侧重叙事要素的密度。细度指的是叙事要素的内在完满性和表现充分性。密度则指叙事要素数量的多寡。最突出的具体表现是中国文学作品中庞杂的主要人物和次要人物，而西方文学作品中的人物则显得稀少。可以这样理解，西方叙事文学中的叙事要素较少，如人物相对稀少，因而要素的呈现就比较充分。小说的大量篇幅投入在环境的叙述与渲染、故事情节的描写、人物的刻画上面"（赵炎秋，2018：45）。而中国叙事文学的叙事要素相对较多，因而要素的展现就相对欠缺，仅有少量篇幅投入小说中的要素如环境、情节发展、人物特征等方面。"譬如：法国作家雨果的《巴黎圣母院》的主要人物和次要人物都只有三个。由于人物设置少，小说中有关人物的叙述自然就比较充分，描绘细致，因而人物塑造更加饱满、细致。而反观中国小说，叙事的密度则高出许多。以《红楼梦》为例，描写的人物多达 975 人。由于人物设置多，分配给每个人物的叙述篇幅自然就减少，充分展示人物的描写也相应地减少。"（赵炎秋，2018：46-47）。这种叙事内容的侧重点差异还可以通过中西神话进行比较。"西方神话如希腊神话，十分注重描述传说中的具体细节，而中国神话如先秦两汉的神话，则侧重描述传说的整体脉络和神韵，而缺乏对人物个性、形象和故事细节的描写。"（王成军，2003：231）导致这一差异的原因有两个，其一，源自中国美学缺乏一种"'头、身、尾'连贯的结构原型，而这一结构原型在西方古代文学体系里逐渐发展成了一种约定俗成的叙述性范式。而中国神话缺乏这一叙述性范式，而逐渐形成一种'非叙述性'的美学原则"（浦安迪，1996：41-42）。其二，中国史传叙事的影响。"由于史传叙述的历史事件的时间跨度大，历史人物的经历复杂，因而不可能对每一事件涉及的人物、要素都进行详尽的描述"（吴家荣、江守义、钱奇佳，2011：225），例如："《史记》对于'黄帝战蚩尤'这一重大事件，仅仅是用了三十一个字一笔掠过。"（王成军，2003：231）因而，这就不难理解中西方叙事文学在内容上的侧重点差异。

其次，从叙事技巧来看，西方文学侧重人物、环境、情节、事件、场景等的塑造与展示，中国文学则侧重人物、环境、情节、事件、场景等的组织与链接

（赵炎秋，2018：48）。也就是说中国文学作品着力呈现各种要素之间的关系，而西方文学侧重塑造和表现各种要素。这一差异在中西方最早期的文学作品中初见端倪，如西方的"荷马史诗"和中国的《诗经》虽都是以'诗'的外在形式而存在，但前者为叙事长篇，奠定了西方文学侧重于敷陈故事，尤其擅长通过情节写人状性（饶芃子，2009：19），如亚里士多德的美学就十分强调故事情节的叙述（同上：25）。此外，西方文学还十分重视人物心理的剖析（吴家荣、江守义、钱奇佳，2011：141）。《诗经》则以短小精悍的诗体存在，是中国言景寄怀的"写意传统"的滥觞（饶芃子，2009：19）。这些叙事技巧上的差异可以从各自的文学作品中窥见一二。例如，福楼拜主张在小说中使用客观化的叙述技巧，即作者淡出小说，在叙述中不表露自己的主观情感，以更客观、更具体的手法进行叙述。（吴家荣、江守义、钱奇佳，2011：221）正是这种叙述技巧把《包法利夫人》中的人物罗多夫的虚伪与自私表现得淋漓尽致。再有，"托尔斯泰在《安娜·卡列尼娜》中对人物安娜·卡列尼娜进行了细腻又令人心悸的心理描写。"（吴家荣、江守义、钱奇佳，2011：141）而反观中国小说，以蒲松龄的《促织》为例，作者着重笔墨于事件的始末和情节发展，而人物塑造则花少量篇幅叙述。这是因为中国文学偏重对事件、要素之间关系的叙述，而非要素的展现（赵炎秋，2018：48-49）。然而在进行文学作品翻译时，中国文学作品中蕴含庞杂要素的叙事内容和着力呈现要素关系的叙事技巧，或许不符合甚至是背离西方传统的文学规范。显然作为译入文学作品，中国文学作品要进入西方文学系统，就必须遵循它们的诗学传统和规范，符合西方读者的审美诉求。因此编辑会对译作中不符合西方诗学规范的叙事内容或叙事技巧都会提出删除或改写的建议。

白亚仁（2014：1）曾提到"虽然余华的文风简洁，但仍不止一位编辑建议删除一些不必要的内容，这些修改意见可归结为"请你少告诉我一些事情"。如《蹦蹦跳跳的游戏》中有句话："他不喜欢下雨，他就是在一个下雨的日子里倒霉的。"编辑认为，文中后面的叙事已交代主人公不喜欢下雨的原因，因此不需要这么直白的叙述。因而，译文成稿时，白亚仁仅翻译了"他不喜欢下雨"，后面的内容直接省略不译。再有，在《女人的胜利》一文中，编辑建议删除《女人的胜利》中的"她对李汉林说：我们回家吧"，因为前面的叙述"她的手从李汉林身上松开，她的嘴也从李汉林嘴上移开"已暗示林红与李汉林冰释前嫌、重归于好的迹象。而"我们回家吧"一览无遗地揭示这种复合的关系，破坏小说留白的艺术性。删除这句话，显然可以给译文读者留下更大的想象空间，又可以提升小说结尾的艺术境界。而且能够阅读、欣赏中国文学作品的译文读者恐怕都不是普通读者，一般都受过高等教育或者是学者，他们更喜欢调动自己的想象力去延展和阐释小说中的内容。在不影响原作的主题和主要内容的情况下，删去不符合西方文学规范的内容，更容易让译文读者接受、欣赏，有利于译作在西方文学系统的传播和接受，进一步助推译作在西方文学世界的经典化。

3. 编辑对副文本的操纵

编辑除了对正文本提出修改和改写的建议，还会在副文本进行各种形式的操纵。编辑对封面、封底内容的设计对译作在西方文学世界的传播起了推波助澜的作用。

"编辑认为《十个词汇里的中国》是一部很有特色的非虚构作品，于是从前言到封面设计都作了精心的设计。原来《十个词汇里的中国》有'前言'和'后记'，但编辑建议将二者合并，将'后记'的故事放在'前言'的开头。后来从网上读者评论中，有些读者说看了'前言'的内容立刻被吸引住了。可见，编辑的合并建议起了积极作用。此外，编辑特别重视这本书的封面设计，早早就打定主意要把文中提到的十个词汇都印在封面上，并让一个设计过许多兰登书屋精彩封面的设计师实现这个设计构想。这个设计师考虑到这本书并非严肃的学术专著而是随笔集，于是将十个词汇歪歪斜斜地印在封面，以暗示这本书的轻快风格。其次以黄色为封面底色，鲜红的汉字及蓝色书名十分醒目，给人一种视觉上的冲击效果。后来英国版和德国版都决定采用同一个封面设计。"（白亚仁，2012：44-45）

编辑还十分关注《十个词汇里的中国》的封底设计。编辑觉得这本书的文学色彩浓厚，为了吸引热爱小说的读者，编辑把记者、亚洲协会主任奥维尔·斯科勒（Orville Schell）和著名小说家哈金的推荐语印在封底，以强调它的文学特征，辐射更广的读者群体。在《第七天》《在细雨中呼喊》《黄昏里的男孩》的英译本封底或前页也都印上了《纽约时报》《华尔街时报》的相关书评。编辑甚至在《第七天》的封底印上小说主人公杨飞的介绍。值得一提的是，《余华作品集》英译本的前页印上编辑对余华的评价："余华是中国当代最著名的作家之一，他的著名小说《活着》使他享誉国际。这是一部令人耳目一新的短篇小说集，选自余华早期最好的作品，显示了他对中国文学关键时期的深远影响。在 20 世纪 80 年代末至 90 年代初，余华和其他年轻的中国作家开始重新构想他们的民族文学。与传统的现实主义不同，受卡夫卡、福克纳和博尔赫斯的启发，余华在这一时期创作的小说更倾向于超现实主义和主观主义，反映了席卷世界上人口最多的国家的重大文化变革……这部作品的叙事时而大胆，时而阴郁幽默，时而发人深省，时而深邃，它记录了中国文学中一个特殊时刻的非凡历程。"（Yu，2018）这些评语表现出对余华作品的强烈推荐，这种来自编辑的评论会直接影响读者的阅读选择和评价导向。而且白亚仁英译的余华作品都无一例外地在前页或尾页附上对余华作品和所获奖项的介绍，以《第七天》的前页内容为例，如下："余华著有五部小说、六部中短篇小说集和三部散文集。他的作品已被翻译成二十多种语言。他获得过许多奖项，包括澳大利亚詹姆斯·乔伊斯基金会颁发的悬念句子文学奖，法国国际信使外国小说奖和意大利格林扎纳·卡佛文学奖。"（Yu，2015）对余华的海外译介语种和所获得的重量级文学奖项的介绍，一方面提升了余华在海外读者中的声誉，另一方面又激发了读者阅读余华作品的欲望。

五、原作作者余华亲自参与的海外推介

"中国作家除了产出优秀的文学作品，还应该亲自参与海外推广。如果中国作家能直接到海外参与各种形式的文学交流活动，推介自己的作品，将会吸引更多的海外读者。"（张继光，2020：96）余华就是一位非常注重海外文学交流活动的作家。"1999 年 5 月，余华首次赴美参加文学交流活动。2009 年 1 月到波莫纳学院进行演讲。2009 年 8 月，余华受邀至哈佛大学、斯坦福大学、耶鲁大学等三十多所美国高校巡回演讲"（刘堃，2019：93）。"2011 年 10 月，余华赴美，为其作品《十个词里的中国》进行长达月余的宣传。"（王侃，2012：166）2018 年 10 月 18 日到 11 月 17 日，余华赴意大利，参加了"余华意大利文学之旅"①的系列活动，如讲座、公开课、读者见面会等形式，许多中国留学生和意大利读者慕名而

---

①　米兰国立大学孔子学院官网．"余华意大利文学之旅"系列活动完美收官［EB/OL］．米兰国立大学孔子学院官网．（2018-11-17）［2021-01-31］．https：//www.istitutoconfucio.unimi.it/zh-hans/2018/11/余华意大利文学之旅系列活动完美收管/．

来，活动几乎场场爆满，在意大利掀起了一场"中国文学风"的风潮。此外，余华还多次出席国际大型书展，如哥德堡国际书展、法兰克福书展和贝尔格莱德国际书展等。各种形式的文学交流活动、商业书展拉近了译文读者与余华及其文学作品之间的距离，引发了读者探讨余华作品的兴趣，加速其文学作品在西方世界的传播和接受。从"余华作品在美国高校课堂的普及"（刘堃，2019：93），再到白亚仁英译余华作品的馆藏数量和网络上的读者评论就足以证明这一点。

第三节　本 章 小 结

本章从国外期刊和报纸发表的书评，海外读者网络上发表的评论，馆藏数量方面考察了白亚仁译作的传播与接受的概况，得出的结论是：白亚仁英译的《第七天》《黄昏里的男孩》和《十个词汇里的中国》在海外的传播较为广泛。其中读者给《第七天》和《十个词汇里的中国》的评分最高，且专业评论者和译文读者都广泛认可白亚仁的翻译水平，说明白亚仁的译者风格深受读者的喜爱和认可。

鉴于白亚仁主要英译的是余华的作品，本研究收集的书评及读者评论大部分也都是有关余华的作品，而且从白亚仁译作的传播效果的考察中，本研究发现其英译的余华作品的传播效果最好。因此，在进行白亚仁译作传播效果归因分析时，本研究将考察的对象聚焦于余华作品的英译，总结出白亚仁英译余华作品被广泛传播和接受的原因主要有以下几方面：余华的象征资本、余华作品的诗学魅力、译者在译作副文本中对原作的积极性评价、出版社与编辑的助力、余华亲自参与的海外推介。

首先，余华个人获得的文学奖项和创作的文学作品斩获电影大奖有助于余华在西方文学场域中奠定自己的象征资本，加上声名显赫的评论者对余华作品的推介进一步夯实了余华在西方文学场域中的象征资本，这种象征资本又为余华赢得更多的海外读者。

其次，余华作品的主题基本围绕着对伦理哲学、存在哲学与生命哲学的不断思考还有对社会现实的有力批评，这使其作品具有普世的人文关怀与情感认同的感召力，且与西方的某些价值伦理有着相似的共通性，加之余华博采众长的创作手法，使他的文学作品充满熟悉而又神秘的异质性。

　　再次，白亚仁在译作副文本中撰写了有关原作的积极性评论，深化了正文本中主题的阐释，显化了微观的小说叙事与宏观的当代中国叙事的联系，使得正文本的阐释深度和边界得到了极大扩展，促进了余华作品在西方文学世界的传播与接受。

　　复次，知名出版社的品牌效应，加之编辑对正文本的改写建议和副文本（封面、封底、前言、前页）的设计对译作在西方文学世界的传播起了推波助澜的作用。

　　最后，余华亲自参与海外的文学交流活动，拉近了译文读者与余华及其文学作品之间的距离，引发了读者探讨余华作品的兴趣，加速其文学作品在西方世界的传播和接受。

第八章 结 论

以上几章分别概述了本研究的研究背景、研究内容、研究问题、研究方法、研究创新点；综述了白亚仁的英译研究现状；系统论述了白亚仁的双重文化身份与中国文学英译之关系；根据自建的白亚仁英译余华作品的汉英平行语料库，分别从词汇、句子、语篇三个层面考察了白亚仁译者风格的典型语言特征；从主题呈现、叙事语调再现、修辞格的转换和习语的形象处理四个维度探析了白亚仁译者风格在重塑原作文学性的策略与方法方面的非语言特征；考察了白亚仁译作在英语世界的传播概况，并探究了译作传播过程的影响因素。

根据以上研究内容，本章主要梳理本研究的研究发现、研究启示和研究局限，并对未来的研究进行展望，对中国文学的海外译介提出有益建议。

一、研究发现

根据绪论中的研究问题，本研究开展了如前面七章所述的研究内容，有如下发现：

首先，白亚仁的双重文化身份对其翻译目的和翻译选材都产生了重要影响。就白亚仁的双重文化身份而言，一方面，长期生活在西方文化环境及接受传统的西方学术训练等因素塑造了他的第一重文化身份，我们把它界定为熟谙西方文化的民族性文化身份。另一方面，长期研究中国古典文学并译介中国文学建构了他的第二重文化身份，我们把它界定为热爱中国文化的他者性文化身份。他之所以投身中国文学英译一方面是为了丰盈自身的精神世界，另一方面是为了传播中国文学作品。通过解读白亚仁的翻译目的，我们不难发现其热爱中国文化的他者性文化身份使他发自内心地认同和热爱中国文学与文化，并赋予了他使命感和责任感，孜孜不倦地译介中国当代文学，让中国文学走向世界，最终实现了"用自己的力量搭建起了中西文化交流的桥梁"(朱振武等,2017:79)。同时,他也希望通过这样的译介活动来丰盈自身的精神世界,因为他认为翻译带给他一种与学术研究截然不同的愉悦感(汪宝荣、崔洁,2019:50),而这种愉悦感更多地源自他对中国文学、文化的热爱,使他乐此不疲地翻译,陆续有译作问世。

白亚仁在翻译选材时对文学体裁的选择偏好彰显了其热爱中国文化的他者性文化身份。热爱中国文化的他者性文化身份使他对中国文学始终保持着较高的阅读兴趣,尤其是中国当代的文学作品。正是这种对中国文化的热爱以及对中国当代文学作品的偏爱让他选择了译介反映中国现实的非虚构作品,或者是反映当代中国社会现状的虚构作品。其次,白亚仁在翻译选材时对文学主题的选择偏好体现了其熟谙西方文化的民族性文化身份。就非虚构作品而言,他偏好选择以民生主题为题材的作品;就虚构作品而言,他注重挑选反映人生苦难、人性善恶及死亡主题的题材。白亚仁之所以选择这些翻译题材,与其熟谙西方文化的民族性文化身份有着很大关系,因为他深知什么样的主题以及体裁的中国文学作品能引起西方读者的阅读兴趣,从而可能走进西方读者的心里,他能够从西方读者的角度挑选契合西方文化市场的作品,从而有助于中国文学与文化的对外传播。

其次,白亚仁的译者风格体现在语言特征和非语言特征两方面。本研究基于对自建的白亚仁英译余华作品的汉英平行语料库的考察,发现白亚仁译者风格的典型语言特征呈现出简洁质朴的文体风格:从对标准类符/形符比及归并词标准类符/形符比的考察中,本研究发现白亚仁在翻译过程中词汇选择的风格基本保持一致,为了使译本通俗易懂,他有意降低了词汇的多样性,因此词汇总体难度较低。就平均词长及词长分布而言,2~6个字母的单词占各译本总单词数量的71.29%以上。据此可见,其译本的词汇并不复杂,可能原因是白亚仁考虑到大众读者的阅读接受水平而选择难度较低的词汇来进行翻译。从对词汇密度的考察中,本研究发现白亚仁在翻译过程中刻意减少实词的使用,从而降低了文本的难度。从对高频词与主题词的考察中,本研究还发现译本中的报道性动词和各类动词的使用呈现口语化趋势。就句子特征而言,除了《十个词汇里的中国》译本的平均句长接近英语译语语料库的平均句长,其他四个译本的平均句长与英语源语语料库的平均句长相似。可见,白亚仁的译文具有英语原创作品的句法特点,行文简洁凝练。在感叹句和问句的使用数量上,译作远远多于原作,说明白亚仁偏好增加感叹号、问号及各类叹词,以显化小说人物的情感语气,从而形成了白亚仁独特的句法风格。就语篇特征而言,白亚仁基于语义动因、句法动因及语篇动因,对原文中表示因果、转折和条件的逻辑关系词都进行了简化,并且倾向于使用常用的表示因果、转折和条件的逻辑关系词来衔接语篇;根据弗莱施易读性指数及弗莱施-金凯德阅读级别水平的标准,白亚仁的译本属于比较容易阅读的文本;根据本研究对自建的双语平行语料库中的英汉词、字数比值的考察,五个译本均属于适量翻译。

再次,就非语言特征而言,白亚仁通过一系列翻译策略与翻译方法重塑了原作的文学性。本研究认为文学性存在于作品中的主题表达、人物和心理的描写、意象表达、修辞表达、叙事语调、文化形象、作品结构等有关的艺术性处理。与此相对照,本研究以白亚仁的五部译作为考察语料,其中四部为虚构作品,一部为非虚构作品,从主题呈现、叙事语调的再现、修辞格的转换和习语中的形象处理四个维度探析白亚仁如何重塑原作文学性的策略与方法。

就虚构作品的主题呈现而言,他主要采用了忠实再现与强化原作主题的翻译策略,并选用七种翻译方法使原作的苦难、善恶、死亡及友情主题得到了忠实再现和不同程度的强化,这些方法包括:直译原文有关主题的叙述,套译英语现成的表达,释义原文隐喻话语或隐含之意,大胆地改写原文的叙事内容,增译叙述内容、副词或助动词等,使用字体变异,灵活地采用各类转换如语义层面的转换和句法层面的转换。就非虚构作品的主题呈现而言,他采用了叙事建构策略如文本素材选择、人物事件再定位和标示性建构策略,并在这些策略下通过对隐喻话语、民生话语的诠释,借助标点符号使民生话语明晰化,以脚注阐释的方式进行民生背景信息的添加,以重新命名的方式凸显政治反讽。这些叙事建构策略使非虚构作品中的民生主题得到了不同程度的强化。

就叙事语调英译而言,白亚仁同样也采用了忠实再现与强化的翻译策略,并选用五种翻译方法再现或强化了原作中氤氲着的温情、幽默反讽的叙事语调,这些方法包括:直译原文中蕴含叙事语调的叙述,借用具有幽默反讽意义的英语俚语来进行套译,大胆地改译原文中的叙述内容,并在此基础上增译叙述内容、各类副词等,同时采用了句法层面的转换。

就修辞格英译而言,白亚仁主要采用了转换与省略的翻译方法。具体而言,转换与省略包括修辞认知转换为概念认知、修辞认知的同类转换与异类转换、修辞认知的省略，但他更倾向采用修辞认知的同类或异类转换。同时，他巧妙地将原文的概念认知话语转换成修辞认知话语，从而增加了译文的修辞效果。

就习语形象的英译而言，对于原文中具有很强抗译性的习语形象，或是原文习语的形象所映射的联想意义与上下文语境有些许偏差的情况时，白亚仁则采用舍弃形象的意译。同时，为了最大程度地保留原文中的习语形象，他也采用了形象保留的直译、形象保留的套译和形象保留的意译。

值得关注的是，由于有些原文习语的文化形象具有很强的抗译性，白亚仁在翻译过程中对之进行了弱化或隐化处理。因而，原文习语的文化形象在所难免地有所损失。但从整体来看，通过以上的翻译策略与翻译方法，原作的主题和叙事语调在译作中得到了准确的再现或不同程度的强化，修辞格也得到了巧妙地转换。综上而言，白亚仁的翻译策略和翻译方法增强了译文的可读性和文学性，对中国当代文学的外译具有借鉴意义。

白亚仁尽管通过一系列的翻译策略和翻译方法，使得原作的文学性在译作中得到了最大程度地再现。但仍需指出的是，对于习语形象的翻译，他偏好采用形象舍弃的意译的做法有待商榷。不言而喻，习语形象的舍弃会削减原文的文学形象，进而抹杀了原文的异质性和文学性。诚然，有些原文中的习语形象抗译性很强，如果强行保留形象反而会引起译文读者的误解。因此在排除此类的情况下，译者应尽可能最大程度地再现原文的文化形象，使译文读者感受、欣赏中国文化的异质性。此外，有些读者认为译文"有大量文化信息的流失"（详见第七章第一节）。由此可见，译者应在译文中对原文具有中国文化特色的话语适当地添加注释，这样做或许更有利于译文读者的理解。总体而言，白亚仁的译文虽有瑕疵，但瑕不掩瑜，其译本无论是在主题呈现、叙事语调的再现方面，还是在修辞格的转换方式和习语形象的处理方面都算是上乘的译作。

最后，白亚仁的译作在英语世界中得到了广泛传播和接受。这一结论从期刊、报纸的书评，海外读者网络上发表的评论，馆藏数量的考察中得到了证实。译文读者对《第七天》和《十个词汇里的中国》的评分最高，且专业评论者和译文读者都广泛认可白亚仁的翻译水平，一定程度上说明了其译者风格深受读者的喜爱和认可。本研究认为余华的象征资本的影响、余华作品的诗学魅力、译者在译作副文本中对原作的积极性评论、出版社与编辑的助力、余华亲自参与的海外推介等几方面共同促成了白亚仁译作的这一传播效果。

值得注意的是，白亚仁所使用的一系列翻译策略和翻译方法及其在副文本中对原作的评论，实际上是一种"文本内外"相结合的译介策略，即充分发挥译者的主体性，在译文中采用一系列重塑原作文学性的翻译策略和翻译方法及在副文本中撰写与原文相关的积极性评论，旨在提升原作的文学性和艺术魅力，推进作品在西方文学世界的经典化进程。文本内的译介策略已在前面的章节中进行了论述，此处不再赘述。文本外的译介策略主要体现在白亚仁在译者前言中撰写与原作相关的积极性评论。他通过撰写纪实性的副文本评论，深化了正文本中对主题的阐释，显化了微观的小说叙事与宏观的当代中国叙事，使得正文本的阐释深度和边界得到了极大扩展。通过正文本中的翻译策略、翻译方法与副文本中的积极性评论，这种"文本内外"相结合的译介策略形成了一股巨大的合力，升华了原作的诗学魅力，促进了余华作品在西方世界的传播与接受。

二、研究启示

(一)对译者研究的启示

本研究对汉学家译者白亚仁作了较为系统与全面的研究，以其英译的虚构和非虚构的作品为语料，结合文本内外因素开展了汉学家白亚仁的中国当代文学英译研究。具体来说，文本外的研究包括白亚仁的双重文化身份与翻译目的、翻译选材之间关系的考察。此外，文本外的研究还包括对译作传播效果和译作传播过程的影响因素的探究。而文本内的研究则借助语料库工具从词汇、句子、语篇三个层面考察了白亚仁译者风格的典型语言特征，并通过对原文和翻译文本的对比分析，从主题呈现、叙事语调再现、修辞格的转换和习语的形象处理四个维度探析了白亚仁译者风格在重塑原作文学性的策略与方法方面的非语言特征。这些研究内容扩展了白亚仁翻译研究的内涵。启示未来的译者研究应以"文本为参照，以译者为中心"的文本内外结合的动态视角开展译者的研究。

（二）对译者风格研究的启示

此前的译者风格研究主要关注某一译者不同于其他译者的独特性特征，而对译者的恒定性和规律性的特征探究不足。此外，此前的译者风格研究过于关注语言特征的量化数据，而鲜少深入文本内部探究译者风格在重塑原作文学性的策略与方法方面的非语言特征。而本研究对白亚仁译者风格的语言特征及非语言特征作了一个完整性的考察，主要从两方面进行：一方面借助语料库工具考察白亚仁译者风格的典型语言特征；另一方面从其重塑原作文学性的策略与方法层面考察其译者风格的非语言特征，为此类的译者风格研究提供可资借鉴的案例。

（三）对研究方法的启示

本研究突破了以往的白亚仁中国当代文学英译研究仅依靠定性的方法对零星译例进行分析的局限，采用定量研究与定性研究相结合的方法考察了白亚仁译者风格的典型语言特征和非语言特征。就定量研究方法而言，本研究自建白亚仁英译余华作品的汉英平行语料库，采用语料库工具，分别从词汇、句子、语篇三个层面对相关的语言参数进行数据统计和量化分析，归纳其译者风格的典型语言特征。就定性研究方法而言，本研究综合运用比较分析法和文本细读法，对白亚仁译者风格在重塑原作文学性的策略与方法方面的非语言特征进行内省式、例证式分析。定性与定量研究方法的结合使用，使译者风格的研究结论更客观、更具有说服力。启示未来的译者研究，不应囿于量化研究或定性研究的方法。因为量化数据仅仅为研究提供了某些客观的数据，但无法深入文本内部洞悉译者重塑原作文学性的策略与方法，正如黄立波（2018：18）所说"翻译风格研究不应囿于量化数据，而应当关注文本分析"。但是如果单纯地依赖微观、静态的文本分析，而缺乏宏观的量化数据支撑，那么研究的结论又会有失可靠性和客观性。因此定量研究与定性研究相结合的方法当属译者研究的一种趋势，只有这样得出的结论才更有客观性和说服力。

（四）对中国文学走出去的启示

中国文学走出去主要涉及两方面的内容，即"译"和"介"。"译"又涉及三个方面的内容："'译什么''怎么译''谁来译'。"（贾文波，2018：58）"译什么"也就是源文本的选择问题。源文本的选择对于中国文学走出去至关重要。如果选择了符合西方读者阅读兴趣和审美习惯的作品就等于成功了一半。白亚仁之所以偏好选择反映中国现实的非虚构作品，原因就在于这些作品契合了美国普通读者想要了解当代中国现状的动机。因此，相较于白亚仁的其他译本，其英译的随笔集《十个词汇里的中国》在海外的传播最为广泛，译文读者对其评分最高。而其英译的《在细雨中呼喊》在西方世界却遇冷，其遇冷的原因诸多，但不容忽视的一点是：关于是否英译这部作品，"出版社编辑就此开会讨论，得出的结论是不推荐翻译出版"（高方、余华，2014：61），这是因为"出版社预测此部作品不会有大的销量后才做的决定"（Wang & Barr，2021：93）。而在余华的坚持下，这部作品才得以翻译出版。因此，不难理解该部作品在西方世界的惨淡境遇。由此可见，中国文学走出去的第一步，应该是真正重视源文本的选择。本研究建议组织由海外汉学家、国内翻译家、作家、海外出版社及中国对外传播机构共同参与的研讨会，根据不同的海外市场情况，遴选他们感兴趣的作品，并依此排序分类，分阶段地推介中国文学的作品。关于"怎么译"的问题，通过开展汉学家白亚仁的中国当代文学英译研究，我们发现白亚仁采用了"文本内外"相结合的译介策略，即充分发挥译者的主体性，在译文中采用一系列重塑原作文学性的翻译策略和方法及在副文本中撰写与原文相关的积极性评论，旨在提升原作的文学性和艺术魅力，推进作品在西方文学世界的经典化进程。这种"文本内外"相结合的译介策略形成了一股巨大的合力，升华了原作的诗学魅力，促进了作品在西方世界的传播与接受。这种译介策略值得深入挖掘和广泛应用。而关于"谁来译"的问题，本研究认为汉学家译者普遍具有扎实的汉学研究功底、娴熟的双语转换能力、跨文化的视野，加之长期境外生活赋予他们具有深刻的西方读者审美认知，这些都是本土译者难以企及的优越资质。这些汉学家译者普遍在西方高等院校或研究院担任教职或研究员工作，丰富的双语写作经验、出版经历使得他们熟络海外编辑、出版社的社交网络，这有利于他们承担中国文学作品推介的营销中介人角色。他们卓越的学术背景以及丰富的翻译经历已在海外传媒及出版网络的场域中奠定了译者和"文学推手"的声誉，这些都为中国文学海外之旅铺平了道路。

而对于"介"的问题也不容忽视，"介"就是介绍和传播中国文学作品。一部好的作品如果得不到有效的推介，就会沦落到无人问津的状态，正所谓"酒香也怕巷子深"。本研究认为，中国对外传播机构可以组织译者对中国文学优秀的作品进行节译，然后向海外知名出版社和编辑推介这些作品。此外，作者本人也应该亲自参与海外推介活动，拉近读者与作品之间的距离，助推自己的文学作品走入西方文学世界。总之，中国文学走出去不是一项单单依靠几个作者、译者就能完成的事业，而应该发挥"众人拾柴火焰高"的精神，联合各方力量，如：国内外传媒机构、本土翻译家、海外汉学家译者、作家群体，共同携手、齐心协力完成中国文学走出去。

三、研究局限

受研究能力和研究时间等主客观因素的影响，本研究存在一些局限与不足，主要表现在以下两点：

首先，笔者未能亲自开展对白亚仁本人的访谈。本研究主要借助语料库工具、文本分析方法考察其译者风格，又依据前人访谈等副文本材料探究其双重文化身份、翻译目的及翻译选材。倘若能对白亚仁本人进行访谈，并获取白亚仁本人对其译者风格的认定，无疑将增强本研究的客观性与公正性。

其次，缺乏对学者型读者的调查。本研究虽然通过 Goodreads 及 Amzaon 获取了读者的评论，但这些译文读者属于大众读者，评论难免有片面性。如果开展学者型读者的调查，获取他们对白亚仁译作的专业评价，作为大众读者评论的补充，可以更为客观、全面地呈现白亚仁译作在海外的传播和接受情况。

四、研究展望

汉学家译者在中国文学"走出去"的过程中发挥着重要的作用，如何开展对之进行有效且系统的研究具有重要的意义。笔者将继续以汉学家译者白亚仁为研究个案，以本研究为基础，在今后的研究中开展对白亚仁本人的访谈，获取其本人对其译者风格的语言特征及非语言特征的认定，从而增强本研究译者风格研究的客观性与公正性；开展对学者型读者对白亚仁译作评价的调查，从而更全面地展现白亚仁译作在海外的传播和接受情况。这些研究内容使白亚仁中国当代文学英译研究更加系统而全面，同时也为今后更多的汉学家译者研究提供案例参考，从而扩展译者研究的空间与维度。

参 考 文 献

[1] ANNE W. Haunted Fiction: Modern Chinese Literature and the Supernatural [J]. *International Fiction Review*, 2005, 32 (1/2): 21-31.

[2] ARISTOTLE. *Rhetoric and Poetics* [M]. New York: The Modern Library, 1954.

[3] ARISTOTLE. *Aristotle's Poetics* [M]. Iowa: Peripatetic Press, 1990.

[4] BAKER M. Corpus Linguistics and Translation Studies: Implications and Applications [J]. *American Journal of Physiology*, 1993 (1): 321-327.

[5] BAKER M. Corpora in Translation Studies: An Overview and Some Suggestions for Future Research [J]. *Target: International Journal of Translation Studies*, 1995, 7 (2): 223-243.

[6] BAKER M. Towards a Methodology for Investigating the Style of a Literary Translator [J]. *Target: International Journal of Translation Studies*, 2000, 12 (2): 241-266.

[7] BAKER M. *Translation and Conflict: A Narrative Account* [M]. London: Routledge, 2006.

[8] BAKER M. Translation as Re-narration [C] //HOUSE J. *Translation: A Multidisciplinary Approach*. London: Palgrave Macmillan, 2014: 158-177.

[9] BANDER R G. *American English Rhetoric* [M]. 2nd ed. Holt: Rinehart and Winston, 1978.

[10] BARR H A. The Textual Transmission of Liaozhai Zhiyi [J]. *Harvard Journal of Asiatic Studies*, 1984, 44 (2): 515-562.

[11] BIBER D, JOHANSSON S, LEECH G, et al. *Longman Grammar of Spoken and Written English* [M]. London: Pearson Education Limited, 1999.

［12］ BOURDIEU，P. The Forms of Capital ［C］//John G. R. *Handbook of Theory and Research for the Sociology of Education*. Westport：Greenwood，1986：241-258.

［13］ BOURDIEU，P. Social Space and Symbolic Power ［J］. *Sociological Theory*，1989，7（1）：14-25.

［14］ CELCE-MURCIA，M，Larsen-Freeman，D. *The Grammar Book：An ESL/EFL Teacher's Course* ［M］. Boston：Heinle ELT，1998.

［15］ CHESTERMAN，A. Problems with Strategies ［C］//KAROLY K，FORIS A. *New Trends in Translation Studies：In Honour of Kings Klaudy*. Budapest：Akademiai Kiado，2005：17-28.

［16］ CHO A. *China in Ten Words* ［J/OL］. *Library Journal*，（2011-11-01）［2021-03-02］. https：//www. libraryjournal. com/page/login.

［17］ CORRIGAN M. '*Brothers*' Offers a Sweeping Satire of Modern China ［EB/OL］.（2009-02-09）［2021-01-21］. https：//www. npr. org/templates/story/story. php? storyId＝100423108.

［18］ CUDDON J A. *A Dictionary of Literary Terms* ［M］. Revised edition. London：Andre Deutsch，1979.

［19］ DAHIYA N. Dark，Disturbing and Playful，'Seventh Day' Takes on Modern China ［EB/OL］. *NPR*.（2015-01-19）［2021-01-23］. https：//www. npr. org/2015/01/19/376093937. /dark-disturbing-and-playful-seventh-day-takes-on-modern-china? t＝1612282373748.

［20］ DALE E，CHALL J S. A Formula for Predicting Readability ［J］. *Educational Research Bulletin*，1948，27（1）：11-20，28.

［21］ DUNCAN H. Han Han：World's Most Popular Blogger ［EB/OL］.（2012-10-15）［2021-01-18］. https：//www. newsweek. com/han-han-worlds-most-popular-blogger-65453.

［22］ FLESCH R. A New Readability Yardstick ［J］. *Journal of Applied Psychology*，1948，32（3）：221-233.

［23］ FOX C. Lexical Analysis and Stoplists ［C］//WILLIAM B F，BAEZA-YATES

R. *Information Retrieval*: *Data Structures and Algorithms*. New Jersey: Prentice Hall, 1992: 95-129.

[24] GOODMAN E. Reviews: *The April 3rd Incident* [EB/OL]. (2021-02-02) [2021-02-13]. https://u. osu. edu/mclc/2021/02/02/the-april-3rd-incident-review-2/#more-36689.

[25] GRAHAM A C. *Poems of the Late T'ang* [M]. New York: The New York Review of Books, 2008.

[26] GREEN K, LEBIHAN J. *Critical Theory and Practice*: *A Coursebook* [M]. London and New York: Routledge, 1996.

[27] GURALNIK D B. *Webster's New World Dictionary of the American Language* [M]. New York: Simon & Shuster, Inc. , 1987.

[28] HAGGAS C. *China in Ten Words* [J/OL]. *Booklist*, (2011-10-01) [2021-03-05]. https://www. booklistonline. com/China-in-Ten-Words-Allan-H-Barr/pid = 4926588.

[29] HALLIDAY M A K, HASAN R. *Cohesion in English* [M]. London: Longman, 1976.

[30] HALLIDAY M A K, HASAN R. *Cohesion in English* [M]. Beijing: Foreign Language Teaching and Research Press, 2001.

[31] HAMERS J, BLANC M. *Bilinguality and Bilingualism* [M]. Cambridge: Cambridge University Press, 2000.

[32] HAN H. *This Generation*: *Dispatches from China's Most Popular Literary Star* [M]. Translated by ALLAN H. BARR. New York: Simon & Schuster, 2012.

[33] HERMANS T. The Translator's Voice in Translated Narrative [J]. *Target*: *International Journal of Translation Studies*, 1996, 8 (1): 23-48.

[34] HOOVER D L. *Language and Style in the Inheritors* [M]. Lanham: University Press of America, 1999.

[35] KALFUS K. 'The Seventh Day' by Yu Hua [N/OL]. *The New York Times*, (2015-03-20) [2021-03-10]. https://www. nytimes. com/2015/03/22/books/review/the-seventh-day-by-yu-hua. html.

［36］ KENNEDY G A. *On Rhetoric*: *A Theory of Civic Discourse* ［M］. New York: Oxford University Press, 2007.

［37］ Reviews: *China in Ten Words* ［EB/OL］. *Kirkus Reviews*. (2011-10-01) ［2021-03-07］.https: //www. kirkusreviews. com/book-reviews/yu-hua-2/china-ten-words/.

［38］ Review: *This Generation*: *Dispatches from China's Most Popular Literary Star* ［EB/OL］. *Kirkus Reviews*. (2012-10-09) ［2021-07-02］. https: //www. kirkusreviews. com/book-re-views/han-han/generation-china-literary-star/.

［39］ Reviews: *The April 3rd Incident* ［EB/OL］. *Kirkus Reviews*. (2018-11-13) ［2021-06-20］. https: //www. kirkusreviews. com/book-reviews/yu-hua-2/the-april-3rd-incident/.

［40］ KLARE G R. *The Measurement of Readability* ［M］. Ames, Iowa: Iowa State University Press, 1963.

［41］ KRESS G, LEEUWEN T. *Reading Images*: *The Grammar of Visual Design* ［M］. London: Routledge, 2006.

［42］ LAVIOSA S. Core Patterns of Lexical Use in a Comparable Corpus of English Narrative Prose ［J］. *Meta*, 1998, 43 (4): 557-570.

［43］ LEECH G N, SHORT M H. *Style in Fiction*: *A Linguistic Introduction to English Fictional Prose* ［M］. London: Longman, 1983.

［44］ LEECH G N, SHORT M H. *Style in Fiction*: *A Linguistic Introduction to English Fictional Prose* ［M］. 2nd edition. London: Longman, 2007.

［45］ LEFEVERE A. *Translating Literature*: *Practice and Theory in a Comparative Literature Context* ［M］. New York: The Modern Language Association of America, 1992.

［46］ LEFEVERE A. *Translation, Rewriting and the Manipulation of Literary Fame* ［M］. Shanghai: Shanghai Foreign Language Education Press, 2004.

［47］ LEMON L T, REIS M J. *Russian Formalist Criticism*: *Four Essays* ［M］. Lincoln: University of Neb raska Press, 1965.

［48］ LI, H. *Cries in the Drizzle*: *A Novel* ［J］. *Pacific Affairs*, 2008, 81 (4): 625-627.

[49] LOUW B. Irony in the Text or Insincerity in the Writer? The Diagnostic Potential of Semantic Prosodies [C] //BAKER M, FRANCIS G, TOGNINI-BONELLI E. *Text and Technology: In Honour of John Sinclair*. Philadelphia/Amsterdam: John Benjamins, 1993: 157-176.

[50] MAHLBERG M. *Corpus Stylistics and Dickens's Fiction* [M]. London and New York: Routledge, 2013.

[51] MAY R. Sensible Elocution: How Translation Works in & upon Punctuation [J]. *The Translator*, 1997, 3 (1): 1-20.

[52] MUKAROVSKY, J. Standard Language and Poetic Language [C] //GARVIN P A. *Prague School Reader on Esthetics, Literary Structure, and Style*. Washington D. C. : Georgetown University Press, 1964: 17-30.

[53] NORD C. *Translating as a Purposeful Activity, Functionalist Approaches Explained* [M]. Shanghai: Shanghai Foreign Language Education Press, 2001.

[54] OLOHAN M. *Introducing Corpora in Translation Studies* [M]. New York: Routledge, 2004.

[55] PARKES M B. *Pause and Effect: An Introduction to the History of Punctuation in the West* [M]. Berkley: University of California Press, 1993.

[56] POLUMBAUM J. Book Review of *China in Ten Words* [J]. *The China Quarterly*, 2012, 210: 500-502.

[57] Review: *Cries in the Drizzle* [EB/OL]. *Publishers Weekly*. (2007-10-01) [2021-02-15]. https: //www. publishersweekly. com/9780307279996.

[58] Reviews: *China in Ten Words* [EB/OL]. *Publishers Weekly*. (2011-08-01) [2021-02-24]. https: //www. publishersweekly. com/9780307379351.

[59] Reviews: *Boy in the Twilight: Stories of the Hidden China* [EB/OL]. *Publishers Weekly*. (2014-01-21) [2021-02-21]. https: //www. publishersweekly. com/9780307379368.

[60] Reviews: *The Seventh Day* [EB/OL]. *Publishers Weekly*. (2015-01-13) [2021-06-15]. https: //www. publishersweekly. com/9780804197861.

[61] PYM A. Natural and Directional Equivalence in Theories of Translation [J]. *Target*: *International Journal of Translation Studies*, 2007, 19 (2): 271-294.

[62] QUIRK R, GREENBAUM S, LEECH G, et al. *A Comprehensive Grammar of the English Language* [M]. London: Longman, 1985.

[63] SABINA K. Capitalist and Enlightenment Values in 1990s Chinese Fiction: The Case of Yu Hua's *Blood Seller* [J]. *Text Practice*, 2002, 16 (3): 547-568.

[64] SALDANHA G. Translator Style: Methodological Consideration [J]. *The Translator*, 2011, 17 (1): 25-50.

[65] SCOTT, M. Problems in Investigating Keyness, or Clearing the Undergrowth and Marking out Trails [C] //BONDI M, SCOTT M. *Keyness in Texts*. Amsterdam/ Philadelphia: John Benjamins Publishing Company, 2010: 43-58.

[66] SCOTT M, CHRISTOPHER T. *Textual Patterns*: *Keywords and Corpus Analysis in Language Education* [M]. Amsterdam: John Benjamins Publishing Company, 2006.

[67] SEMINO E, SHORT M. *Corpus Stylistics*: *Speech*, *Writing and Thought Presentation in a Corpus of English Writing* [M]. London: Routledge, 2004.

[68] STEINER G. *After Babel*: *Aspects of Language and Translation* [M]. Shanghai: Shanghai Foreign Language Education Press, 2001.

[69] STUBBS M. Lexical Density: A Computational Technique and Some Findings [C] //Coultard M. *Talking about Text. Studies Presented to David Brazil on His Retirement*. Birmingham: English Language Research, University of Birmingham, 1986: 27-42.

[70] SUN C P, BARR A. A Conversation with Sinologist Allan Barr on His Translations of Yu Hua and Han Han [J]. *Translation Review*, 2019, 104 (1): 1-7.

[71] TAYLOR C. *Sources of the Self*: *The Making of the Modern Identity* [M]. Cambridge: Harvard University Press, 1989.

[72] URE J N. Lexical Density and Register Differentiation [C] //PERREN G, TRIM J L M. *Applications of Linguistics*. London: Cambridge University Press,

1971：443-452.

［73］ VAN RIJSBERGEN C J. *Information Retrieval* ［M］. London：Butterworths Scientific Publication，1975.

［74］ VENKAT M. Review：*Boy in the Twilight*：*Stories of the Hidden China* ［EB/OL］.（2014-03-21）［2021-03-01］. https：//www. nyjournalofbooks. com/book-review/boy-twilight-stories-hidden-china.

［75］ WALES K. *A Dictionary of Stylistics* ［M］. 3rd edition. London and New York：Routledge，2011.

［76］ WANG B R, BARR, A. Yu Hua's Works in English Translation：An Interview with Allan H. Barr ［J］. *Asia Pacific Translation and Intercultural Studies*，2021, 8（1）：84-97.

［77］ YU, H. *Cries in the Drizzle* ［M］. Translated by ALLAN H. BARR. New York：Anchor Books，2007.

［78］ YU, H. *China in the Ten Words* ［M］. Translated by ALLAN H. BARR. New York：Pantheon Books，2012.

［79］ YU, H.. *Boy in the Twilight*：*Stories of the Hidden China* ［M］. Translated by ALLAN H. BARR. New York：Anchor Books，2014.

［80］ YU, H.. *The Seventh Day* ［M］. Translated by ALLAN H. BARR. New York：Anchor Books，2015.

［81］ YU, H. *The April 3rd Incident*：*Stories* ［M］. Translated by ALLAN H. BARR. New York：Pantheon Books，2018.

［82］ 白亚仁. 外国翻译家擅自修改中国作家的作品，我并不赞成 ［EB/OL］.（2010-08-12） ［2020-11-18］. http：//www. chinawriter. com. cn/2010/2010-08-12/88718. html.

［83］ 白亚仁. 一位业余翻译家的自白书 ［C］//中国作家协会外联部. 翻译家的对话. 北京：作家出版社，2011：31-36.

［84］ 白亚仁. 漫谈非虚构作品的翻译和出版 ［C］//中国作家协会外联部. 翻译家的对话Ⅱ. 北京：作家出版社，2012：41-45.

［85］ 白亚仁. 文化差异及翻译策略 ［N/OL］. 文艺报，（2014-08-20）［2020-11-

03］．http：//www. chinawriter. com. cn/bk/2014-08-20/77479. html.

［86］ 白亚仁．略谈文学接受的文化差异及翻译策略［EB/OL］．（2014-08-26）
［2020-11-21］．http：//www. chinawriter. com. cn/2014/2014-08-26/215845.
html.

［87］ 白亚仁，杨平．美国汉学家白亚仁谈中国小说在英美的翻译与传播［J］.
国际汉学，2019，21（4）：18-24.

［88］ 贝克．翻译与冲突：叙事性阐释［M］.北京：北京大学出版社，2011.

［89］ 卞建华．对林语堂"文化变译"的再思考［J］.上海翻译，2005（1）：47-
50.

［90］ 曹廷华．文学概论［M］.北京：高等教育出版社，2010.

［91］ 昌切，叶李．苦难与救赎——余华90年代小说两大主题话语［J］.华中科
技大学学报（社会科学版），2001，15（2）：96-101.

［92］ 陈爱兵．基于语料库的政论文英译语言特征研究［J］.山东外语教学，
2012，33（1）：102-107.

［93］ 陈望道．修辞学发凡［M］.第二版．上海：上海教育出版社，1997.

［94］ 陈勇．俄语语篇连贯的特征与语境分类［J］.中国俄语教学，2003，22
（4）：1-6.

［95］ 崔璨，蒙永业，王立非，等．中外标准英文版可读性测量与对比分析［J］.
中国标准化，2019（9）：68-73.

［96］ 崔洁．白亚仁英译余华小说《第七天》成语、俗语社会学分析［D］.杭
州：浙江财经大学，2019.

［97］ 崔玉香．从苦难主题看余华对传统宿命观的承袭［J］.山东社会科学，
2006（6）：122-124.

［98］ 邓慧．韩寒创作论［D］.南昌：江西师范大学，2018.

［99］ 刁绍华，卢康华，高文风，等．外国文学大词典［M］.长春：吉林教育出
版社，1990.

［100］ 丁往道，王佐良．英语文体学引论［M］.北京：外语教学与研究出版社，
1987.

［101］ 董晶晶．论译者文化身份对葛浩文翻译的影响［D］.长沙：中南大学，

2008.

[102] 董琇. 文本分析工具在译者风格研究中的运用——有关翻译教学手段的探讨 [J]. 外语电化教学, 2011 (5): 43-48.

[103] 方梦之. 译学词典 [M]. 上海: 上海外语教育出版社, 2004.

[104] 冯全功. 葛浩文翻译策略的历时演变研究——基于莫言小说中意象话语的英译分析 [J]. 外国语, 2017a, 40 (6): 69-76.

[105] 冯全功. 文学翻译中的修辞认知转换模式研究 [J]. 解放军外国语学院学报, 2017b, 40 (5): 127-134.

[106] 冯正斌, 党争胜. 前景化语言翻译策略研究: 以《废都》葛浩文英译本为例 [J]. 外语教学, 2019, 40 (1): 84-89.

[107] 付文慧. 多重文化身份下之戴乃迭英译阐释 [J]. 中国翻译, 2011, 32 (6): 16-20.

[108] 高方. "不能总是在当代世界文学舞台上跑龙套"——余华谈中国文学的译介与传播 [N/OL]. 中华读书报, (2014-08-27) [2020-12-27]. https://t. cnki. net/kcms/detail? v = yBz58I57kKf8J7btYWu4hSAU1NF2xIJYvBWfIQNt SrBuTyCz6Bs7eLmK-iv9skJnWM0TTvkBlMryLEpFIq5elFL7qGB3F12dXH82E64 myuxTZ0wUbRWZcsMhuJmtyMmg&uniplatform = NZKPT.

[109] 高方, 余华. "尊重原著应该是翻译的底线"——作家余华访谈录 [J]. 中国翻译, 2014, 35 (3): 59-63.

[110] 郜元宝. 先锋作家的童年记忆——重读余华《在细雨中呼喊》 [J]. 当代文坛, 2019 (4): 36-40.

[111] 葛厚伟. 基于语料库的《尚书》译者风格研究 [D]. 扬州: 扬州大学博士论文, 2019.

[112] 韩雪. 林中路上的新鲜泥迹——对余华《四月三日事件》的现象学的一种解读 [J]. 名作欣赏, 2018 (21): 39-41.

[113] 郝雨. 中国文学在文化走出去战略中的核心地位和意义 [N/OL]. 文艺报, (2017-02-17) [2021-02-20]. http://www.chinawriter. com. cn/n1/2017/0217/c405170-29086994. html.

[114] 何明星. 莫言作品的世界影响地图——基于全球图书馆收藏数据的视角

［J］. 中国出版，2012（21）：11-16.

［115］何明星. 中国文学国际影响力［N/OL］. 人民日报（海外版），（2014-12-02）［2021-1-18］. http：//www. chinawriter. com. cn/wxpl/2014/2014-12-02/226471. html.

［116］洪治纲. 余华评传［M］. 郑州：郑州大学出版社，2004.

［117］洪治纲. 从想象停滞的地方出发读余华的随笔集《十个词汇里的中国》［J］. 当代作家评论，2011（4）：34-42.

［118］胡安江.“中国文学走出去”之译者模式及翻译策略研究——以美国汉学家葛浩文为例［J］. 中国翻译，2010，31（6）：10-16，92.

［119］胡洁.“走出去”战略下译者、编辑的角色与策略——翻译学视阈下的外宣出版［J］. 编辑学刊，2013（1）：90-95.

［120］胡开宝. 语料库翻译学概论［M］. 上海：上海交通大学出版社，2011.

［121］胡开宝，朱一凡，李晓倩. 语料库翻译学［M］. 上海：上海交通大学出版社，2018.

［122］胡开宝，田绪军.《政府工作报告》英译文本的语言特征与文本效果研究——项基于语料库的研究［J］. 外国语文，2018，34（5）：5-15.

［123］黄国文. 语篇分析概要［M］. 长沙：湖南教育出版社，1988.

［124］黄立波. 基于语料库的翻译文体研究［M］. 上海：上海交通大学出版社，2014.

［125］黄立波，石欣玉.《到灯塔去》两个汉译本基于语料库的翻译风格比较［J］. 解放军外国语学院学报，2018，41（2）：11-19，160.

［126］黄立波，朱志瑜. 译者风格的语料库考察——以葛浩文英译现当代中国小说为例［J］. 外语研究，2012（5）：64-71.

［127］黄丽君. 拟人研究的认知视角［J］. 西南民族大学学报，2011，32（7）：173-176.

［128］黄友义. 汉学家和中国文学的翻译——中外文化沟通的桥梁［J］. 中国翻译，2010，31（6）：16-17.

［129］季广茂. 掀起“历史真实”的盖头来［J］. 人文杂志，2005（5）：81-83.

［130］贾文波.“一带一路”名下的汉语典籍外译：难以“合拍”的舞者［J］.

上海翻译, 2018 (2)：58-63, 95.

[131] 姜智芹. 西方人视野中的余华 [J]. 山东师范大学学报（人文社会科学版), 2010, 55 (2)：3-10.

[132] 金宏宇. 中国现代文学的副文本 [J]. 中国社会科学, 2012 (6)：170-183, 209.

[133] 金仕霞. 论王小波小说的"有趣" [J]. 西南民族大学学报（人文社会科学版), 2011, 32 (8)：188-191.

[134] 科林伍德. 艺术原理 [M]. 北京：中国社会科学出版社, 1985.

[135] 兰守亭.《活着》是一部永恒的家庭史诗 [J]. 基础教育（重庆), 2004 (3)：34.

[136] 李艾岭. 英语世界中的"聊斋学"研究述评 [J]. 中外文化与文论, 2013 (3)：83-92.

[137] 李灿."生前"与"死后"——读余华长篇小说《第七天》[J]. 当代文坛, 2019 (4)：56-61.

[138] 李超飞. 译者的适应与选择：葛浩文英译《红高粱家族》的过程分析 [D]. 新乡：河南师范大学, 2012.

[139] 黎晨. 余华小说语言研究 [D]. 长春：吉林大学, 2009.

[140] 李春玲. 美国汉学界《聊斋志异》研究述论 [D]. 武汉：武汉大学, 2017.

[141] 李科平. 论余华写作风格的转型 [J]. 小说评论, 2012 (4)：166-171.

[142] 李维, 王娟. 阅读媒介对5~6岁儿童故事生成的影响——基于数字化阅读和绘本阅读的比较研究 [J]. 电化教育研究, 2017, 38 (6)：95-102, 110.

[143] 李文宁. 从《十个词汇里的中国》的英译看图里规范理论的解释力 [D]. 重庆：四川外国语大学, 2014.

[144] 李亚丹, 李定坤. 汉英辞格对比研究简编 [M]. 武汉：华中师范大学出版社, 2005.

[145] 李炎朵. 文学传播视野下的韩寒创作 [D]. 绍兴：绍兴文理学院, 2017.

[146] 李永燊. 文学概论 [M]. 上海：华东师范大学出版社, 2011.

[147] 梁志坚. 汉语新词的衍生与等效翻译——以"下岗"的英译为例 [J]. 天津外国语学院学报, 2007, 14 (1): 15-20.

[148] 刘蔼萍. 现代汉语 [M]. 重庆: 重庆大学出版社, 2016.

[149] 刘建明, 张明根, 陈布南, 等. 应用写作大百科 [M]. 北京: 中央民族大学出版社, 1994.

[150] 刘江凯. 当代文学诡异"风景"的美学统一: 余华的海外接受 [J]. 当代作家评论, 2014 (6): 134-145.

[151] 刘金龙. 问题意识、文化自信与翻译自觉——《汉学家的中国文学英译历程》评述 [J]. 外语与翻译, 2018, 25 (4): 93-95.

[152] 刘堃. 余华小说在美国的译介与接受性误读 [J]. 湖南科技大学学报 (社会科学版), 2018, 21 (6): 143-148.

[153] 刘堃. 译介与重构: 余华作品在美国的翻译出版 [J]. 出版广角, 2019 (11): 91-93.

[154] 刘璐. 《在细雨中呼喊》英译本的互文性分析 [D]. 北京: 北京林业大学, 2015.

[155] 刘世生, 朱瑞青. 文体学概论 [M]. 北京: 北京大学出版社, 2006.

[156] 刘亚平. 多重苦难的叙事与承受——余华《黄昏里的男孩》和《蹦蹦跳跳的游戏》之苦难生存态度 [J]. 重庆第二师范学院学报, 2016, 29 (3): 93-96.

[157] 刘泽权, 刘超朋, 朱虹. 《红楼梦》四个英译本的译者风格初探——基于语料库的统计与分析 [J]. 中国翻译, 2011, 32 (1): 60-64.

[158] 刘泽权, 朱虹. 《红楼梦》中的习语及其翻译研究 [J]. 外语教学与研究, 2008, 40 (6): 460-466.

[159] 陆谷孙. 英汉大词典 [M]. 第二版. 上海: 上海译文出版社, 2007.

[160] 卢静. 历时与共时视阈下的译者风格研究 [D]. 上海: 上海外国语大学, 2013.

[161] 罗列. 从近代女学析中国第一个本土女性译者群体的生成 [J]. 外语与外语教学, 2011 (1): 49-52, 83.

[162] 罗选民. 翻译与中国现代性 [M]. 北京: 清华大学出版社, 2017.

[163] 吕丽. 苦难中的人性之思——余华小说的主题及其精神向度 [J]. 学习与探索, 2013 (6)：136-138.

[164] 吕敏宏. 中国现当代小说在英语世界传播的背景、现状及译介模式 [J]. 小说评论, 2011 (5)：4-12.

[165] 米兰国立大学孔子学院官网. "余华意大利文学之旅"系列活动完美收官 [EB/OL]. (2018-11-17) [2021-01-31]. https：//www.istitutoconfucio.unimi.it/zh-hans/2018/11/余华意大利文学之旅系列活动完美收官/.

[166] 欧阳友权. 文学理论 [M]. 北京：北京大学出版社, 2006.

[167] 潘文国. 译入与译出——谈中国译者从事汉籍英译的意义 [J]. 中国翻译, 2004, 25 (2)：40-43.

[168] 彭发胜, 万颖婷. 基于语料库的《边城》三个英译本文体特色分析 [J]. 合肥工业大学学报 (社会科学版), 2014, 28 (6)：83-89.

[169] 浦安迪. 中国叙事学 [M]. 北京：北京大学出版社, 1996.

[170] 秦亢宗. 中华百年文学大辞典 [M]. 杭州：浙江工商大学出版社, 2014.

[171] 饶芃子. 中西比较文艺学 [M]. 广州：广东人民出版社, 2009.

[172] 热奈特. 热奈特论文集 [M]. 史忠义, 译. 天津：百花文艺出版社, 2001.

[173] 邵敬敏. 现代汉语通论 [M]. 第三版 下册. 上海：上海教育出版社, 2016.

[174] 申丹. 叙述学与小说文体学研究 [M]. 第二版. 北京：北京大学出版社, 2001.

[175] 申丹. 叙述学与小说文体学研究 [M]. 第三版. 北京：北京大学出版社, 2004.

[176] 时蓉华. 社会心理学词典 [M]. 成都：四川人民出版社, 1988.

[177] 史忠义. "文学性"的定义之我见 [J]. 中国比较文学, 2000 (3)：122-128.

[178] 斯坦纳. 通天塔——文学翻译理论研究 [M]. 庄绎传, 编译. 北京：中国对外翻译出版公司, 1987.

[179] 斯图亚特·霍尔. 文化身份与族裔散居 [C] //罗刚, 刘象愚. 文化研究

读本．北京：中国社会科学出版社，2000：208-223.

[180] 宋悦，孙会军．从叙事文体学视角看小说《在细雨中呼喊》的英译本 [J]．外语研究，2020，37（6）：79-83，89.

[181] 孙亚梅．余华小说主题研究 [D]．南宁：广西师范学院，2012.

[182] 谭学纯，朱玲，肖莉．修辞认知与语用环境 [M]．福州：海峡文艺出版社，2006.

[183] 唐松波．汉语修辞格大辞典 [M]．北京：中国国际广播出版社，2010.

[184] 童庆炳．谈谈文学性 [J]．语文建设，2009（3）：55-59.

[185] 汪宝荣，崔洁．英籍汉学家白亚仁的译者惯习探析——以余华小说《第七天》英译为中心 [J]．外国语文研究，2019，5（4）：47-55.

[186] 汪宝荣、白亚仁．余华作品在美国的译介与传播——白亚仁教授访谈录 [J]．东方翻译，2021（1）：59-63；77.

[187] 王成军．纪实与纪虚——中西叙事文学研究 [M]．南昌：百花洲文艺出版社，2003.

[188] 王嘉良，张继定．新编文史地辞典 [M]．杭州：浙江人民出版社，2001.

[189] 王娟，李维，王维宇．故事诱发方式对4~6岁儿童故事复述的影响 [J]．学前教育研究，2016（10）：47-56.

[190] 王侃．中国当代小说在北美的译介和批评 [J]．文学评论，2012（5）：166-170.

[191] 王克非．英汉/汉英语句对应的语料库考察 [J]．外语教学与研究，2003，35（6）：410-416，481.

[192] 王蒙．漫话小说创作 [M]．上海：上海文艺出版社，1983.

[193] 王宁．文学研究中的文化身份问题 [J]．外国文学，1999（4）：48-51.

[194] 王宁．文化身份与中国文学批评话语的建构 [J]．甘肃社会科学，2002（1）：3-6.

[195] 王首历．先锋密码：余华小说的隐喻思维 [J]．文艺争鸣，2010（23）：71-74.

[196] 王希杰．汉语修辞学 [M]．修订本．北京：商务印书馆，2004.

[197] 王先霈．小说大辞典 [M]．武汉：长江文艺出版社，1991.

［198］王学东，曾奕棠．读者在线评论信息挖掘研究［J］．情报科学，2011，29
（7）：967-970.

［199］王之望．文学风格论［M］．成都：四川文艺出版社，1986.

［200］吴家荣，江守义，钱奇佳．中西叙事精神之比较［M］．合肥：安徽大学
出版社，2011.

［201］吴显友．他山之石——从陌生化到前景化［J］．河南师范大学学报（哲学
社会科学版），2004，31（1）：142-146.

［202］吴洲．布迪厄社会学视角下白亚仁《第七天》英译本研究［D］．武汉：
华中师范大学硕士论文，2022.

［203］夏晶．七十年代（文革后期）民间思潮与鲁迅［D］．苏州：苏州大学，
2015.

［204］谢辉．在细雨中呼喊：世界文学语境下的文学变异与异域接受［J］．海外
英语，2015（19）：6-9.

［205］谢淑雯．死亡与苦难镜像中的生命观照——余华长篇小说研究［D］．厦
门：集美大学，2017.

［206］谢有顺．先锋就是自由［M］．济南：山东文艺出版社，2004.

［207］辛斌．批评语言学：理论与应用［M］．上海：上海外语教育出版社，
2005.

［208］辛献云．形象·联想·意义——习语翻译新探［J］．解放军外语学院学
报，1994（5）：86-92，73.

［209］邢福义．汉语语法学［M］．长春：东北师范大学出版社，1997.

［210］熊兵．翻译研究中的概念混淆——以"翻译策略""翻译方法"和"翻译
技巧"为例［J］．中国翻译，2014，35（3）：82-88.

［211］熊学亮．抽象回指的文体学分析［C］//于善志．文体学研究：探索与应
用．上海：上海外语教育出版社，2012：41-52.

［212］徐姗姗．余华小说创作风格研究［D］．乌鲁木齐：新疆师范大学，2015.

［213］徐兴岭，安文风．英语文体学概论与实践研究［M］．北京：新华出版社，
2015.

［214］薛敏．人性在平淡质朴中——陈忠实短篇小说《日子》解读［J］．小说评

论，2009（S1）：43-45.

[215] 鄢佳．布尔迪厄社会学视角下的译者葛浩文翻译惯习研究［D］．济南：山东大学，2013.

[216] 杨丹旎．著名汉学家、翻译家白亚仁学术讲座顺利举行［EB/OL］.（2019-11-07）［2020-12-28］．http：//www. sis. zju. edu. cn/sischinese/2019/1107/c12619a1739576/page. htm.

[217] 杨荷泉．论《第七天》的多重叙述语调［J］．小说评论，2013（6）：98-102.

[218] 杨荷泉．余华作品在英语世界的研究［D］．济南：山东大学，2021.

[219] 杨平．余华作品在欧美的传播及汉学家白亚仁的翻译目标［J］．翻译研究与教学，2019（1）：49-59.

[220] 杨文全．现代汉语［M］．重庆：重庆大学出版社，2010.

[221] 殷丽．中医药典籍国内英译本海外接受状况调查及启示——以大中华文库《黄帝内经》英译本为例［J］．外国语，2017，40（5）：33-43.

[222] 余华．余华作品集：第一册［M］．北京：中国社会科学出版社，1995a.

[223] 余华．余华作品集：第二册［M］．北京：中国社会科学出版社，1995b.

[224] 余华．《河边的错误》后记［M］//余华．余华作品集：第2集．北京：中国社会科学出版社，1995c：289-290.

[225] 余华．黄昏里的男孩［M］．北京：新世界出版社，1999a.

[226] 余华．温暖的旅程［M］．北京：新世界出版社，1999b.

[227] 余华．在细雨中呼喊［M］．上海：上海文艺出版社，2004.

[228] 余华．十个词汇里的中国［M］．中国台北：台北麦田出版社，2011.

[229] 余华．第七天［M］．北京：新星出版社，2013.

[230] 余华．虚伪的作品［M］//余华．没有一条道路是重复的．北京：作家出版社，2014：163-176.

[231] 于丽丽，白亚仁．接触一个"非虚构"的中国［EB/OL］.（2012-08-25）［2020-12-02］．http：//epaper. bjnews. com. cn/html/2012-08/25/content_367032. htm.

[232] 袁煜，张松松，张薇．易读性指数与英语阅读教学——核心句理论视角下

的长难句分析 [J].外国语言文学，2015，32（3）：208-215.

[233] 曾玲玲．余华作品英语译介传播研究 [J].浙江外国语学院学报，2015（4）：60-64，106.

[234] 张德禄．功能文体学 [M].济南：山东教育出版社，1998.

[235] 张继光．他山之石——《翻译家的对话》为中国文学走出去带来的启示 [J].外语教学理论与实践，2020（2）：90-98.

[236] 张莉莉．一位美国学者的心愿——记白亚仁教授 [J].走向世界，1995（1）：22.

[237] 张立瑜．现代汉语中的句式变换与句子重组 [J].科学大众，2008（8）：62，25，35.

[238] 张乃禹．韩国文化语境中的余华 [J].小说评论，2013（4）：127-134.

[239] 张欧荻．从切斯特曼的翻译伦理视角看译者主体性的发挥——以《第七天》英译本为例 [D].西安：西安外国语大学，2020.

[240] 张倩．对中国文学翻译的思考与践行——美国翻译家、汉学家罗鹏教授访谈录 [J].中国翻译，2019，40（2）：105-110.

[241] 张学军．形式的消解与意义的重建——论九十年代先锋派小说的历史转型 [C] //李复威，张德祥．《90年代文学潮流大系》之《时代文论》卷．北京：北京师范大学出版社，1999：45-50.

[242] 张瑛．直面人生——余华小说主题初探 [J].重庆大学学报（社会科学版），1999，5（4）：101-103.

[243] 张裕禾，钱林森．关于文化身份的对话 [C] //乐黛云，李比雄，钱林森．跨文化对话（9）．上海：上海文化出版社，2002：67-75.

[244] 赵红娟．小说·历史·文学翻译——白亚仁教授访谈录 [J].文艺研究，2020（9）：102-110.

[245] 赵炎秋．要素与关系：中西叙事差异试探 [J].外国文学研究，2018，40（3）：43-54.

[246] 郑夜白．余华小说的隐喻创作研究 [D].沈阳：辽宁大学，2019.

[247] 中共中央文献研究室．中国共产党中央委员会关于建国以来党的若干历史问题的决议 [M].北京：人民出版社，1981.

[248] 周式中，孙宏，谭天健，等．世界诗学百科全书［M］．西安：陕西人民出版社，1999.

[249] 周小仪．文学性［J］．外国文学，2003（5）：51-63.

[250] 周兴泰．唐赋叙事研究［D］．上海：上海大学，2009.

[251] 周兴泰，王萍．唐赋的叙事价值及其文学史意义［J］．云南社会科学，2019（6）：166-172，184.

[252] 周晔．从流行语的翻译与传播看当代文学中国话语的建构——以余华《十个词汇里的中国》英译本为例［J］．西安外国语大学学报，2015，23（2）：111-115.

[253] 朱怡华．翻译家葛浩文研究［D］．上海：华东师范大学，2012.

[254] 朱永生．概念意义中的隐性评价［J］．外语教学，2009，30（4）：1-5.

[255] 朱振武，罗丹．文化自觉与源语旨归的恰当平衡——以白亚仁的译介策略为例［J］．山东外语教学，2015，36（6）：58-66.

[256] 朱振武，等．汉学家的中国文学英译历程［M］．上海：华东理工大学出版社，2017.

附录 1 海外读者对白亚仁译作的翻译评论

表 1   Goodreads 译文读者对 *China in Ten Words* 的翻译评论

用户名	评论日期及评分	评 论 内 容
Lauren	2016 年 9 月 27 日：5 星	Yu has a distinct voice, and his wit, satire, and humor come across in translation.
Joe	2012 年 2 月 28 日：3.5 星	The best aspect of this book, though, is the translation. Having read quite a bit of Chinese lit in translation it often feels stale and rigid…but Hua's book flows beautifully. Kudos to Allan H. Barr.
Brendan	2012 年 7 月 29 日：5 星	He's back on form here, and is very well served by Allan H. Barr's excellent translation.
Kevin	2017 年 12 月 29 日：5 星	A translation THIS good? An absolute marvel! Cheers to Yu Hua, you are brilliant. You have earned my deep respect, Mr. Hua, as well as your translator Allan H. Barr.
Andrea	2020 年 4 月 26 日：5 星	The content of the book is so complex I don't feel fit to comment, except to say that I'm grateful for the translation and access to this perspective to enhance my understanding of this complex and ever increasingly relevant country.
Vicki	2019 年 7 月 29 日：3 星	This is probably a great book if you're already familiar with Chinese culture, but I could tell there's a lot of stuff that got lost in translation. Just as one example, regions in China are referred to as "counties." Counties evokes something in North America or Ireland to me, and it totally throws off the mood of the book for me, at least. I feel like the original, sans translation, is probably a really, really good book, but there is a bunch of cultural context missing here.

续表

用户名	评论日期及评分	评　论　内　容
WH	2020 年 11 月 20 日：四星	He writes most beautifully and poignantly about his childhood. The colorful translation serves the original work quite well and makes me curious to check out the Chinese version.
Rob	2013 年 6 月 1 日：3 星	The translation is well executed and strikes an even meter. Those who don't have an understanding of some Chinese concepts such as "face" might be confused at times when terms are used without explanation. So some footnotes may be needed for some readers but for the most part things are explained in the text by the author.
Jigsaw	2012 年 3 月 27 日：5 星	Equally remarkable as Yu's insightful, personal and often funny comments on modern Chinese society is Barr's almost unbelievably smooth translation. Part of this rating is due to that; I don't think any other book I've read in translation has flowed so well.
Joseph	2012 年 3 月 3 日：四星	I very smooth read. The translation was excellent (I read it in English), so my complements to the translator.
Liz S	2012 年 9 月 8 日：4 星	The language is almost overwhelmingly simple, but the stories are delicate and complex.
Erin	2013 年 5 月 9 日：3 星	In translation, the author comes across colorfully and humorously.
Emily	2020 年 6 月 14 日：3 星	Very impressive translation work. I can actually read Chinese (the original text), but I'm more fluent in English—so I felt like it would be more comfortable and enjoyable reading it in English. However after reading it, I didn't feel like reading it once more in Chinese/its original text.
Yeo_heng_hau YEO	2020 年 4 月 7 日：4 星	Anyone interested to know the real China should get hold of a copy of this book. Allan H. Barr did an excellent translation of Yu Hua's masterpiece. Written in a very light-hearted and easy-going style with much humour thrown in, this book captures the spirit of how the ordinary Chinese thinks and behaves.
Vic	2019 年 12 月 3 日：3 星	Phrasing and humour came across awkward at times, though I suspect that's from the difficulty of translating from Mandarin to English.

表 2　　　　　　　　**Goodreads** 译文读者对 *The Seventh Day* 的翻译评论

用户名	评论日期及评分	评 论 内 容
Mike	2015 年 1 月 27 日：5 星	Commendation should also go the translator, Allan Barr, who's done a wonderful job.
Marianne	2014 年 12 月 21 日：四星	This thought-provoking novel is flawlessly translated from Chinese by Allan H. Barr.
Celia	2014 年 12 月 7 日：四星	The satire of the book did not come through to me. It may have been a problem of the translation.
Aiyana	2015 年 6 月 13 日：5 星	The language is simple and clear, the descriptions breathtaking.
tea	2018 年 2 月 26 日：5 星	The writing is quite beautiful even in translation.
Deb（Bee）March	2016 年 2 月 9 日：4 星	Commendation should go Allan H. Barr for a wonderful translation.

表 3　　　　　　　　**Goodreads** 译文读者对 *Boy in the Twilight*：

Stories of the Hidden China 的翻译评论

用户名	评论日期及评分	Goodreads 评论内容
Hillary	2014 年 1 月 4 日：3 星	Anyways, the translated English is not difficult to read, but it feels unnatural. Some of the English sounds quite British, in other places, very American expressions occur. And quite a bit of the phrasing sounds awkward. Translation is no easy job.
Jo	2014 年 2 月 27 日：5 星	I have given this five stars because it is so brilliantly written and translated, as I have come to expect from Yu Hua.
Lisa	2016 年 3 月 17 日：4 星	First of all, kudos to the translator.

表 4　　　　　　　**Amazon 译文读者对 *China in Ten Words* 的翻译评论**

用户名	评论日期及评分	评论内容
Cindy Carter	2015 年 2 月 11 日：5 星	Allan Barr does a fantastic translation of this collection of essays by Yu Hua, one of China's most well-known authors.
sidney-anne hudig	2014 年 12 月 30 日：5 星	Very well translated and easy to understand.
M. B.	2020 年 1 月 13 日：3 星	The translation reads well and the book is very quick.
plum9195	2015 年 9 月 21 日：3 星	Excellent translation.
Amazon Customer	2013 年 7 月 10 日：5 星	That he is also a novelist comes through in his prose style, and also kudos to his translator who has done a superb job of rendering Yu Hua's Chinese words into flowing idiomatic English.

表 5　　　　　　　**Amazon 译文读者对 *The Seventh Day* 的翻译评论**

用户名	评论日期及评分	评论内容
bonauxor	February 21, 2015：5 星	Fascinating and strangely comforting. I recommend it to my mandarin speaking relatives—the translation is excellent.
bittermelon	2015 年 2 月 24 日：4 星	The translated text, unfortunately, is by necessity a bit stilted (I have to look up what a "bedsit" is.). I wish I could've read this in the original Chinese. Nonetheless this is an interesting read.
Mario Rossi	2019 年 11 月 7 日：3 星	The English Translation misses beauty and harmony of the Chinese writing.

表 6　　　　　　　**Amazon 译文读者对 *Boy in the Twilight*：**
Stories of the Hidden China 的翻译评论

用户名	评论日期及评分	评 论 内 容
Barbara Chatterton-Luuring	2016 年 10 月 20 日：4 星	The author's writing and the translation seem fine, but the stories are unremittingly bleak.
Biblibio	2013 年 12 月 22 日：5 星	The translation is clear and absolutely smooth, without the usual awkwardness that arises from Chinese-to-English translations.
Margaret P.	2014 年 2 月 9 日：4 星	I am not familiar enough with Chinese languages to judge the quality of the translation, but it seems to fit the mood of the stories, with precise, almost clinical descriptions, not only of people and their surroundings and their conversations, but of their thoughts and emotions, as well.
Anne M. Hunter	2013 年 12 月 31 日：3 星	The stories are very well-written and translated, and easy to understand.
Joan MacLean	2014 年 3 月 17 日：5 星	While I have not read the original Mandarin version, the translation reads as something written by a native English-speaker. The storytelling style of Yu Hua（and the English translation）make the emotions of the characters raw and powerful.
Amazon Customer	2015 年 11 月 20 日：1 星	The translation although is good but dilute the original set up. However it is great book if you are Chinese and want to learn how to translate, it is a great book to compare.

表 7　　　**Amazon 译文读者对 *This Generation*：*Dispatches from China's***
***Most Popular Literary Star* 的翻译评论**

用户名	评论日期及评分	评 论 内 容
Tinkertom	2013 年 4 月 24 日：5 星	Well translated and well written personal tales.

附录 2 白译本译者序

Cries in the Drizzle

Yu Hua established his reputation in the late 1980s through a provocative series of short stories and novellas that placed him at the forefront of the literary avant-garde in China. *Cries in the Drizzle*, written when Yu Hua was thirty-one, was his first full-length work of fiction, and marked a new phase in his career, one that would soon produce two other memorable novels, *To Live* and *Chronicle of a Blood Merchant*. In China, *Cries in the Drizzle* is perhaps not quite as widely read as Yu Hua's subsequent books, and its international reception has also lagged behind those more popular titles. It is nonetheless a technically accomplished novel that prefigures several themes and situations of Yu Hua's later work. Set largely in provincial Zhejiang in the 1960s and 1970s, the place and time of the author's upbringing, it also comes closer than much of his fiction to his own life experience. With its searing and elegiac vision of childhood and adolescence, *Cries in the Drizzle* easily holds its own against Yu Hua's other novels, and in the judgment of some critics may even be his finest achievement to date.

When it first appeared in the Shanghai literary journal *Shouhuo* in 1991, *Cries in the Drizzle* was entitled *Huhan yu xiyu* (*Cries and drizzle*). It was under this title that the book was published in Taipei, China in the following year, and that is how it is known in China's Taiwan to this day. In China's mainland, however, the novel was soon renamed *Zai xiyu zhong huhan* (*Crying out in the drizzle*), in order to avoid confusing it with Ingmar Bergman's film *Cries and Whispers*, whose Chinese title sounds identical to the novel's original name. The text used in this English translation is that of the 2004 Shanghai reprint, which restores a word excised from early editions of the book.

I am grateful to Yu Hua, Zhang Yongqing, Li Hua, Jane Barr, and Catherine Barr for their advice at various stages. In transcribing Chinese personal names, I have followed the standard *pinyin* romanization system, with one exception. The name of the narrator's father I render as Kwangtsai rather than the conventional Guangcai, so as to distinguish more clearly the names of his three sons, which are quite different from his in Chinese.

Boy in the Twilight: *Stories of the Hidden China*

Yu Hua published his first short story in 1983, when he was twenty-three. In the ebb and flow of his writing career since then, the early and mid-1990s stand out as an especially productive phase. Within the space of a few short years he completed a trio of novels—*Cries in the Drizzle*, *To Live*, and *Chronicle of a Blood Merchant*—that firmly established him as a major figure in the Chinese literary scene. The reputation of these books, particularly *To Live*, which was soon adapted for the screen by Zhang Yimou, has tended to overshadow the short fiction that Yu Hua published during this same period. But the stories collected here, all written between 1993 and 1998, represent a distinctive body of work in their own way. Written in a spare, minimalist style, they sketch vignettes of everyday life in contemporary China, in keeping with the "popular realism" that characterizes *To Live* and *Chronicle of a Blood Merchant*. If there is a recurrent theme in *Boy in the Twilight*, it is the fractures and fluidities in human relationships during the reform era in China: marriages in crisis collapse or rebound, friendships are cemented or betrayed, in a precarious world where events may take an unexpected turn at any time. Yet Yu Hua does not entirely abandon the unorthodox stance of his earlier fiction, and comic absurdity rubs shoulders with tragedy as these stories unfold.

The April 3rd Incident: *Stories*

This volume brings together seven stories published in China between 1987 and 1991, during the opening phase of Yu Hua's career. To readers whose first encounters with Yu Hua's fiction have been through later works that adopt a more familiar storytelling manner, these early pieces may seem a little disorienting, but in their own way they reflect the same interest in testing the boundaries of contemporary Chinese literature that we find in *Brothers*, Yu Hua's ambitious novel of 2005-2006.

In the late 1970s and early 1980s, Chinese writers devoted their energies to broaching topics that had been off-limits and broadening subject matter beyond the few themes permitted or prescribed during the era of radical politics. Literary form, however, remained largely conventional and predictable. It was this conservatism of form that Yu Hua and a number of other young authors set out to challenge.

Then in his late twenties, Yu Hua was inspired by both the modernist fiction of such authors as Kafka, Faulkner, and Borges and the theoretical writings of Alain Robbe-Grillet, champion of the French New Novel. Like Robbe-Grillet, Yu Hua sought to break with the tradition of classical realism in favor of a new narrative mode that defied commonsense conceptions of order and logic, avoided definitive judgments, and prioritized the subjectivity of his protagonists. In keeping with these aims, Yu Hua's language at this time is often elliptical, indeterminate, and oblique, suggesting multiple possibilities and inviting a range of interpretations. The stories experiment with a variety of narrative strategies, here alternating between first- and third-person narrative, there blurring the line between author and narrator or between real life and nightmare. "In Memory of Miss Willow Yang" traps the reader in a labyrinth of temporal fractures, repetitions, and inconsistencies.

Given the focus in this collection on the individual psyche rather than society at large, politics is generally kept at a distance. Although the "April Third Incident" in the title story might sound like the name of a watershed episode in modern China such as the

May Fourth Incident of 1919 or the April Fifth Incident of 1976, Yu Hua's narrative actually has nothing to do with any major historical event, probing instead the acute sensitivity of its anonymous hero.

This is not to say that these stories are detached from contemporary Chinese affairs. "Summer Typhoon," for example, is clearly rooted in the author's observations of life in his hometown in 1976, following the huge earthquake that leveled the northern city of Tangshan that July. Fearing another such tremor, people throughout much of China abandoned their homes and moved into makeshift shelters in any available open space; in the absence of reliable news, rumor held away week after week. This story too is ultimately less a documentary account than an exploration of adolescent longing and inner worlds.

I would like to thank Yu Hua for patiently responding to my queries. I also thank my wife, Peng Xiaohua, for her advice and support.

附录3　白译本评价摘录

Cries in the Drizzle

"Yu Hua's beautiful, heartbreaking novel *Cries in the Drizzle* follows a young Chinese boy throughout his childhood and adolescence during the reign of Chairman Mao.

With its moving, thoughtful prose, *Cries in the Drizzle* is a stunning addition to the wide-ranging work of one of China's most distinguished contemporary writers. "

（摘自此译作的底页）

"Barr's graceful translation not only reads well in English but also remains faithful to the spirit of the original, both in style and sentiment. The English version preserves well the sense of humour and the discursive implications dispersed throughout the original. Barr masters the particular challenge of translating some of Yu Hua's pithy but ambiguous Chinese phrases and expressions. Instead of simply offering a literal translation, Barr gives a more explanatory rendering and fully brings out the implied meanings behinds the original Chinese. The translator also pays special attention to the names of people and places. For example, he renders the names of Sun Kwangtsai (the father) and Guanglin and Guangming (the sons) as Wade Giles (the older) and pinyin (the newer) romanization respectively—an ingenious strategy to distinguish the two generations' names. The English edition of the book is long overdue, and this well-wrought translation will no doubt interest readers of both Western and Chinese fiction, both within the academy and beyond it. "

——Hua Li from Montana State University

The Seventh Day

"Surreal...Yu's most devastating critique of the new Chinese reality. "

——*The New York Times*

"Entertaing... Intriguing...In narrowing his lens, his work carries new urgency. "

——*The Wall Street Journal*

"A political allegory for life—and death—experienced in the chaos of a rapidly changing modern China. "

——*Minneapolis Star Tribune*

Boy in the Twilight：*Stories of the Hidden China*

"[China's] transformations and what they leave in their wake have become the central theme of Yu's writing ... many readers consider him China's greatest living author. "

——*The Huffington Post*

"Compelling...Precise, elegant prose. "

——*The Economist*

"Mesmerizing tales...Showcases this acclaimed writer's mastery. "

——*Elle*

The April 3rd Incident: *Stories*

"Barr's rhythm and diction is excellent, fully rendering the rush of unpleasant sensations as described in the Chinese."

——by Elenaor Goodman, published in *Modern Chinese Literature and Culture*

"This lively little collection of the writer's earliest work is very post-punk and confrontational, which is likely what the young author intended at the time. In a translator's note, Barr says Yu was influenced at the time by writers like Kafka, Faulkner, and Borges, and those influences are certainly tangible in the magical realism on display, but these stories can also veer into psychic places as dark as Poe's gruesome tales."

——*Kirkus Reviews*

China in Ten Words

"Succeeds marvelously...Captures the heart of the Chinese people in an intimate, profound, and often disturbing way. If you think you know China, you will be challenged to think again."

——*The Wall Street Journal*

"This is a tale told by a raconteur, not an academic... The most powerful and vivid sections reach back to Yu Hua's childhood during the Cultural Revolution... It is a cautionary tale about the risks of subterfuge, of trying to sneak something past one's father—or, perhaps, one's ever vigilant government."

——*The New York Times Book Review*

"The translation preserves both his simple, direct style and subtle sense of humor. More engaging than profound, Yu Hua's essays say much about the continuing enigma that is China."

——*Kirkus Reviews*

后　记

当指尖抚过文稿，那些在文献中跋涉、于语料库中深耕的日夜，如电影胶片般在眼前缓缓放映。这不仅是一部学术成果，更是一场跨越文化藩篱、探寻翻译奥秘的奇妙旅程。我在这段征程上的每一步，都凝聚着师长的指引、同行的陪伴与家人的支持，他们让我在学术的星空中找到前行的方向。

我首先要感恩的是我的博导黄勤教授。从本研究选题的迷茫探索，到研究框架的精心搭建，再到字斟句酌的修改完善，她始终以严谨的治学态度和温暖的关怀，引领我走进学术的殿堂。她对学术的执着追求与精益求精的精神，如同一盏明灯，照亮了我在学术迷雾中前行的道路，激励我不断突破自我，追求卓越。

在学术探索的过程中，我还得到了许多其他老师的帮助。许明武教授、谭渊教授、刘军平教授、熊兵教授等专家提出的真知灼见，让我对研究方向有了更清晰的认识，使我的研究不断完善。他们的学识和品德，都让我深感敬佩，也成为我在学术道路上不断前进的动力。尤其令我感怀至深的，是我的硕士导师韦薇教授。多年来，她始终以温暖坚定的陪伴，成为我学术道路上最坚实的依靠。从硕士论文的构思创作，到博士研究中选题的迷茫、修改文章时的困顿，她总能及时出现，用专业的见解驱散我心中的迷雾，以温柔的鼓励点燃我前行的信念。而谭彬彬教授、朱浩然副研究员在学术上的倾囊相助，同样不可或缺，他们的智慧与经验，为我的研究筑牢根基、注入活力。

在学术成长的道路上，我的同门与同窗始终是我学术成长的重要见证者和支持者。同门师兄谢攀、郑周林、王烟朦、赵春龙，师姐王琴玲，师弟王亚军，还有同班同学信萧萧、罗鹏、张姗姗、龙在波、王亚萍、刘文俊、胡如蓝与李晓书，我们一同在教室翻阅文献，在研讨室激辩观点，在困境中相互扶持。那些为求知而拼搏的岁月，闪耀着对真理的炽热追求，这份珍贵情谊，我将珍藏于心。

　　此外，南宁学院宁丽玫老师、广西科技师范学院李戍武老师给予的精神鼓励，湖南师范大学段致军博士在资料收集与书稿校对上的无私帮助，都让我深切感受到学术共同体的温度。他们的善意与支持，如同点点星光，照亮我前行的学术之路。

　　而我的家人，始终是我最温暖的依靠。父母为了让我全身心投入学习，默默承担起生活的重担；女儿虽年幼，却以纯真的理解给予我最柔软的慰藉。他们的理解和支持，是我坚持下去的动力，特别是在我遇到挫折时，家人的鼓励让我重新振作起来。

　　在全球化浪潮席卷文化领域的当下，中国文学"走出去"已成为时代命题。汉学家译者群体作为架起东西方文化桥梁的关键力量，其重要性不言而喻。白亚仁，这位精通古代汉语、现代汉语并深耕中国文学的汉学家，以其卓越的译笔推动了余华等当代作家作品的国际传播，却长期在学术视野中未得到充分关注。带着对这位译者翻译世界的好奇与探索之心，我尝试在本书中，从多个维度对其中国当代文学英译展开较为全面系统的研究，希望能为理解其翻译理念与实践提供新的视角。

　　在研究内容上，我从白亚仁的双重文化身份切入，通过副文本材料与翻译文本的互文解读，清晰勾勒出白亚仁在中英文化交融中独特身份的建构过程。为了更精准地剖析其译者风格，本研究通过自建汉英平行语料库，借助语料库工具，从词汇的选择、句子的架构到语篇的布局，对其典型语言特征进行量化分析。同时，本研究通过融合叙事建构、语言学、文体学等多学科理论，深入探讨白亚仁重塑原作文学性的策略与方法，无论是虚构作品中善恶、苦难等主题的呈现，还是非虚构作品里民生主题的表达，都彰显着翻译中的巧思与匠心。此外，从海外书评、读者评论、馆藏数量等维度，本研究探究其译作的传播效果与影响因素，为中国文学"走出去"提供极具价值的参考。

　　在研究方法上，突破传统研究范式，采用定量与定性相结合的方式。定量研究从数据中挖掘规律，定性研究在文本细读中感悟翻译艺术，两者相辅相成，使研究结论更具客观性与说服力。这种多维度、跨学科的研究视角，不仅拓展了白亚仁研究的内涵与外延，也为中国文学外译研究提供了新的思路与方法。

　　然而，学术之路永无止境。本书虽已完成，但其中仍存在诸多有待完善之处。白亚仁的翻译世界还有许多奥秘等待挖掘，中国文学"走出去"的征程也需要更多的探索者。希望这本书能如一颗投入学术湖泊中的石子，激起更多关于中国文学外译的思考与讨论，吸引更多学者加入这一研究领域，共同为中国文化的国际传播贡献力量。

刘芙蓉

2025 年 7 月